阿迪契作品

Chimamanda Ngozi Adichie

紫木槿

Purple Hibiscus

[尼日利亚]
奇玛曼达·恩戈兹·阿迪契——著
文静——译

译林出版社

献给我的父母和偶像，

詹姆斯·恩沃耶·阿迪契教授

和格蕾丝·伊菲奥玛·阿迪契女士

目录

打碎神像

圣枝主日

一天，我的哥哥扎扎没有去领圣餐，爸爸从屋子另一头把厚重的弥撒书扔过去，砸碎了柜子上的小雕像。从那天起，我的家就开始瓦解了。那天我们从教堂回来，妈妈把沾着圣水的棕榈叶放在餐桌上，上楼去换衣服。之后，她会把那些叶子编成一串十字架，挂在墙上那张镶金框的全家福旁。它们会一直挂在那儿，直到第二年的圣灰星期三，到时候我们会把它们带到教堂去烧成灰。每年的那一天，爸爸都像其他的虔信徒一样穿着灰色长袍，帮着分发圣灰。他面前的队伍总是移动得最慢，因为他总是要用蘸着灰的大拇指使劲在每人额头上都画出一个标准的十字，缓慢地、意味深长地、一个字一个字地念道：“本是尘土，仍要归于尘土。”

做弥撒的时候，爸爸总是坐在第一排紧挨中央过道的第一个位子，妈妈、扎扎和我则坐在他身边。他总是第一个领圣餐。大理石圣餐台边上有一尊真人大小的金发圣母像，大多数人在领圣餐的时候都不会跪在大理石圣餐台前，可是爸爸会跪下。他眼睛闭得紧紧的，整个脸都因此绷成了一副怪相，接着他把舌头伸长到不能再伸为止。随后他回到座位，看着会众一一走到圣餐台前，双手合十，向前伸出——一切正如本尼迪克特神父教的那样。尽管神父来圣阿格尼斯已经有七年之久，但人们说起他时还是总说“我们的新牧师”。如果他不是白人，或许大家也不会这样说。人们看见他还是觉得很新鲜。他的脸仍旧是浓缩牛奶和新鲜荔枝的颜色，七年间全然未受尼日利亚燥热风的影响。他那英国式的鼻子还是一如既往地窄，好像被夹起来了一样，在他初来埃努古的日子里，我曾一度担心他会缺氧。本尼迪克特神父对我们教区做了一些改变，例如他坚持信经和垂怜经一定要用拉丁文背诵，而不可以用伊博语[1]；鼓掌要尽量少，以免妨害弥撒的庄严气氛。不过他允许我们用伊博语唱奉献曲。他称之为土著歌曲。说“土著”这个词的时候，他本来笔直的嘴唇两端向下撇，好像一个倒过来的U。布道时，本尼迪克特神父通常会先后说到教皇、我爸爸和耶稣——正是按这个顺序。他用爸爸的例子解说福音书。“当我们让我们的光照在人前时，是在回想耶稣进入耶路撒冷的荣耀。”他在刚刚过去的圣枝主日那天说：“看看尤金修士吧。他完全可以成为这个国家里另一个有权有势的人物，政变之后他也满可以选择待在家里什么事都不做，以免政府再找他生意的麻烦。但是他没有。尽管人心不古，他依然坚持用《标准报》传播真理，即

1　伊博语（Igbo），尼日利亚东南部伊博族语言。——译注，后同

使这意味着报纸将丧失广告。尤金修士为自由大声疾呼。我们当中有多少人曾为真理挺身而出？有多少人想过进入耶路撒冷的荣耀？”

大家便说“是啊”、“上帝保佑他”或者“阿门”，不过声音并不很大，免得听起来像那些迅速发展的五旬节会[1]信徒一样；接着他们又开始凝神静听。每到这时候，连婴儿都不哭了，好像他们也在听似的。有时候，即使本尼迪克特神父说的是什么尽人皆知的事——例如爸爸拿出的圣座献金最多，他为圣文森特德保罗教堂捐的款最多，他为圣餐礼红酒的纸箱买单，他为修道院里修女们做祭饼用的烤炉买单，圣阿格尼丝医院里本尼迪克特神父为人们行涂油礼的那一侧也是爸爸出钱修建的——大家仍然听得很专心。我坐在扎扎身边，双膝并拢，努力保持面容平静，不流露出自豪的神情。因为爸爸说过，谦逊非常重要。

这时候如果我看看爸爸，他的脸也一定很平静。《世界特赦报》授予他人权奖之后又做了关于他的专题报道，刊登的照片上，他就是这副神情。那是他唯一一次同意上报纸。他的报纸的编辑阿迪·考克坚持要写他，说这是理所当然的，说爸爸

---

1 五旬节会（The Pentecostal Church），基督教新教宗派之一，19世纪发源于美国，强调直接灵感，信奉信仰治疗。

太谦虚了。这还是妈妈告诉我和扎扎的，爸爸是什么都不会说的。他面无表情的脸会一直维持到本尼迪克特神父做完布道，等到行圣餐礼的时候才会有所改变。他领完圣餐就坐回位子，看着人们一一走到圣餐台前；弥撒过后，他会很严肃地向本尼迪克特神父报告有谁连续两周没有来领圣餐。他总是鼓励本尼迪克特神父给那人打电话，让他重归信徒的行列，因为他相信唯有重大的罪恶才会使人缺席圣餐礼。

所以，在那个圣枝主日，爸爸发现扎扎没在领圣餐的队列中，回到家便把他那本夹有许多红绿丝带的皮面祈祷书重重地摔到了桌子上。桌子是厚玻璃做的，可是也抖了抖，上面的棕榈叶也震动了一下。

“扎扎，你没去圣餐礼。”爸爸低声说，听起来像个问句。

扎扎盯着桌上的《圣经》，好像在对它说话一样。“那种薄饼让我的口气很难闻。”

我瞪着扎扎。他脑子出问题了吗？爸爸坚持要我们把它叫作“圣饼”，因为这个词更能表现耶稣圣体的精华和神圣。“薄饼”太世俗了，爸爸的一家工厂就出这种产品：巧克力威化、香蕉威化。那是人们买来哄孩子的、比饼干更好吃的甜品。

“而且牧师会碰到我的嘴，让我很恶心。”扎扎继续说。他知道我在看着他，知道我在用惊愕的眼神恳求他闭嘴，可是他不看我。

“那是我主的身体。”爸爸的声音很低很低。他的脸看上去已经肿了起来，遍布着发脓的疹子，而且还在继续膨胀。“你不能停止领圣餐。你会死的，你知道这一点。”

“那我就去死。”恐惧让扎扎的眼睛黯淡下去，黑得像煤焦油一般。但是他盯着爸爸的脸说：“那我就去死，爸爸。”

爸爸迅速把房间看了一圈，好像在试着确证有某种东西从高高的房顶上坠落下来了，某种他从未想过会坠落的东西。他拿起祈祷书朝屋子另一头的扎扎扔过去。完全没打中。书砸在了妈妈经常擦拭的玻璃橱柜上，顶层的架子破了，上面那排浅褐色的陶瓷芭蕾小人以各种扭曲的姿势落到坚硬的地面上，随后书又落在它们身上——或者应该说落在它们的碎片上。一年中三个周期里所有的经文都包含在这本厚厚的皮面祈祷书里，而那一刻它竟躺在地上的陶瓷碎片上。

扎扎一动不动，爸爸左右摇晃，我站在门边望着他们两个。吊扇一圈圈转着，挂在上面的灯泡叮叮当当地轻碰。这时妈妈进来了，她的胶皮拖鞋在大理石地面上发出啪嗒啪嗒的响声。她已经换下了星期天才穿的亮片裙子[1]和有泡泡袖的衬衣，此刻只把一条扎染的布松松地绑在腰上，上身则是星期天以外每天都穿的白色T恤。那是她和爸爸参加一次灵修活动的纪念

---

1 非洲妇女穿着裙子的方式是把一块布裹在腰间。

品，“主是爱”三个字从她下垂的胸部爬过。她愣愣地瞪着地上的碎片，接着跪下来，用手把它们一片片捡起。

只有吊扇叶片切过空气的声响打破沉寂。我们的餐室很宽敞，相邻的起居室更大，但我仍然觉得窒息。挂着外祖父的许多镶框照片的那面灰白色的墙似乎正在逼近，向我压来。就连那张玻璃餐桌也在向我移动。

“丫头[1]，快去换衣服。”妈妈对我说。尽管她口中那两个伊博语的词很轻很温柔，我还是吃了一惊。几乎同时，她对爸爸说：“你的茶要凉了。”又毫无停顿地转向扎扎说：“请你来帮我一下。”

爸爸在桌旁坐了下来，用那套边沿上有粉花的陶瓷茶具倒茶。我等着他像往常那样，叫扎扎和我也去尝一口。他把那叫作爱的一抿，因为那是和你爱的人分享了你热爱的东西。来上爱的一抿吧，他会说，接着扎扎会先尝，然后我也会用双手捧着杯子，举到嘴边，只抿小小的一口。茶总是太烫，总会烫到我的舌头，如果午饭碰巧吃辣的，那我可就受罪了。不过没关系，因为我知道，茶灼伤我的舌头时，也把爸爸的爱烙进我身体里去了。可是这天爸爸没有说“来上爱的一抿吧”；我眼睁睁看着他把杯子端到自己嘴边去了。他什么都没有说。

---

1 原文为伊博语Nne ngwa。

扎扎在妈妈旁边跪下，把一张教堂通告在簸箕里放平，捡起一块锯齿状的陶瓷碎片放上去。“妈妈，当心，不然会割破手指的。”他说道。

我在黑色的教堂头巾下拽了拽我的一条小辫子，以确定我不是在做梦。扎扎和妈妈怎么还能这么平静，好像完全不知道刚刚发生了什么？爸爸又怎么会安静地喝茶，好像扎扎并没有和他顶过嘴？我慢慢地转过身，走上楼梯，去换下我星期天穿的红衣服。

换好衣服后，我在卧室窗前坐了下来。腰果树那么近，要是没有那层银色的纱窗，我简直可以伸手摘片叶子下来。钟形的黄色果实懒懒地垂下来，引得蜜蜂连连撞上我的纱窗。我听见爸爸走上楼，进房间去午睡了。我闭上眼睛，一动不动地坐着，等着听他叫扎扎，等着听扎扎走进他的房间。漫长而沉寂的几分钟过去了，我睁开眼睛，把额头贴着百叶窗向外看。我们的院子足够一百个人跳阿提洛哥舞，他们每个人还有地方做各种空翻，再落在另一个人的肩头。高高的外墙顶上缠着电线圈，我完全看不到外面路上的车。这时正是雨季之初，墙边的几棵素馨树已经在院子里注满了甜得发腻的香气。一丛紫色的九重葛被修剪得方方正正，像张自助餐桌，把多节的树木与车道隔开。房子这边，生气勃勃的木槿伸出枝条，相互叠在一起，好像在交换彼此的花瓣。紫木槿已经把一些尚未苏醒的蓓蕾推送出来，不过大多数花朵还是生在红木槿上。妈妈那么频繁地剪下它们装点圣坛，客人们去开车时路过这里也经常摘走一些，这么一想，它们开花可真快。

采花的主要是那些和妈妈属于同一个祈祷会的人。有个女人还曾经把一朵花别在耳后——从我的窗子看得很清楚。政府官员也不例外，前一阵来的两个穿黑外套的男人离开的时候就拽过木槿的枝条。他们是坐联邦政府牌照的小卡车来的，车就停在木槿树丛边上。他们没有久坐。后来扎扎说，他们是来贿赂爸爸的，他还听到他们说小卡车里装满了美元。我不知道他有没有听错，可是直到如今我有时候还是会想这件事。我想象那辆卡车里满是一摞一摞的外币，想着他们是把这些钱装在许多小纸箱里呢，还是装在一个像我们冰箱那么大的纸箱里。

妈妈走进房间的时候，我还坐在窗边。每个星期天的午饭前，在爸爸午睡的时候，妈妈总是一边吩咐西西往汤里多放点棕榈油、在椰子饭里少放点咖喱，一边为我编辫子。她总是坐在厨房门边的一把扶手椅里，我则坐在地上，把头放在她的两腿之间。尽管厨房窗户总是开着的，非常通风，我的头发里仍然会吸收各种香料。随后我把一条辫子拉到鼻子前来，就可以闻到甜瓜汤、乌塔兹[1]和咖喱的味道。但这天妈妈进来的

1 乌塔兹（vtazi），一种植物的叶子，用作香料。

时候并没有带那个装着梳子和发油的包。她只说:“午饭好了,丫头。”

我想说爸爸打碎了你的小雕像,我很难过,可是说出口的却是:“妈妈,你的小雕像摔碎了,我很难过。”

妈妈很快点了点头,接着又摇摇头,表示那没什么要紧。可是实际上那些雕像对她很重要。几年前,在我还不怎么懂事的时候,我就总是很纳闷,为什么每次他们的房间里传出像有什么东西撞到门上的声响之后,妈妈都会去擦拭这些小雕像。她的橡胶拖鞋一点声音都没有,可我还是知道她下楼去了,因为我听到餐室的门开了。我也会跟下去,看她拿着一块蘸满肥皂水的抹布站在小架子边,每个小芭蕾舞演员雕像她都会擦上至少一刻钟。她脸上从来没有泪水。最近一次这样是在大约两周前,她把小雕像擦好以后又调整了它们彼此的位置。当时她的眼睛很肿,又黑又紫,像熟过了头的鳄梨。

“吃完饭我再给你编辫子。”她说着转身走了。

“好,妈妈。”

我跟着她下了楼。她微微有些跛,好像一条腿比另一条短似的,这种步态让她看起来比实际上更矮小了。台阶弯成优雅的S状,我下到一半时,看到扎扎站在走廊里。通常他会趁午饭之前的工夫回房间里去看书,但是今天他没有上楼来,而是一直跟妈妈和西西待在厨房里。

“你还好吧?”我问扎扎，尽管我知道我本无须这样问。只要看看他就知道了。那张十七岁的脸上，已经有几条深纹曲曲折折爬过前额，每一条纹路里都潜藏着一股阴沉的压力。走进餐室之前，我很快地攥了一下他的手。爸爸妈妈已经就座，爸爸正在西西端到他面前的那盆水里洗手。他等我和扎扎在他对面坐下，开始做祈祷。开始的二十分钟，他请上帝保佑我们的食物。接着，他用几种不同的名字称呼圣母，每说一个我们都跟着说:“为我们祈祷。”他最喜欢的称谓是“我们的夫人，尼日利亚人民的守护者”，这是他的创造。他对我们说，如果人们每天都能这么说，尼日利亚就不会像头重脚轻的人那样举步维艰了。

午饭是甘薯泥和苦叶汤。甘薯泥吃起来很滑很细腻，西西做得很好，她把甘薯用力捣碎，加几滴水到研钵里，她的脸蛋也跟着捣杵嘭嘭嘭的响动一起颤抖。汤很浓，里面有大块的水煮牛肉、鱼干和暗绿色的苦叶叶片。没有人说话。我用手指把甘薯泥滚成小球，在汤里蘸蘸，裹上鱼块，再送入口中。我知道汤一定很美味，但我没有喝，我没法喝。我感觉我的舌头像纸一样。

“请把盐递过来。”爸爸说。

所有人都伸出手去取盐。扎扎和我已经触到了盐瓶，我轻轻碰碰他的手指，他松开了手。我把盐瓶递给爸爸。随后是一阵更长久的沉默。

“今天下午他们把腰果汁送来了，”妈妈终于说道，“味道很不错，我相信一定会大卖。”

“让那女孩拿来一些。”爸爸说。

妈妈按了按那个悬在桌子上方、用一根透明线吊在屋顶的铃。西西进来了。

“夫人有什么事?”

“把工厂送来的饮料拿两瓶过来。”

“是，夫人。”

我很希望西西说“什么饮料，夫人?”或者“在哪里，夫人?”，随便什么，只要能和妈妈再多说几句，好掩盖一下扎扎揉甘薯泥时那不自在的样子。西西很快回来了，把饮料放在了爸爸手边。瓶子上的商标看起来像褪色了一样，爸爸厂里生产的东西——威化、奶油饼干、瓶装果汁、香蕉片——无不如此。爸爸把那种黄色的果汁给每个人倒了一点，我很快拿了一杯尝了一口。那味道很淡。我希望自己看上去很急切，如果我赞美果汁，爸爸也许就会忘记他还没有惩罚扎扎这件事了。

“味道真不错，爸爸。”我说。

爸爸鼓起腮帮回味着果汁，也说:“是的，真不错。”

“就像新鲜的腰果。”妈妈说。

说点什么吧，求你了，我想对扎扎说。他此刻该说点什么，加入进来，赞美爸爸的新产品。每当有人从爸爸的某个工厂送来样品，我们总是这样。

“就像是白酒。”妈妈继续说。我看得出她很紧张，因为新鲜的腰果并不像白酒，而且她声音很低。“白酒，”妈妈又说了一遍，闭上眼睛仔细品味，“水果味的白酒。”

“对。”我说。一个甘薯球从我指尖滑脱，滚到汤里去了。

爸爸正盯着扎扎。“扎扎，你不和我们分享一杯吗？听见了吗？你无话可说吗？”他完全用伊博语发问。坏兆头。他几乎从来不说伊博语。尽管扎扎和我在家都用伊博语和妈妈对话，他却不允许我们在外面说。他告诉我们，在公共场合一定要听起来很有教养，要说英文。爸爸的妹妹伊菲欧玛姑妈曾经说过，爸爸是再典型不过的殖民产品了。她说这话的语气很温和，满怀宽宥，似乎这根本不能怪爸爸，就好像在谈论满嘴胡话的疟疾病人一样。

“你没有话说吗，扎扎？”爸爸又问了一遍。

“没有，我没什么可说的。”扎扎答道。

“什么？”一层阴影笼罩了爸爸的眼睛，那阴影此前一直在扎扎眼中。那是恐惧。此刻它已经离开了扎扎，进入了爸爸的眼睛。

“我没什么可说的。”扎扎说。

“这种果汁很好喝——”妈妈又开始说。

扎扎把椅子推开。“感谢主。感谢爸爸。感谢妈妈。”

我转过去看着他。至少他这几句话说对了，我们饭后总是这样说的。可是同时他也做了一件从来没有人做的事：爸爸还没做餐后祈祷他就离席了。

“扎扎！”爸爸喊道。那阴影加重了，已经包裹了他的眼白。扎扎已经端着他的盘子离开了餐室。爸爸努力站起身来，又重重地跌回到椅子里，脸颊沉下来，像斗牛犬一样。

我伸手拿起杯子，看那杯果汁。淡淡的黄色，像尿一样。我一口气把它灌了下去，因为不知除此之外还有什么可做的。有生以来，这样的情形还从来没有发生过。我觉得院墙就要崩裂，压倒素馨树，天空即将塌陷，闪亮的大理石地面上的波斯地毯就要皱缩起来。一定有什么事情要发生了。但是真正发生的只有一件事：我呛着了。我咳得全身颤抖。爸爸和妈妈赶忙过来，爸爸敲我的后背，妈妈揉擦我的肩膀，说：“噢，我的心肝，快别咳了。”

当天晚上，我一直躺在床上，没有和大家一起吃晚饭。我还是一直咳嗽，双颊发烫。成千上万的怪物在我的脑袋里做游戏，令我痛苦不堪。他们丢来丢去的不是球，而是一本棕色皮面的弥撒书。爸爸到我的房间里来，他坐到床上来，床垫陷了下去。他摸摸我的脸颊，问我是否需要什么。妈妈已经在为我做白胡椒汤[1]了。我说不需要什么。我们就静静地坐着，我们的手在一起握了很久。爸爸的呼吸声总是很重的，但此刻他听起来简直像喘不上气来了，不知他在想些什么，他是否正在头脑中狂奔，逃离着什么。我没有看他的脸，因为我不想看见红疹在他脸上一点点蔓延的样子，又多又密的疹子让他的脸看上去像肿了一样。

稍后妈妈为我送来了一点白汤，可是那么香的汤居然让我恶心。吐了一阵之后，我问妈妈扎扎在哪里。从午饭结束到现在，他都没有来看过我。

“在他房间里。他没下来吃晚饭。”她一边说一边抚摸我的小辫子。她就喜欢这样，顺着几股头发摸下来，看我头上不同部位的头发怎样被扎在一起。她要等到下周再为我编辫子了。我的头发太多了，每次她刚用梳子梳通，它们就马上重新缩成一团。怪物们本来就已经在我脑袋里捣乱了，现在梳头只会雪上加霜。

“你会重新摆上那些小雕像吗？”我问，同时嗅到了她腋下白垩除臭粉的味道。她棕色的脸上只有一个新近的疤痕印在额头上，毫无表情。

---

1 原文为Ofe nsala，一种尼日利亚人特有的食物。用当地的某种胡椒和鱼调制而成，浇在甘薯泥上食用。

“不,”她说,“不会了。”

也许妈妈已经意识到她再也不需要那些小雕像了。也许她已经意识到,当爸爸把弥撒书扔向扎扎时,倒下的并不只是那些雕像,而是所有的一切。我直到现在才明白这一点,直到现在才允许自己细想。

妈妈走了,我躺在床上回想过去,那些日子里扎扎、妈妈和我更多的时候是在用心灵讲话,而不是只用嘴。后来恩苏卡的事发生了。那是一切的开始;伊菲欧玛姑妈家阳台边的小花园打破了我们宁静的生活。现在看来,扎扎的叛逆就像是伊菲欧玛姑妈的紫木槿,它们是那么罕见,芬芳中蕴藏着自由的气息,那种自由与政变之后人们在政府广场上挥舞绿叶高呼的自由截然不同。那是一种存在的、行动的自由。

但是我的回忆并不从恩苏卡开始,而是更早,那时候我家前院的木槿花还只有红色的。

心灵对话

圣枝主日之前

我正坐在书桌前，妈妈走了进来，臂弯上搭着我的校服。她把校服放在我的床上。她刚从院子里的晾衣绳上把它们取下来，那是我早晨挂上去的。扎扎和我洗校服，西西洗我们其他的衣服。我们总是先把衣服一角浸在肥皂水里，看是否会褪色；尽管我们很清楚它们是不会褪色的。爸爸分配给我们半小时洗校服的时间，我们则想办法把它填满。

“谢谢妈妈，我正要去把它们拿进来。”我说，同时站起来叠衣服。让长辈帮忙不好，可是妈妈不介意。她不介意的事情实在是太多了。

“就要下雨了，我不想让它们淋湿。”她的手拂过我的校服，那是一条灰色的裙子，腰带是深灰色的。裙子很长，穿在我身上的时候把小腿都遮住了。“丫头，你就要有个小弟弟或者小妹妹了。”

我愣住了。妈妈正坐在我的床上，双膝并拢。“你要生小孩了？”

“是的。”她笑了，一只手仍然在抚摸我的裙子。

“什么时候？”

“十月份。昨天我去派克街看医生了。”

“感谢上帝。”扎扎和我说。每当有好事发生的时候，爸爸都希望我们这样说。

“是的。”妈妈放下了我的裙子，几乎有点不情愿，“上帝是可靠的。自从我生了你，再加上接连几次流产，村里的人们都在议论了。族里[1]的人甚至已经在劝你父亲和别人生孩子了。许多人家的女儿都乐意做这件事，其中很多还是大学生呢。她们可以生下很多男孩，占领我们的家，把我们赶出门去。埃真杜先生的第二位妻子正是这么做的。可是你父亲坚持和我，和我们站在一边。”妈妈很少一口气说这么多话。通常她说话都像是鸟吃食，一点一点来。

“是的。”我说。爸爸没有选择和另外一个女人生更多儿子，没有选择娶第二位妻子，当然是应当受称赞的。可是爸爸本来就是不一样的。妈妈不该把他和埃真杜先生或任何人做比较，这本身就是对他的贬低和侮辱。

“他们甚至说有人用荆棘把我的子宫捆起来了。”妈妈摇摇头笑了。每当她谈到相信先知的人们，每当亲戚们劝她求教巫医，或是人们讲到在前院挖到包着头发和动物骨头的布，相信

1 原文为umunna，南非伊博族遵从的父系氏族制度。一个族由同一位男性祖先的男性后代及其家庭构成，族长由最年长的男性担任。

那是别人埋在那里让他们走霉运的，妈妈的脸上都会浮起这种宽容的微笑。“他们不知道上帝自有神秘的方式显圣。”

“是的。”我说。我小心地拿着我的衣服，确保折边整齐。“上帝自有神秘的方式显圣。”我并不知道妈妈自六年前的那次流产之后还在努力怀孕。我甚至没法想象她和爸爸在那张老式的、奇宽无比的大床上同房。关于他们之间的感情，我能想到的只是他们在做弥撒时互祝平安的样子——握手之后，爸爸温柔地拥抱妈妈。

“学校里一切都好吗？”妈妈一边站起来一边问道。她之前已经问过我了。

“很好。”

“西西和我要为修女们做慕阿慕阿[1]。她们很快就要到了。”妈妈说着下楼去了。我跟着她下去，把我的校服放在门廊的桌子上。西西稍后会把它们拿去烫平。

“圣牌夫人会”[2]的修女们很快就到了。她们唱伊博语的歌曲，大家报以热烈的掌声，回音直传到楼上来。她们通常会祈祷、唱歌达半个小时之久，随后妈妈通常会低声地打断她们，说她为她们准备了“一点东西”。尽管我的房门开着，妈

1 原文为moi-moi，一种尼日利亚布丁，用眉豆、洋葱和特制的胡椒粉制成。

2 法国大革命前夕，修女凯瑟琳·拉布（1806—1876）得到圣母的谕示，制作圣牌，以为众人谋求恩宠。

妈的声音也没有传上楼来。当西西开始把大盘的慕阿慕阿、杂菜饭和炸鸡端上来时，修女们就会温和地责备妈妈。“比阿特丽斯姐妹，你这是干什么？你为什么要这样呢？难道其他姐妹家用曼陀罗款待我们，我们会有什么不满吗？你不该这样的，真的。”接着一个平和的声音会说：“赞美主！”“赞美”两个字被拖得长长的。众人回答“哈利路亚”的声音便冲上我房间的四壁，撞上客厅的玻璃家具。然后她们会祈祷，求上帝酬答比阿特丽斯姐妹的慷慨，在她已经拥有的许多祝福上再加一重。再然后，叉子和勺子刮擦盘子的叮叮当当的声音就在房子里回响。不管来的人有多少，妈妈从来不用塑料餐具。

这天，她们刚开始为食物祈祷，我就听到扎扎跑上楼来。我知道他会先到我屋里来，因为爸爸不在家。如果爸爸在，他就会先回到自己房间去换衣服。

“你好吗？”他进来的时候我问。他穿着校服，蓝色短裤和白衬衫，圣尼古拉斯学校的校徽在他左胸前发光。校服前前后后还看得到笔直的熨线。去年他被选为最整洁的初中生，爸爸为此紧紧地抱了他一下，扎扎简直觉得他的后背都折断了。

“我很好。”他站在我的书桌边，随意翻动着我摊在桌上的《科技入门》课本。“你们吃了什么？”

“加里[1]。”

我希望我们还是一起吃午饭，扎扎的眼睛说。

“我也希望。”我说了出来。

从前，我们的司机凯文会先到圣母无玷圣心女校接我，再到圣尼古拉斯学校去接扎扎，我们会一起回家吃午饭。现在扎扎参加了圣尼古拉斯的优等生项目，放学后还要上课。爸爸修改了他的作息表，可我的还是不变，我不能等他回来再吃饭。等扎扎回来的时候，我已经吃过饭，睡过午觉，开始学习了。

不过扎扎还是知道我每天午饭吃了什么。厨房的墙上贴着我们的食谱，妈妈每个月换两次。但他还是每天来问我。我们总是这样，明知对方的答案还彼此提问。也许这是为了避免提那些我们不想知道答案的问题吧。

“我今天有三个作业。”扎扎说，转身要走。

“妈妈怀孕了。”我说。

扎扎转回来，坐在我的床边。“她跟你说的？”

“是的，十月份生。”

扎扎闭上眼睛，过了一会儿又睁开。“我们会照顾这个孩子，我们会保护他。”

我知道扎扎指的是保护他不受爸爸的伤害。但我没谈这

---

1 加里（Garri），尼日利亚人的主食之一，由木薯根发酵、烘烤而成。

个，只说："你怎么知道是个男孩？"

"我觉得一定是。你认为呢？"

"我不知道。"

扎扎在我的床上又坐了一会儿，就下楼吃饭去了。我把课本推开，抬起头来，看到贴在我面前墙上的作息表。粗体的"康比丽"写在那张纸的顶端，扎扎那张表上也是如此。不知道爸爸什么时候会为那个小家伙——我的弟弟——也画上一张这样的表，是他一出生就画呢，还是等他会走路再说。爸爸喜欢秩序。在这些作息表上就看得出，那些用黑墨水精心绘制的线把一天的光阴割断成许多份，学习、午休、家庭休闲、吃饭、祈祷、睡觉的时间各有配额。他经常修订这张表。学期中的午睡时间减少，学习时间增多，周末也不例外。假期中我们可以有多一点的家庭时间，用来读报、下象棋、玩大富翁和听广播。

第二天是星期六。政变就是在这一天的家庭时间里发生的。爸爸刚刚将死了扎扎，这时我们听到广播里响起了军乐，那庄严的调子令我们不得不停下一切，侧耳倾听。一位带着浓重豪萨口音的将军宣布我们的国家发生了政变，一个新的政府诞生了。很快我们将被告知谁是我们的新首脑。

爸爸推开了棋盘，说他要到书房去打个电话。扎扎、妈妈和我一言不发地等他回来。我知道他在给他的编辑阿迪·考克打电话，也许是要他报道此次政变。爸爸回来之后，我们一边喝西西倒在高脚杯里的芒果汁，一边听他讲政变。他看上去很伤感，长方形的嘴唇好像也松弛了。他说，一场政变会引发更多的政变。他告诉我们六十年代一连串血腥的政变最终导致了内战，当时他刚刚离开尼日利亚，赴英国留学。一场政变总是会启动一系列的恶性循环。一个军阀总是要推翻另一个军阀，因为他们有这个能力，也因为他们个个权欲熏心。

当然了，爸爸也告诉过我们，政治家们都很腐败。他的《标准报》就报道过很多这方面的故事：内阁大臣把本应用于给教师发工资和修路的钱，藏到自己在外国银行的账户里。但是尼日利亚需要的并不是统治我们的军人，而是新的民主。新的民主。他说这个词的方式使它听上去很重要。不过爸爸差不多说什么都听上去很重要。他说话的时候喜欢向后靠并向上看，好像在空中找什么东西一样。我从前总是盯着他的嘴唇，看它们的动作，有时竟至忘我，想要永远停在那一刻，听他的声音讲那些很重要的事情。他笑的时候我也有同样的感觉，只见他的脸像椰子一样绽开，露出里面雪白的果肉。

政变后第二天，在出发去圣阿格尼丝教堂做晚祷之前，我们坐在起居室里读报纸。卖报人每天早晨把主要的报纸送来，每种四份，都是爸爸订的。我们首先读《标准报》。只有《标准报》有社论，呼吁新的军政府尽快实施民主方案。爸爸为我们大声念了《今日尼日利亚》上的一篇文章，那个专栏作家坚称，是时候由一位军人担任总统了，因为政客们已经失控，而我们的经济又一团糟。

“《标准报》就永远写不出这样的垃圾，”爸爸说，一边放下报纸，“更不可能在这里用‘总统’这个词。”

“用‘总统’等于说他是被选出来的，”扎扎说，“这里应该用‘首脑’。”

爸爸笑了，我多么希望自己抢在扎扎之前说了这句话。

“《标准报》的社论写得很棒。”妈妈说。

“阿迪毫无疑问是这里最好的作家。”爸爸颇有些傲慢地说，一边扫视着另一份报纸。“《改头换面》，这是什么标题！他们都害怕了。他们都在写原来的平民政府多么腐败，好像军阀们就不会腐败似的！这个国家在走下坡路了，一路下坡。”

“上帝会解救我们的。”我说，我知道爸爸喜欢听我这么说。

“是的，是的。”爸爸点着头说。他伸过手来，抓起我的手，我顿时觉得好像含了满嘴的糖一样。

✣

接下来的几个星期，我们在家庭时间里读的报纸听起来很不一样了，更压抑了。《标准报》也变了，比以往更多批判和诘问。就连去学校的车程也变了样。政变后的第一个星期，凯文每天早晨都要折下绿色的枝条塞进车里，遮住车牌，这样政府广场上的示威者们才会让我们开过去。枝条意味着“团结”。不过我们的枝条从来不像示威者们的那么鲜亮。我们的车开过他们身旁的时候，我有时想，加入他们、挡住车的去路并高喊“自由”，会是什么样的感觉。

再后来，凯文开过奥格威路时，我看到有士兵把守在市场的路障那里，一边走来走去，一边摸着长长的枪杆。他们拦下一些车进行检查。有一次我看到一个人跪在他的标致504旁边，双手高举。

但家里并没什么变化。扎扎和我依然遵循着我们的作息时间表，依然彼此明知故问。唯一在变的是妈妈的肚子，它开始膨胀了，缓慢而不易察觉地。一开始它像只泄气的足球，但到了圣灵降临节[1]，它就把妈妈那条上教堂才穿的红色镶金边的

1 圣灵降临节，又称“五旬节”，在复活节后的第七个星期天。

裙子高高地顶了起来，没人会误以为那是因为里面的衣服太厚或者是裙布打的结。圣坛被装饰成和妈妈的裙子一样的红色，那正是圣灵降临节的颜色。为我们做弥撒的是一位来访的牧师，他的红袍有点短。他很年轻，诵读福音书的时候常常会抬起头来，棕色的眼睛紧盯着会众。做完弥撒以后，他缓缓地吻了《圣经》。别人这么做会显得很做作，但他这么做却显得很真诚。他告诉我们，他是最近才被任命为牧师的，正等着人家分配一个教区给他。他和本尼迪克特神父有一位共同的密友。当本尼迪克特神父请他到访并为我们做弥撒时，他非常高兴。他倒是并没有盛赞我们的圣阿格尼丝圣坛——那圣坛的台阶亮得就像抛光的冰砖一样。他也没有说这是埃努古最好的圣坛之一，甚至也许是整个尼日利亚最好的圣坛之一。他也没有像其他来访的牧师们那样说上帝在圣阿格尼丝大教堂里驻足比在别处更久，说那些落地彩窗上的圣人们令上帝驻足。祷告做到一半时，他还突然唱起了伊博语的歌："高举基督……"

在场的会众集体倒抽了一口气，有人叹息，有人的嘴变成了一个大大的O形。大家习惯了本尼迪克特神父严肃的布道和他那种仿佛捏着鼻子说话的一成不变的声音。过了一会儿，他们也跟着唱了起来。我看到爸爸噘起嘴唇。他转过头看扎扎和我有没有在唱。他看到我们双唇紧闭，赞赏地点了点头。

弥撒结束后，我们等在教堂入口外，因为爸爸正在向围着他的人们致意。

“早上好，赞美上帝。”他说，和男人们一一握手，和女人们一一拥抱，拍拍幼童的头，又捏捏婴儿的脸。有些人对他耳语，他又低声回答，那些人便双手握住他的手道谢，随后转身离去。爸爸终于结束了这一仪式。院子里的车本来密得像牙齿，现在差不多都走光了。这时我们才朝我们家的车走去。

“那个年轻的牧师居然在祷告中唱歌，像那些遍地开花目无上帝的五旬节会首领们一样。我们一定要记着为他祈祷。”爸爸一边说，一边打开奔驰车的门，把弥撒书和教会公告放到位子上，接着转身走向教士们的住所。我们在弥撒之后总是去拜访本尼迪克特神父。

“请让我留在车里等吧，”妈妈说着靠在了车上，“我感觉马上就要吐了。”

爸爸转过来瞪着她。我停止了呼吸。那一刻可能只有几秒钟，但我感觉很长很长。

“你确定你想留在车里？”爸爸问。

妈妈低下头。她的双手放在肚子上，防止裙布散开，或者是想把早餐吃的面包和茶压下去。“我身体很不舒服。”她喃喃地说。

“我问的是你是否确定你要留在车里。”

妈妈抬起头说：“我跟你去吧。没有那么严重。”

爸爸脸上的表情毫无变化。他站在原地不动，等妈妈走到他那里，他便转身继续和她一起向神父的房子走去。扎扎和我也跟了上去。我看着妈妈。在那以前我都没有留意到她有多么憔悴。她那原本如花生酱一般棕色光滑的肌肤好像已经被榨干了水分，苍白得像干裂的土地。扎扎用他的眼睛问我：要是她真的吐了怎么办呢？我想我会把我的裙子边拎起来让她吐到里面来，以免在本尼迪克特神父家出丑。

那所房子的样子让人不禁猜想，莫非建筑师以为他设计的是教堂而非住宅？通向餐厅的拱廊很像是通往圣坛的教堂前廊；摆着乳白色电话的壁龛，仿佛随时准备领受圣体；起居室边上的小书房完全可以充当圣器室，塞满圣书、圣衣和多余的圣餐杯。

“尤金弟兄！”本尼迪克特神父喊道。他一看到爸爸，苍白的脸上顿时浮起微笑。他正坐在餐桌边吃饭。桌上有几片煮熟的甘薯，看来像是午饭；但也有一盘煎鸡蛋，好像又是早餐。他请我们一起吃。爸爸谢绝了，接着走到桌边开始用我们听不到的声音说话。

“你好吗，比阿特丽斯？”本尼迪克特神父提高声音问道，以便让妈妈在起居室里也能听见，“你看起来气色欠佳。”

“我很好，神父。我只不过对天气有点过敏，你知道，这正是燥热风和雨季交接的时节。”

"康比丽，扎扎，你们觉得弥撒好吗？"

"不错，神父。"扎扎和我同时答道。

随后我们就告辞了，比平常的访问短些。爸爸在车上一言不发，下巴来回移动，仿佛在磨牙似的。我们也都没说话，静静地听着磁带里传出的《福哉玛利亚》。到家之后，西西把爸爸的茶具拿出来，用那只有着玲珑精致把手的瓷茶壶为爸爸沏了茶。爸爸把他的弥撒书和教会公告放在饭桌上，坐了下来。妈妈在他周围转来转去。

"我来为你倒茶吧。"她说道，尽管她从来没有这么做过。

爸爸没有理她，自己倒了茶。他还让扎扎和我来尝。扎扎抿了一口，把杯子放回碟子上。爸爸又把杯子拿起来递给了我，我用双手端着，尝了一口——那是加了糖和奶的立顿茶——再把杯子放回碟子上。

"谢谢爸爸。"我说，感到那份爱正灼烧着我的舌头。

扎扎、妈妈和我上楼去换衣服。我们在楼梯上的步子度量严格，满载静默，正像我们星期天的时光一样：爸爸午睡的时候，我们等他吃饭的静默；爸爸要我们读一段经文或是一本教会早期神父写的书时，我们思考的静默；晚祷时的静默；开车到教堂参加赐福仪式路上的静默；在星期天，就连我们的家庭时间也是静悄悄的，没有象棋，不会讨论报纸上的新闻，非常符合安息日的概念。

“或许西西今天可以自己做午饭，”在我们走到楼梯顶端时扎扎说，“你在午饭前要好好休息一下，妈妈。”

妈妈正要说话，可还没来得及开口就用手捂着嘴跑进屋去了。我站在原地，听她呕吐时刺耳的呻吟。接着我回了房间。

午饭是杂菜饭、大块的酥骨和牛杂浓汤。爸爸吃了大部分的牛杂汤，他的勺子在盛着辣汤的玻璃碗里横冲直闯。静默像雨季的乌云一般笼罩在餐桌上方。只有外面的鹭鸶在叽叽喳喳。每年它们都在雨季之前到来，在我们餐室窗外的鳄梨树上筑巢。扎扎和我有时会在地上发现掉下来的鸟巢，那是用树枝和干草做成的，其中还夹着我的头绳，鹭鸶从后院的垃圾桶里把它们衔出来。

我第一个吃完了。“感谢主。感谢父亲。感谢母亲。”我双臂交叉，等大家吃完再做祈祷。我谁的脸也不看。我盯着对面墙上外祖父的照片。

爸爸开始祈祷时，他的声音比平时更加颤抖。他首先为食物祈祷，接着请上帝原谅那些试图阻碍他的意志的人，那些把个人欲望置于首位、不愿在弥撒之后拜访他的仆人的人。妈妈说“阿门”的声音在整间屋里回荡。

午饭后我待在房间里，读《雅各书》第五章，因为在这天的家庭时间我要讲涂油礼的起源。就在这时，我听到了那种声音。又快又重的撞击声，从我父母卧室的手工雕刻的门上传出。我想象是门卡住了，而父亲正在努力打开它。如果我使劲这么想，那它就会是真的了。我坐下来，闭上眼睛，开始数。数数会让那声音显得没有那么久，让事情显得没有那么糟糕。有时候在我还没数到二十的时候就结束了。我数到十九，那声音停了。我听到门开了，爸爸在楼梯上的脚步听起来比平常更重、更笨拙。

我走出房间，扎扎也出来了。我们站在楼梯顶端看着爸爸下去。妈妈被吊在他的肩膀上，像他工厂的工人抬到塞米港的麻袋装的大米。他打开了用餐室的门。我们又听到他打开了前门，听见他向看门人阿达姆吩咐着什么。

“地上有血，”扎扎说，“我去卫生间拿拖把。”

我们把血迹清理干净。血一路滴下去，好像有人提着一桶漏了的红颜料走过一样。扎扎拖地，我再擦一遍。

那天晚上妈妈没有回来，扎扎和我自己吃的晚饭。我们没有谈起妈妈。我们谈两天前因走私毒品被当众处决的三个人。扎扎在学校里听到别的男孩们谈论此事。电视上也讲过。那些人被绑到柱子上，甚至在子弹停止冲击后，他们的身体还在颤抖。我把班上一个女孩的话讲给扎扎听：她的妈妈把电视关掉，问她为什么要看同类赴死，说那些聚集在行刑现场观看的人简直是神经错乱。

晚饭后，扎扎做了祈祷，在结尾加上一句为妈妈的祈祷。爸爸回来的时候，我们遵从作息表，正在各自的屋里学习。我正在《初中农业入门》课本的勒口上画验孕棒的图，他走进了我的房间。他的眼睛又红又肿，使他显得更年轻、更脆弱。

“你妈妈明天回来，大约在你放学回来的时候。她没事。”

“好的，爸爸。”我不看他的脸，转向我的书。

他抓着我的肩膀，温柔地来回摩挲。

“站起来。”他说。我站了起来，他紧紧地拥抱我，我感觉到他柔软胸膛下的心跳。

第二天下午，妈妈回来了。凯文用那辆后车门上镶嵌着工厂名字的标致505接她回来的，这就是我们每天上下学乘坐的车。扎扎和我等在门口，站得很近，肩膀挨着肩膀。我们为她开了门。

“我的孩子们。”她拥抱我们。她还是穿着那件胸前写有“主是爱”的T恤衫。她绿色的裙布比平时绑得低了些，随意地在侧面绑了一个结。她的眼神很空洞，那些把全部家当装在一只帆布袋子里在垃圾场边游荡的疯子就是这样的眼神。

“发生了一点意外，孩子没了。”她说。

我向后退了一点，盯着她的肚子。它看起来还是很大，令她的裙子鼓成弧形。妈妈能肯定孩子没了吗？西西进来的时候，我还在盯着她的肚子看。西西的颧骨很高，使她看上去总是一副棱角分明又有点怪异的开心表情，好像她在笑话你似的，而你永远也不知道究竟为了什么。“下午好，夫人，欢迎回家，”她说，“你是想现在吃饭，还是洗完澡再吃？”

“嗯？”有那么一会儿，妈妈好像不知道西西说了什么。“现在不吃，西西，现在不吃。给我点水，再给我一条毛巾。”

妈妈站在起居室中间，站在玻璃桌边，抱着自己。接着西西端来一碗盛在塑料碗里的水和一块洗碗布。柜子里有三层精致的玻璃搁架，每一层上都放着米色的芭蕾舞者雕塑。妈妈从最下面那层开始，把架子和雕塑都擦了又擦。我坐在离她最近的皮沙发里，近得伸手就可以把她的裙子拽直一些。

“丫头，这是你学习的时间。上楼去。”她说。

“我想待在这里。”

她用那块布缓缓擦过一尊小雕像，擦过那条高高伸到空中的火柴长短的腿。她说：“丫头，快去。”

我上了楼，坐在那里盯着我的课本发呆。黑色的字迹模糊了，字母互相乱游，接着化作了一片红色，鲜血的红色。那血还在流动，从妈妈体内流出，从我眼睛里流出。

晚饭时，爸爸说我们要念诵十六种不同的九日敬礼祷告，以求得上帝对母亲的宽恕。那个星期天是圣三主日，我们在弥撒之后留了下来，开始了九日敬礼。本尼迪克特神父把圣水洒到我们身上，有些圣水落在了我的嘴唇上，祈祷时我就尝着那种怪怪的咸味儿。如果爸爸在我们背诵第十三遍圣裘德祈祷词时抓住我或者扎扎打盹了，他也会要求我们从头开始。我们不能出一点错。我没有想，甚至也没有想到要去想，妈妈究竟为了什么事需要被宽恕。

✣

每次我开始读课本，上面的字就变成血滴。直到第一学期的考试临近，我开始复习功课时，我还是没法看明白那些字。

考试几天前，我正在屋里学习，想办法一次专攻一个字。这时门铃响了。来人是叶望荻·考克，爸爸的编辑的妻子。她在哭。我能听到她的哭声是因为我的房间恰好在起居室的上方，也因为我从没听过有人哭得那么凶。

“他们把他抓走了！他们把他抓走了！”这样的话夹在嘶哑的啜泣声中。

“叶望荻，叶望荻。”爸爸叫着，比她的声音低好多。

“我该怎么办啊先生！我有三个孩子！其中一个还在吃奶呢！我一个人要怎么把他们养大?”我几乎听不到她吐字，只听到她嗓子里什么东西在呼呼作响。爸爸说:“叶望荻，别这么说。阿迪不会有事的，我向你保证。他不会有事的。”

我听见扎扎出了房间。他会走下楼，假装到厨房去喝水，然后在起居室的门旁站一会儿，在那儿偷听。他回来之后告诉我，阿迪·考克刚从《标准报》开车出来，士兵们就把他抓走了。他们把他推上另一辆车，大概是一辆黑色加长版的车，里面坐满了士兵，他们的枪从车窗伸出来。我想象他的双手因为害怕而颤抖，他裤子上的一片水渍越扩越大。

我知道他被捕是因为上一期《标准报》的头版报道。那篇文章披露了首脑及其夫人雇人出口海洛因的丑闻，对新近处决三个人的事提出质疑，并诘问真正的毒枭是谁。

扎扎说，当他从钥匙孔向里看时，爸爸正握着叶望荻的手祈祷，并让她跟着重复："相信主的人，不会无依无靠。"

这也正是我在一个星期后参加考试时对自己说的话。学期最后一天，在凯文接我回家的路上，我把成绩卡片紧紧贴在胸口，也在重复着这句话。修女们把卡片发给我们时没有封口。我是班里的第二名，数字写着结果："2/25"。我的班主任克拉拉修女写道："康比丽的才智超越她的同龄人，安静，有责任感。"校长兼修道院院长露西修女写道："一名优秀、守纪的学生，一个值得为之骄傲的女儿。"但是我知道爸爸不会骄傲的。他一向都对扎扎和我说，他为圣母无玷圣心女校和圣尼古拉斯男校花了那么多钱，可不是为了看着别的孩子得第一。从来没人为爸爸上学花过那么多钱，他那位不信上帝的父亲——我们的努库爷爷——就更不会了，可是爸爸总是考第一。我想让爸爸为我骄傲，我想做得像他小时候那么好。我想要他抚摸着我的后颈，并说我是在完成上帝的意志。我想要他紧紧地拥抱我，并说天赋异禀的孩子理应不负众望。我想要他对我微笑，那微笑会点亮他的脸，让我心里的什么地方温暖起来。可是我考了第二。我失败了。

妈妈还没等凯文把车停好就开门出来了。学期的最后一天，她总是等在门口，用伊博语唱颂歌，拥抱扎扎和我，用手掌摩挲我们的成绩卡片。只有在这时，妈妈才会在家里大声唱歌。

“哦，我仁慈的主啊，哦，我仁慈的……”妈妈开始唱歌，我跟她打招呼时，她停了下来。

“下午好，妈妈。”

“丫头，怎么样？你脸色看上去不大好。”她站到一旁让我过去。

“我考了第二名。”

妈妈愣了一下。“来，先吃饭吧。西西做了椰子饭。”

爸爸回来的时候我已经坐在了书桌边。他缓缓走上楼来，每一个重重的脚步都在我脑袋里搅起一阵不安。他走进了扎扎的房间。扎扎拿了第一，和以往一样。所以爸爸会很骄傲，会拥抱他，让他的双臂停在扎扎的肩膀上。他在扎扎屋里停了一会儿，我知道他是在一一检视他每一科的成绩，看是否有哪一科比上学期低了一两分。我突然感到膀胱一阵紧张，冲到厕所。等我出来时，爸爸已经在我屋里了。

“晚上好，爸爸。欢迎回家。”

“在学校过得好吗？”

我想说我考了第二名，让他马上就知道，这样我也好马上供认我的失败。可是我却说“很好”，又把成绩卡递给他。他好像花了无穷的时间才打开它，又花了更长的时间读完上面的字。等待的时候我试图让呼吸变得平稳些，虽然我很清楚自己办不到。

“谁第一？”爸爸终于问道。

“沁维·吉德泽。”

“吉德泽？那个上学期考第二的吗？”

“是的。”我答道。我的肚子在叫，那空洞的咕噜声听来太响了，我把肚子吸进去也没法让它停下来。

爸爸把我的卡片又看了一会儿。接着他说：“下来吃饭吧。”

走下楼的时候，我的两腿好像都没有关节了，像两根木头。爸爸带回了一种新的饼干样品，开饭前我们把那个绿色的小包传了一圈。我咬了一口，说：“非常美味，爸爸。”

爸爸咬了一口咀嚼着，看向扎扎。

“味道很新鲜。”扎扎说。

“非常好吃。”妈妈说。

“上帝保佑，这一定很好卖，”爸爸说，“我们的各种威化已经领先市场，这种饼干也应该加入这个阵容。”

爸爸说话的时候我没有看他的脸，也没法看。蒸甘薯和辣味的蔬菜怎么也不肯离开我的嗓子往下走，它们粘在我的嘴里，就像孩子们在幼儿园门口粘着妈妈的手一样。我一杯接一杯地喝水，想把它们冲下去。等爸爸开始做祈祷时，我的肚子里已经灌满了水。做完祈祷，爸爸说："康比丽，上楼来。"

我跟着他。他穿着红色的丝绸睡衣，上楼的时候，他的屁股抖得像那种做得很好、果冻一样的阿卡姆似的。爸爸房间里的奶油色装潢每年都会换，但只是换成另一种略微不同的奶油色。那块一踩就会陷进去的长毛绒脚垫是纯粹的奶油色，窗帘只在边缘处有一圈棕色的绣花，两把米色的扶手椅紧紧靠在一起，好像两个人在私语。这些米色的东西让整个房间看起来更大了，似乎没有尽头，似乎无法逃脱——因为根本无处可逃。我小的时候，想象中的天堂就是爸爸房间的样子，那么柔软，像奶油一样甜美，又那么无穷无尽。每当哈马丹风[1]携带着暴雨到来，芒果砸上我们的纱窗，电线互相撞击，发出橘色的火花，我都会躲进爸爸的臂弯，爸爸则把我夹在两膝之间，或者用那条散发着安全气息的奶油色毯子把我裹起来。

我现在坐在床边，也坐在一条和那差不多的毯子上。我脱掉拖鞋，把脚放到毛垫子上，并且决定一直把它们放在那里，

---

1 哈马丹风（Harmattan），尤指在十一月到三月从撒哈拉沙漠向西非海岸刮起的干燥沙尘风暴。

这样至少我的一部分会感觉安全些。

“康比丽，”爸爸深吸了一口气，“你这学期没有尽全力，你考第二是因为你不想考第一。”他的眼睛深陷，看上去伤心极了。我很想抚摸他的脸，让我的手划过他粗糙的脸颊。他的眼睛里藏着我永远无法了解的故事。

这时电话响了。自从阿迪·考克被捕，电话响得比以往频繁多了。爸爸接了电话，用很低的声音说话。我坐在那里等着，直到他挥挥手要我离开。第二天他没有再叫我来谈成绩并决定如何处罚我。第三天也没有。我以为他是为了阿迪·考克的事情分身乏术，可是一个星期后，爸爸已经把他弄出监狱了，还是没有再谈起我的成绩卡。他也没有说起他是怎么救出阿迪·考克的。我们只是在《标准报》上又看到了他的社论，他写到他的自由观，说他的笔无论如何不会停止书写真理。但是他没有说到他曾经被什么人关押在哪里，那些人又对他做过什么。他在斜体印刷的附言中感谢他的出版人，称他是“一个正直的人，我所认识的最勇敢的人”。我是在家庭时间读到这句话的。我坐在妈妈的身旁，把这句话读了又读，然后闭上眼睛，感到一阵波浪涌遍全身。本尼迪克特神父在弥撒中讲到爸爸时，我就是这种感觉；打完喷嚏时也是这样——一种透彻的刺痛的感觉。

“感谢上帝，阿迪自由了。”妈妈一边说，一边抚摸着报纸。

“他们用烟头烫他的背，”爸爸摇着头说，“他们用那么多烟头烫他的背啊。”

“恶有恶报，时候未到。”妈妈说。尽管爸爸没有冲她笑——他太伤心了根本笑不出——不过我知道爸爸很高兴听到她这么说。我希望我能在妈妈说出口之前就想到这么说。

“现在我们要转向地下出版了，”爸爸说，“我的员工已经不安全了。”

我知道“地下出版”是指这份报纸将在一个秘密的地点印刷。我想象阿迪·考克及其他员工待在一个地下的办公室里，只有一顶荧光灯悬在阴暗潮湿的房间上空，大家则在办公桌前埋头书写真理。

当天晚上爸爸祈祷时，请求上帝赶快惩罚那些统治我们国家的坏人的段落比以往更长了。他一遍一遍地说：“我们的圣母，尼日利亚人民的庇护者，请为我们祈祷吧。”

假期很短，两周就结束了。开学前的那个星期六，妈妈带扎扎和我到市场去买新的凉鞋和书包。我们并不需要这些东西。我们的书包和棕色的皮凉鞋都还很新，只用了一个学期。但只有这个传统是属于我们自己的：我们每个学期开始之前都到市场去，不需要征求爸爸的同意。凯文开车送我们的路上，我们把车窗摇下来。在市场边上，我们看垃圾堆旁那些半裸的疯子，看那些随随便便就在角落里解开拉链撒尿的男人，看那些大声砍价的女人——她们简直像是在和小山一样的菜堆说话，但随后摊主的脑袋从菜后面冒了出来。

在市场里，我们不停地被小贩们揪住。他们一边拉着我们在黑黑的过道里乱走，一边说“我有你想要的东西”或是“跟我来吧，在这边呢”，尽管他们完全不知道我们要买什么。我们在血淋淋的生肉和霉坏的干鱼中间捂着鼻子。我们低着头躲过像云一样盘旋在蜂蜜摊上方的蜂群。

当我们带着新凉鞋和妈妈挑的布料离开时，我们看到路边的菜摊前围着一小群人。士兵在附近走动，市场里的女人们在大叫，她们许多人都把双手放在头上；人们绝望或受到惊吓时就是那副样子。一个女人躺在地上，一边哭号一边抓着自己短短的卷发。她的裙布松开了，白色的内衣露了出来。

“快走。”妈妈说着，向扎扎和我靠得更近了些，我觉得她是不想让我们看到士兵和那些女人。我们快步走过的时候，我看到一个女人向一名士兵吐口水，那个士兵把鞭子举到空中。那鞭子很长，它先在空中卷起来，再落到那女人的肩膀上。另一个士兵把一盘一盘的水果踢到地上，大笑着用靴子把木瓜踩烂。我们坐到车里以后，凯文告诉妈妈：士兵们奉命毁掉那些菜摊，因为它们属于违章建筑。妈妈什么都没说。她望向窗外，仿佛要最后看那些女人一眼。

回家的路上我一直在想着那个躺在地上的女人。我没看见她的脸，但我觉得自己认识她很多年了。我希望我当时走了过去，拉她起来，再帮她弄掉裙子上的红色污泥。

直到星期一，爸爸送我去学校的时候，我还在想着她。他在奥格威路上放慢速度，向一个伏在路边的乞丐和几个兜售剥了皮的橘子的小孩扔了几张钞票。乞丐看看那张钞票，站起来朝我们的背影招手，又跳又拍手。可我本来以为他是瘸子呢。我从后视镜里盯着他看，直到他从视野中消失了。他让我想起市场里那个躺在地上的女人。他的快乐中有一种无助，和那个女人绝望的无助是一样的。

圣母无玷圣心女校的围墙很高，和我家院子的墙很像；不过女校的墙头并不是缠绕的电网，而是绿色的碎玻璃碴。爸爸说，在我念完小学的时候，是那堵墙让他改变了主意。他说纪律是很重要的。不能让年轻人翻过围墙，到镇上去撒欢，联邦大学里就是那样。

学校门口有许多车堵在一起，互相鸣笛。“这些人不该开车，”爸爸咕哝道，“第一个开进学校又没有奖！”

沿街叫卖的女孩们比我年纪小得多，虫蛀的衬衣一个劲儿从肩膀上往下滑。她们不顾学校门卫的阻拦，到这些车跟前去兜售剥了皮的橘子、香蕉和落花生。爸爸终于开进学校，把车停在草坪另一头的排球场边。

“你的教室在哪里?”他问。

我指了指芒果树丛边上的那栋楼。爸爸也从车里出来了,我很纳闷,他想干吗呢?他来这里做什么?为什么今天让凯文送扎扎而由他亲自来送我?

在我们朝教室走的时候,玛格丽特修女看见了他。她站在一群学生和个别家长中间,朝我们快活地招了招手,接着便摇摇晃晃地向我们快步走来。她立刻滔滔不绝地说了起来:问爸爸好,问他对我在学校的表现是否满意,他下周是否会出席对主教大人的欢迎会?

爸爸开口的时候改用了英音,他和本尼迪克特神父讲话的时候也是如此。他看上去很亲切,他和宗教人士——特别是白人宗教人士——讲话的时候总是这副讨好的样子。验收圣母无玷圣心女校图书馆整修成果的时候,他也是这么亲切。他说他是来看看我们班,玛格丽特修女回答说有需要尽管告诉她。

“沁维·吉德泽在哪里?”爸爸在我的教室门口问道。一群女生站在门口聊天。我四处看看,感觉太阳穴上一阵压力。爸爸要做什么呢?和往常一样,沁维浅色的脸就在那群女孩中间。

“就是中间那个。”我说。莫非爸爸要跟她谈话吗?因为她考了第一揪她的耳朵?我真希望地上裂开一道大缝,把整个房子吞进去。

“你看看她吧，”爸爸说，“她长了几个头？”

“一个。”我不需要看她也知道这一点，但是我还是看了看她。

爸爸从兜里拿出一面粉盒大小的镜子，递到我面前。“往里看。”

我盯着他。

“看镜子。”

我接过镜子，朝里看。

“你长了几个头，嗯？”爸爸问。我第一次听他说伊博语。

“一个。”

“那个女孩也长了一个头，并不是两个。那为什么你让她考了第一？”

“这种事不会再发生了，爸爸。”一场轻微的沙尘暴刮起来了，它卷起的阵阵棕色旋涡就像是散开的弹簧。我吃到了落在嘴唇上的沙粒。

“你以为我干吗这么卖力为扎扎和你提供最好的条件？你该做点什么对得起这一切。上帝赐予你这么多，自然会对你有很高的期望。他期待看到完美的表现。我父亲并没送我去最好的学校。他毕生崇拜的是掌管木头和石头的神。要不是神父和修女们，我必定一无所成。我为教区神父做了两年男仆。是的，我做过男仆。没人送我上学。上小学的时候，每天放学我都要走八英里到尼莫去。上圣格里高利中学的时候我还是神父们的园丁。”

这些我都已经听过了：关于他从前多么努力，修女和修士们曾经教会他多少东西，而那些东西是他永远无法从他那位自然崇拜的父亲——我的努库爷爷——身上学到的。但我还是点点头，做出很注意的样子。我希望同学们不要奇怪为什么我的父亲和我非要在学校教学楼前面做此长谈。终于，爸爸不再说了，把镜子拿了回去。

“凯文会来接你的。”他说。

“好的，爸爸。”

“再见。好好学。”他给了我一个简短的侧抱。

“再见，爸爸。”我望着他在无花灌木护卫的小径上越走越远。这时集合的铃声响了。

大家还是闹哄哄的，露西修女不得不数次喊道：“姑娘们，安静了！”和往常一样，我站在队伍的最前面，因为后面是小帮派们的地盘，那些女孩们躲得离老师远远的，总在窃笑或是耳语。穿着蓝白色制服的老师们站在一个台子上，看上去像是高大的雕塑。我们唱了一首赞美诗，接着露西修女从《马太福音》第五段一直念到第十一段，然后我们唱了国歌。在圣母无玷圣心女校，唱国歌算是个新规矩，去年才开始，因为有些家长担心他们的孩子不会唱国歌也不会宣誓。唱歌的时候我看着修女们：尼日利亚的修女们在唱，牙齿在黑黑的皮肤中间闪闪发亮；白人修女们则双臂交叉于胸前，或是用手轻轻碰碰腰间的玻璃念珠，并留意观察是否所有学生都在动嘴。接下来，露西修女眯起眼睛，从厚厚的镜片后检视队伍。她总是挑一个学生带头宣誓。

“康比丽·阿契科，请你带头宣誓。”她说。

露西修女从未选过我。我张开嘴，但是誓词却未脱口而出。

“康比丽·阿契科？”露西修女和全校学生都盯着我看。

我清清嗓子，乞求那些词赶快到我脑子里来。我知道誓词，我还常常想到它们。但此刻我就是想不起来。我的手臂内侧已经满是又热又湿的汗。

“康比丽？”

我终于结结巴巴地说：“我向我的祖国尼日利亚宣誓/我将忠心，诚实，满怀信仰……”

全校同学也加入进来。我开始默念誓词，一边调匀呼吸。解散后，我们列队回到教室。接着我们像每次开学一样，找到座位，搬椅子，清理课桌，并把黑板上的新学期课表抄下来。

“假期过得怎么样，康比丽？”伊珍靠过来问我。

“不错。”

“出国旅行了吗？”

“没有。”我说。我不知道还有什么可说，但是我很想让伊珍知道我多么感激她。我那么愚钝，又总是结结巴巴，可是她一直以来都对我这么好。我想谢谢她没有嘲笑我，没有像其他女孩一样叫我“后院势利眼”。可是我说出来的却是：“你去旅行了吗？”

伊珍笑了：“我？开什么玩笑。只有像你、加布里埃尔和沁维这样家里有钱的才能去旅行呀。我不过是到乡下去看望了我的祖母。”

“噢。”我说。

“你父亲早晨来干吗呢？”

“我……我……”我停下吸了口气，因为我知道如果不这样的话我肯定会结巴，“他想来看看咱们班。”

“你跟他长得很像。我是说，你没有他那么大，可是五官和表情很像他。”

“是的。”

“我听说沁维上学期把你的第一名抢走了，嗯？”

“是的。”

“我相信你的父母不会介意的。啊！啊！你可是从一年级起就一直考第一的。沁维说她父亲带她去伦敦了。”

“噢。”

“我考了第五，有进步了，上学期我是第八。咱们班的竞争可真够激烈！我从前在小学一直是第一名。”

沁维·吉德泽走到伊珍的桌边。她的嗓音很高，像鸟一样。“我要让咱们班在这学期保持优秀，伊珍小蝴蝶，一定要投我的票噢！”沁维说。她的校服腰部收得很紧，把她的身体分成了上下两半，像一个“8”。

“一定！”伊珍说。

沁维从我身边走过，对下一桌的女孩重复了这番话，只不过给她起了新的昵称。我一点不惊讶。沁维从来没有和我说过一句话，就连我们被分在同一个科学实验小组、一起采集杂草的时候也没有说过。课间大家都会聚在她的桌边，笑声阵阵。她们都模仿她的发型。如果这周沁维梳的是依西欧乌发型[1]，大家就会绑成很多束，如果沁维梳了舒库式发型[2]，大家就编很多麻花辫，再在头顶汇成一个马尾。沁维走路的样子就好像脚底有很烫的东西一般，一只脚一着地马上就把另一只抬起来。在大课间，她就这样一跳一跳地领着一大群女孩子到小店去买饼干和可乐。伊珍说，沁维为所有人的饮料买单。而我此时通常都在图书馆里看书。

“沁维只是想让你先开口，”伊珍悄悄说，“她带头管你叫‘后院势利眼’是因为你不跟任何人说话。她说，你不该因为

---

1 一种当地女孩的发型。

2 同上。

你爸爸拥有一家报社和那么多工厂就这么自大，因为她爸爸也很有钱。”

“我没有自大。”

“比如今天集合的时候，她说露西修女第一次叫你的时候你不肯带头宣誓，就是因为你太自大了。”

“露西修女第一次叫我的时候我没听见。”

“我并不是说你真的自大，我是说，沁维和大多数同学们都是这么认为的。也许你该试着和她说句话。也许放学后你不该那么快就跑掉，而是应该和我们一起走到校门口。你为什么总是跑呢?”

“我喜欢跑步。”我说，心想下周六做祷告的时候我是否该把这个算作撒谎；而我说露西修女第一次叫我的时候我没听见就已经在撒谎了。凯文总是在铃声刚响的时候就已经把那辆标致505停在校门口了。他还要为爸爸做许多事情，我不能让他等。所以我总是最后一节课刚下课就马上跑出去，速度快得好像我在参加两百米赛跑。有一次凯文告诉爸爸我耽误了几分钟，爸爸同时在我两边的脸颊上掴了耳光，留下两个巨大的掌印，我的耳朵响了好几天。

“为什么呢?”伊珍问，“如果你能留下来，和大家说说话，也许他们就会知道你并不是个势利眼了。”

“我就是喜欢跑步。”我又说了一遍。

✣

直到那个学期末，我在大多数女孩眼中仍然是“后院势利眼”。但我也没怎么当回事，因为我心里有大得多的包袱：这学期一定要考第一。这就像是每天把一袋沙子顶在头上，还不许用手扶。我看课本上的字仍然是模模糊糊一片红，仍然看到一行行细细的鲜血汇聚成我小弟弟的鬼魂。我把老师讲的东西牢牢记住，因为我知道如果回去再看课本，我是什么也看不懂的。每次测验后，都会有一团东西堵在我的嗓子眼里，像做得很糟糕的甘薯泥，直到练习本发下来才能好些。

十二月初，学校放了圣诞节假。凯文开车的时候，我偷偷瞥了一眼我的成绩卡，看到1/25。笔迹很歪，我又仔细看了看，以确定那不是7/25。那天晚上，我是一遍一遍回想着爸爸开心的脸和他说话的声音入睡的。那个声音告诉我他为我骄傲，说我实现了上帝的意图。

满载沙尘的哈马丹风随着十二月的到来降临了。它带来撒哈拉和圣诞节的气息，拉扯下素馨花细长的卵形叶子和松树的针形叶子，又用一层棕色的膜遮住一切。我们所有的圣诞节都是在家乡过的。维罗妮卡修女把这称作伊博人的年度迁徙。她操一口爱尔兰口音，字词在她的舌头上直打滚儿。她无法理解为什么很多伊博人在家乡造了那么大的房子，只有每年的十二月在里面住个一两周，与此同时却乐于常年在城市拥挤的小区里过日子。我常常纳闷维罗妮卡修女为什么问这种问题，事情本就是这样的呀。

我们出发的那天早晨风很大，松树被扯得呼呼叫，一个劲地弯腰，好像在向沙尘之神鞠躬，枝叶发出的响声像是足球裁判员在吹哨。车停在车道上，车门和后备箱大开，等着载人载货。爸爸开奔驰，妈妈坐在前排，扎扎和我坐后排；凯文和西西开工厂那辆车跟在我们后面；工厂的司机逊迪开沃尔沃，每当凯文休一周年假的时候，他就来替班。

爸爸站在木槿树边上指挥，一只手插在白色束腰外衣的口袋里，另一只手指着各种东西和车。"行李箱放到奔驰车上，蔬菜也是。甘薯、人头马和果汁箱子放在标致505上，看看鱼干是不是也可以放进去。那几袋米、加里、豆子和香蕉放在沃尔沃上。"

要装的东西实在不少，阿达姆也从门房过来给凯文和逊迪帮忙了。单是那些粗壮得像小狗一样的甘薯，就塞满了标致的后备箱。沃尔沃前排的位子上也横了一袋豆子，像一位睡着的乘客。凯文和逊迪开在前面，我们随后跟上，这样如果路障那里的士兵把他们拦下，爸爸可以看到并且停下来。

爸爸刚一开出我们大门口就开始念诵《玫瑰经》。念到第一端结束时，他停了下来，让妈妈继续第二端。扎扎再念一端，接着就轮到我了。爸爸开得很慢。高速路只有一条车道，当我们开到一辆卡车后面时，他停了下来，咕哝着说这路不安全，说阿布贾[1]的人挪用了本该用于修两条车道的钱。许多车在我们身后按喇叭并超了过去。有些车满载着甘薯、大米和一箱一箱的饮料，后备箱简直都要蹭到地了。

到了九里镇，爸爸停车去买面包和奥克帕[2]。小贩们一拥而至，把煮鸡蛋、烤腰果、瓶装水、面包、奥克帕等食物塞进每个车窗，说："跟我买吧，我的好！""看看我吧，我才是你们要找的人。"

尽管爸爸只买了面包和热香蕉叶裹的奥克帕，他还是给了其他小贩每人一张二十奈拉的钞票。他们则喊着"感谢先生，上帝保佑您"。我们驶向阿巴的路上，那喊声一直在我耳中回响。

高速路出口处"欢迎光临阿巴城"的标志很小，很容易被人错过。爸爸刚一拐上凹凸不平、饱受炙烤的土路，我就听

---

1 阿布贾（Abuja），尼日利亚首都。

2 奥克帕（okpa），尼日利亚食品，以班巴拉花生豆磨成的粉和成面，裹香蕉叶蒸制而成。

到奔驰的底盘蹭到地上的刮擦声。我们驶过时，人们挥手呼唤着爸爸的头衔:“欧麦罗拉!”[1]三层小楼藏在雕花的金属门背后，紧靠在一旁的就是泥和茅草造的棚屋。全裸和半裸的孩子们玩着泄气的足球。男人们坐在树下的长凳上，用牛角和马克杯喝着棕榈酒。等我们到了我家黑色的大门前，车已经完全被尘土覆盖了。三位老人正站在附近的一棵孤零零的乌克瓦树[2]下，朝我们一边招手一边喊道:“欢迎你们！欢迎你们！你们回来啦？我们尽快过来拜访啊!”看门人把大门打开。

“感谢上帝保佑我们平安回家。”爸爸画着十字驶进了院子。

“阿门。”我们都跟着说。

我们的房子依然壮观得令我窒息。那是一幢四层的白房子，前方有一座喷泉，两旁都种着椰子树，前院还点缀着一些橘树。三个小男孩跑进院子来跟爸爸问好。他们是沿着土路一路追来的。

“欧麦罗拉！下午好，先生[3]!”三人齐声道。他们只穿着短裤，每个人的肚脐都有小气球那么大。

“你们好吗?”爸爸从他的手提箱中拿出一沓钞票，给了他

1 原文为伊博语Omelora，指为社会群体服务的人。

2 乌克瓦树，面包树的一种非洲变种。

3 原文为讹拼英文，以示当地人发音不准。下同。

们每人十奈拉。“问你们爸妈好，把这钱也给他们看看。”

“是，先生！谢谢先生！”他们大声笑着跑出了院子。

凯文和逊迪卸吃的东西，扎扎和我卸行李。妈妈和西西到后院去，把做饭用的铁三脚架放好。我们的食物是在厨房的煤气炉上烧的。不过来客人的时候，我们就要用很大的盆和罐做米饭、炖菜和汤，有些大得甚至可以装下一整只山羊。这些铁三脚架就是用来支撑这些器皿的。妈妈和西西几乎不用做什么，只要四处晃晃，不时帮着拿点盐，拿点麦琪牌的肉羹小立方，拿点容器什么的；因为我们族里的女人们会过来为我们做饭。她们说妈妈刚从都市的压力中解脱出来，需要尽量休息。每年她们都会把我们的剩饭带回家去，大块大块的肉、米、豆子、整瓶整瓶的饮料、麦芽酒和啤酒。我们在圣诞节总是准备足够全村人吃饱的量，凡是进来的人，离开的时候都是吃饱喝足，达到了爸爸所谓的“合理的满意度”。毕竟爸爸的头衔是欧麦罗拉，造福邻里的人。但并非只有爸爸接待来客。村民们拥入每一个有着大门的大房子里，有时还拿着带盖子的塑料碗。这就是圣诞节。

扎扎和我在楼上打开行李。这时妈妈走进来说：“阿迪·考克带着家人来了，已经在到拉各斯的路上。下楼来打个招呼吧。”

阿迪·考克身材矮胖，总是乐呵呵的。每次我看到他，都努力把这个人和《标准报》那些社论、那些反抗军阀的言论联系起来。可我做不到。他看起来像个填充玩具娃娃。因为总是在笑，他鼓鼓的脸蛋上那两个深深的酒窝就像是固定装置一样，好像有人在他脸上插了根棍子进去。甚至他的眼镜看起来也像玩具一样，镜片比百叶窗还厚，是古怪的蓝色，镶在白色的塑料镜框里。我们进来的时候，他正把一个婴儿高高抛起，那婴儿正是一个小版的他。他的小女儿紧挨着站在他身旁，请求他把自己也抛起来。

“扎扎，康比丽，你们好吗？”他说道，还不等我们回答，他就发出一阵清脆的笑声，指着那个婴儿说：“人家说，小时候把他们抛得越高，他们长大以后就越可能学会飞！”小孩笑了，露出粉色的牙龈，伸着手要抓爸爸的眼镜。阿迪·考克把头向后仰，再一次把他抛起来。

他的妻子叶望荻拥抱了我们，跟我们问好，又轻轻拍拍阿迪·考克的肩膀，把那婴儿接了过来。我看着她，想起她对着爸爸放声大哭的样子。

“你们喜欢到村里来吗？”阿迪·考克问我们。

我们同时看了看爸爸。他正坐在沙发上，读着一张圣诞贺卡微笑。“喜欢。”我们答道。

“哦？你们喜欢到这片蛮荒之地来？”他夸张地瞪大眼睛，“你们有朋友在这里吗？”

“没有。”

“那你们在这里做什么呢?”他笑问。

扎扎和我笑而不答。

“他们总是这么少言寡语,”他说，转向爸爸，“总是这么安静。”

“他们不像如今别人家那些又没家教、又不懂敬畏上帝的孩子，整天吵吵闹闹。”爸爸说。我看到那份骄傲展开了他的嘴角，照亮了他的眼睛。

“想想如果我们都保持安静，《标准报》会怎么样吧！”

这是个玩笑。阿迪·考克笑了，他的妻子也笑了。但是爸爸没有笑。扎扎和我一言不发地转身上楼了。

椰子树的大叶子窸窣作响，把我叫醒。我们高高的大门外，山羊在咩咩叫，公鸡在打鸣，人们隔着泥墙彼此高喊着问早。

“早上好！醒来啦？睡得好吗?”

“早上好！你们一家也都睡得不错吧?”

我伸手把窗户推开，想要听得更清楚些，也让混杂着羊粪和成熟柑橘的清新空气吹进来。扎扎敲敲门走了进来。我们的房间是相连的，不像在埃努古的房子里离得那么远。

“你起来啦?”他问道，“我们下去做晨祷吧，免得爸爸叫我们。”

昨晚很暖和，我就把裙布当薄被用，披在睡衣外面，在胳膊下面打个结。我裹好裙布，跟着扎扎下楼了。

宽阔的走廊使我家看来很像酒店。那些常年锁门的从不使用的浴室、厨房和厕所，那些无人居住的房间，无不透出冷漠的气息，也很像酒店。我们只住底下的两层。上面两层最后一次使用是在几年前，爸爸被推举为首领、得到欧麦罗拉头衔的时候。我们族里的人多年来一直在催促爸爸完成这一仪式，甚至早在他还只是列文提斯的经理、尚未买下他第一座工厂的时候就开始了。他们坚持说，爸爸已经足够有钱；而且我们的族里还从没有人得到过头衔。爸爸与教区神父进行了数次长谈，并坚持在获得头衔的仪式中不得有任何异教的元素。他终于首肯此事，活动盛大得就像一个小型的甘薯节[1]。车在通往阿巴的土路上排成长龙，我家的三楼和四楼挤满了人。而现在，只有在我想看得比围墙外那条路更远的时候，才会到楼上去。

“爸爸今天要主持一个教会理事会会议，”扎扎说，“我听到他跟妈妈说的。”

“几点？”

---

1 甘薯节（New Yam Festival），伊博人每年雨季结束时举行的收获节，一般在八月初。

“中午之前。”他用眼睛继续说：我们可以一起待一会儿了。

在阿巴城，扎扎和我没有作息时间表。我们交谈得更多，独坐在各自房间里的时间少了些，因为爸爸要忙于应付络绎不绝的访客，参加教会理事会早晨五点的会议，再参加镇理事会的会议直到深夜。或许只是因为阿巴的风气不一样，人们可以随意走进我们的围墙，就连我们呼吸的空气也似乎流动得更慢些。

爸爸妈妈在一间通向楼下的主客厅的小起居室里。

“早上好，爸爸。早上好，妈妈。”扎扎和我说。

“你们好吗？”爸爸问。

“很好。”我们说。

爸爸的眼睛看起来很亮，他一定已经起床好几个小时了。他正在翻他天主教标准版《圣经》，次经部分也包括在内，黑色的皮面闪闪发亮。妈妈看上去昏昏欲睡。她揉揉眼睛，问我们是否睡好了。我听见主会客室里传来谈话声。客人们在天亮之前就到了。我们画了十字，围着桌子跪了下来。这时有人敲了敲门。一个穿着破烂T恤的中年男人正往里瞅。

“欧麦罗拉！”他念得很重，人们用头衔来称呼别人的时候都是如此。“我要出发了。我要去阿巴戛纳的奥耶集市上看看给孩子们买点什么。”他说英语的时候带着很重的伊博语口音，最短的词听起来都带着多余的元音。爸爸很喜欢村民们在他身边时就努力说英文的样子。他说这表明这些人很有智慧。

“他总是当面让人难堪！”爸爸说，“等我一下，我正和家人做祷告。我也想给你的孩子们一点东西。等下和我一起吃面包喝茶吧。”

“好！欧麦罗拉！谢谢您。我这一年都没喝过牛奶了。”他仍然在门附近徘徊。也许他觉得离开那个位置会令爸爸的许诺作废。

“他总是当面让人难堪！去坐下来等我吧。”

那人出去了。爸爸先读赞美诗，接着一一念诵了《天主经》、《圣母经》、《圣三光荣经》和《使徒信经》。爸爸起个头我们就一起大声跟上了，但外面的静寂仍然包裹着我们，覆盖着我们。接着他说：“现在，让我们用自己的语言向圣灵祷告，因为圣灵照着神的旨意替我们祈求。”静寂顿时被打破了。我们的声音听起来很高，也很乱。妈妈祈祷和平，祈祷我们有好的领导人。扎扎为牧师和虔诚的人们祈祷。我为教皇祈祷。最后，爸爸用二十分钟祈祷我们不受邪恶的人和势力的伤害，祈祷尼日利亚平安，祈祷我们继续正派为人。他还祈祷我们的努库爷爷能够改宗，以免沉沦地狱。爸爸还花了点时间描述地狱的景象，仿佛上帝不知道那里的火狂暴肆虐，永不停歇。最终，我们提高声音齐声说：“阿门！”

爸爸合上《圣经》。“康比丽，扎扎，下午去拜访你们的祖父吧。凯文会带你们去的。记住，不许碰任何食物，不许喝一滴水。还有，和以往一样，你们不能停留超过十五分钟。不超过十五分钟！”

“是，爸爸。”自从我们开始拜访努库爷爷，我们每年圣诞节都听到这番话。几年前，努库爷爷组织了一场全族会议，向大家抱怨说他不认识自己的孙子孙女，我们也不认识他。这个消息还是努库爷爷告诉扎扎和我的，因为爸爸是不会和我们说这类事情的。努库爷爷告诉族里的人，爸爸对他说，只要他肯皈依天主教，并把院子里那个供奉气[1]的茅草神龛扔掉，就给他盖房子、买车、雇司机。努库爷爷大笑着说，他什么都不要，他只想随时见到自己的孙子孙女。他不会扔掉他的气。他已经这么告诉爸爸很多遍了。族里的成员都站在了爸爸的一边；他们总是这样的。但是他们要求爸爸允许我们拜访努库爷爷，因为任何年纪大得够做祖父的人都有权利听到他的孙子孙女向他问好。爸爸自己都从来不叫他，也从不拜访他。不过他会让凯文或者族里的成员给他薄薄一叠钞票，比他给凯文的圣诞奖金

1 原文为chi，伊博族的神话系统中，在每个人降生之刻，最伟大的神朱格乌（Chukwu）就会为他指派一位专门的保护神，伴之一生。气的性别可男可女，决定此人一生中的成败和运势。伊博人认为，人只能通过气与朱格乌对话，朱格乌的意志不可左右，但气可以帮助人在一定范围内书写自己的命运。

还少。

“我很不想把你们送到一个异教徒的家里，但是上帝会保护你们的。”爸爸说。他把《圣经》放到一个抽屉里，接着把扎扎和我拉到他的身边，轻轻摩挲我们的胳膊。

“是，爸爸。”

他到主会客室去了，我听到说话声多了起来，更多的人进去喊着“欢迎你们”，抱怨生活的艰难，说他们连为孩子们买圣诞节穿的新衣服的钱都没有。

“你和扎扎到楼上去吃早饭吧，我给你们拿上来。你们的爸爸和客人们一起吃。”妈妈说。

“我来帮忙。”我说。

“不用，丫头，你上楼去。跟你哥哥待在一起。”

我看着妈妈摇摇晃晃地走向厨房。她编着的发辫堆在一起，下端越来越细，汇成一个高尔夫球大小的团，像圣诞帽一样。

“努库爷爷住得很近，我们五分钟就可以走过去，不用凯文送了。”扎扎在我们上楼时说。他每年都这么说，但我们总还是要爬进凯文的车里去，以便他监视我们。

那天上午稍晚，凯文的车载着我们驶出院子时，我又一次回头看我家那白得发亮的墙和柱子，还有喷泉喷出的完美的银色水弧。努库爷爷从未涉足此地。爸爸早已下令，异教徒不准踏进这个院子，他的父亲也不例外。

“你们的父亲说你们可以待十五分钟。”凯文说着，把车停在了路边，靠近努库爷爷的茅草围墙。我下车前看了看凯文脖子上的疤。几年前度假期间，他在尼日尔三角洲的家乡度假时从一棵棕榈树上摔了下来。那道疤痕从头中央一直伸到后颈，形状像一把匕首。

“我们知道。”扎扎说。

扎扎推开努库爷爷吱吱作响的木门。那扇门太窄了，要是爸爸也来的话，大概要侧着身子才进得去。院子只有我们埃努古房子后院的四分之一那么大。两只山羊和一群鸡正在到处闲晃，咬啄那些干草茎。院子中央的房子很小，简直像个骰子，很难想象爸爸和姑姑就是在这里长大的。那很像是我从前在幼儿园常画的小房子：方方的房子，中间一个方方的门，两旁各有一扇方方的窗。唯一不同的是努库爷爷的房子有个阳台，金属围栏已经生锈。扎扎和我第一次来的时候，我进屋子去找厕所，努库爷爷就大笑起来，并且指向院子里一个衣柜大小、没有粉刷过的水泥砖房，洞开的入口处横七竖八地放了一堆棕榈叶权充脚垫。那天我也仔细观察过他，寻找他身上与我们不同的地方，也就是不信上帝的迹象。一旦遇到他的眼睛，我就看向别处。我什么也没有发现，但我相信一定有。怎么会没有呢？

努库爷爷坐在阳台上的一只矮凳上，酒椰叶做的垫子上摆着几碗食物。看见我们进去，他站了起来。一块裙布绕过他的身体系在颈后，原本白色的汗衫被岁月染成了棕色，腋窝处已经发黄。

“看啊！看啊！看啊！康比丽和扎扎来看他们的老祖父啦！”他说。尽管年岁压弯了他的腰，我们还是很容易看出他曾经有多么高。他握了握扎扎的手，又拥抱了我。我还多抱了他一会儿，不过我屏住了呼吸，因为他身上有股很重很难闻的木薯味。

“过来吃东西。”他说着，指指那个酒椰叶垫子。那些搪瓷碗里盛着薄片的甘薯泥和清汤，完全没有鱼块肉块。问是要问的，可是努库爷爷也知道我们肯定不会接受——他的眼睛调皮地闪着。

“不吃了，谢谢您。”我们说。我们在木头凳子上坐下来，坐在他身边。我向后靠，把头枕在木头百叶窗上。

“我听说你们昨天就回来了。”他说。他的下嘴唇颤抖着，声音也在颤抖。有时候要过一会儿我才能理解他的话，因为他的方言非常古老。他的话里没有我们说英语时的音调变化。

“是的。”扎扎说。

“康比丽，你长大啦，是妙龄少女啦。追求者很快就会上门来啦。”他笑着说。他的左眼快要瞎了，一层颜色和浓度都很像稀释牛奶的薄膜覆盖在那只眼睛上。他伸手拍拍我的肩膀，我笑了。他手上的老年斑很显眼，因为比他泥土色的皮肤要淡得多。

“努库爷爷，你好吗？你的身体怎么样？”扎扎问。

努库爷爷耸耸肩，似乎是说有问题的地方很多，可是他也毫无办法。“我很好，我的孩子。一个老年人除了好好活到他见祖先的那一天，还能做什么呢？”他停下来，用手指捏了一小块甘薯泥。我看着他，看着他脸上的笑容，看他随意地把那一小块甘薯泥扔向花园，焦枯的香草随风摇曳，他邀请土地之神阿尼和他一起分享。“我的腿常常会痛。你们的伊菲欧玛姑妈凑够了钱，就会帮我买药来的。但是我老啦，腿不疼的时候，手又该疼啦。”

“伊菲欧玛姑妈和她的孩子们今年也回来吗？”我问。

努库爷爷挠了挠他的秃头上仅存的几束白头发，“对啦，我想他们明天就到了。”

“他们去年就没来。”扎扎说。

“伊菲欧玛去年钱不够了，”努库爷爷摇摇头，“自从她丈夫过世，她的日子就很不好过了。但是她今年会带孩子们回来。你们也可以见到他们。你们和自己的表兄妹不怎么熟，这是不对的。”

扎扎和我什么都没说。我们并不怎么认识伊菲欧玛姑妈和她的孩子们，因为她和爸爸为了努库爷爷吵翻了。这是妈妈告诉我们的。自从爸爸不允许努库爷爷到我家来，伊菲欧玛姑妈就和他决裂了。直到几年后，他们才重新开始说话。

“如果我的汤里有肉，我会让你们也尝尝的。”努库爷爷说。

“没关系，努库爷爷。”扎扎说。

努库爷爷慢慢地咽下他的食物。我看着食物沿着他的喉咙滑下去，艰难地经过他松垂的喉结，那块鼓起来的地方像皱缩的核桃。他桌上没有饮料，连水也没有。“给我帮忙的那个孩子钦耶鲁马上就来了。我让她到伊奇的小店里给你们买点饮料去。”他说。

“不用了，努库爷爷。谢谢你！”扎扎说。

“真的吗？我知道因为我向祖先们敬献食物，你们的父亲不许你们吃我的东西。可是饮料也不行吗？我不也是像别人一样从商店里买来的吗？”

“努库爷爷，我们来之前刚刚吃过了，”扎扎说，“我们要是渴了，一定会在你家里喝水的。”

努库爷爷笑了。他的牙很黄，又因为所剩无多，可以看到很大的缝隙。“你说得很不错，我的孩子。你很像我的父亲，欧格布非・欧利欧奇。他说话就总是很聪明。”

我盯着搪瓷盘子里的甘薯泥，那盘子的绿边上碰出了缺口。我想象那甘薯泥已经被燥热的哈马丹风烤干，努库爷爷把它咽下去的时候会划破嗓子。扎扎用胳膊肘碰碰我。可是我不想走。我很想留下来，那样如果甘薯泥卡在努库爷爷的嗓子里，把他噎到了，我还可以赶紧帮他找点水来。尽管我不知道水在哪里。扎扎又碰了碰我，我还是没办法站起来。那张凳子拉着我，把我吸在那里。我看着一只灰色的公鸡走到院子角落里，那里的神龛供奉着努库爷爷的神，意味着爸爸、扎扎和我永远不能走近。神龛是一个很矮小的棚子，没有门，泥浆糊的顶和墙都用干棕榈叶遮盖着。它看上去很像圣阿格尼丝教堂后面敬献露德圣母的石窟[1]。

“我们走了，努库爷爷。”扎扎终于开口道，同时站起身来。

“好吧，我的孩子。”努库爷爷说。他没有说“什么，这么快就走吗”或者“我的房子把你们吓跑了吗”，我们每次刚来了就走，他已经很习惯了。他拄着树枝做成的弯曲的拐棍，把我们送到车边。凯文走了出来，和他打了个招呼，又把薄薄的一沓钱递给他。

“噢，替我谢谢尤金，”努库爷爷笑着说，“谢谢他。”

---

1 传说1858年，圣母在法国露德城的一处石窟显圣。尼日利亚的圣阿格尼丝教堂后面也仿建了一座石窟和圣母像。

他挥手目送我们离开。我也回头挥着手，他蹒跚地走回院子的时候，我还在看着他。他的儿子刚刚假司机之手给了他一份毫不用心也无甚价值的圣诞礼物；可是就算努库爷爷介意这一点，他也完全没有表现出来。去年圣诞节他也没有表现出来，前年也没有。从来没有。外公是五年前过世的，爸爸对待他的方式很不一样。每年圣诞节我们回到阿巴，爸爸都会首先拜访外公，然后才来到我们家。外公的皮肤颜色很淡，几乎像得了白化病，据说这是传教士们喜欢他的原因之一。他总是坚持说英语，尽管带着一口很重的伊博语口音。他还懂拉丁语，经常引用梵蒂冈的文章。他大部分的时间都待在圣保罗教堂里，他是那里的第一位传道师。他坚持要我们用英语叫他外公，而不许用“努库爷爷”[1]或者“老爷爷”。爸爸现在还是经常谈起他，眼神中带着骄傲，仿佛外公才是他的父亲。爸爸会说，外公比我们之中许多人都更早睁开双眼；因为他是最早欢迎传教士的为数不多的几个人之一。你知道他学英语有多快吗？你知道他成为宣讲员后，帮助赢得了多少信徒吗？可以说，差不多整个阿巴都是因为他皈依天主教的。他做事地道，就像白人一样，而不是像我们的人如今的作为！爸爸有一张外公戴着圣约翰骑

1 “努库爷爷”（Papa-Nnukwu）本身就是伊博语中的“爷爷”。为了保持地方语言特色，译者把孩子们对主要人物中那位祖父的称呼处理为“努库爷爷”。

士勋章的照片，镶在红木相框里，挂在我们埃努古家里的墙上。不过我并不需要那张照片来记住外公。他去世的时候我只有十岁，可是我记着他那双白化病人的几乎有些发绿的眼睛，好像每句话里都会用“罪人”这个词。

“努库爷爷不像去年看起来那么健康了。”我们开车离开的时候，我对扎扎耳语。我不想让凯文听见。

“他老啦。”扎扎说。

我们到家之后，西西把午饭端了上来，是米饭和烤牛肉，放在精致的浅褐色盘子里。只有扎扎和我在吃。教会委员会的会议已经开始了，我们有时会听见男人们争吵的声音，我们也听到后院里女人们的说话声此起彼伏。我们族里的女人们有的正在给锅上油，以便稍后清洗；有的在木制研钵里磨香料；还有人把火生起来，把三脚架放上去。

“你会忏悔吗？”吃饭的时候，我问扎扎。

“忏悔什么？”

“刚才你说，如果我们渴的话，我们会在努库爷爷家喝水。你知道我们不能在他家喝水的。”我说。

“我只是想说点什么，让他不要那么难过。”

“他还算接受了。”

“他掩饰得很好。”扎扎说。

这时爸爸开门走了进来。我没听到他走上楼来，也没想到他会在会议尚未结束时出来。

“下午好，爸爸。”扎扎和我说。

“凯文说你们在祖父家待了二十五分钟。我是这么跟你们说的吗?”爸爸的声音很低沉。

“我磨蹭了一下，都是我的错。”扎扎说。

“你们在那儿做了什么？你们吃了献给偶像的食物吗？你们是否亵渎了你们基督徒的舌头?”

我坐在那里一动也不敢动。我不知道舌头也有信仰。

“没有。”扎扎说。

爸爸走向扎扎，开始用伊博语说话。我以为他在说话时会揪扯扎扎的耳朵，还会掴扎扎几个耳光，他手掌发出的响声好像一本很厚的书从学校图书馆的架子上落下来一样；他还会伸手打我耳光，像拿胡椒瓶一样随意。可是他只是说:“我要你们把饭吃完，回房间去，祈祷宽恕。”接着就转身下楼去了。他走后的静寂很沉重，却很舒服，像在寒冷的早晨穿在身上的又暖和又扎人的毛衣。

“你盘子里还有米饭。”扎扎终于说。

我点点头，重新拿起我的叉子。接着我听见爸爸在窗外大声喊起来，我赶紧把叉子放下。

“他来我家干什么？阿尼克温瓦在我家干什么?”爸爸声音里暴怒的成分令我手指冰凉。扎扎和我飞奔到窗边，因为什么都看不到，我们又奔到阳台上，站在柱子边。

爸爸站在前院一棵橘子树边，朝一个老人大吼。那人身穿一件破破烂烂的白汗衫，腰上缠一条裹布。几个男人站在爸爸周围。

“阿尼克温瓦在我家干什么？一个偶像崇拜者怎么会在我家里？离开我家！”

“你知道我和你父亲一样老了吗，嗯？”老人问道。他想指着爸爸的脸，但那只手指却只在爸爸的胸前打转。“我吃奶的时候，你的父亲也在吃奶哪。”

“离开我家！”爸爸指着大门。

两个男人缓缓地把阿尼克温瓦送了出去。他没有反抗；他太老了，也没法反抗。可是他一直回头对爸爸说着什么。“看看你自己吧！你就像是一只盲目的苍蝇，跟着尸体往坟墓里飞！”

我一直目送着那位老人摇摇晃晃地走出大门。

伊菲欧玛姑妈第二天来了。那时正是傍晚，橘子树刚刚开始把它们长长的摇曳的影子投在前院的喷泉上。她的笑声一路升上楼来，飘进会客室，我正坐在那里看书。我已经两年没有听到这声音了，可是我在哪里都认得出那爽朗的大笑。姑妈和爸爸一样高，身材很匀称。她健步如飞，似乎总是很清楚自己要去什么地方，要去那里做什么。她说话也是这样，好像要争取在最短的时间内说出尽量多的内容。

“欢迎你，姑妈。”我一边说，一边站起来拥抱她。

她没有用常见的简单的侧抱，而是紧紧把我扣在双臂中，贴着她柔软的身体。她蓝色A字裙的宽翻领散发着薰衣草的清香。

“康比丽，你好吗?”一个大大的笑容在她肤色深黑的脸上展开，露出她门牙中间的一条缝。

“我很好，姑妈。”

“你长大了这么多！瞧瞧你啊。”她伸手碰碰我左边的乳房，“看它们长得多快!”

我看向别处，深吸一口气，免得一开口就结巴。我不知道怎么应对她这种调侃。

“扎扎呢？”她问。

“他在睡觉。他头痛。”

“圣诞节三天前头痛？那可不行。我要去叫醒他，治好他的头痛。”伊菲欧玛姑妈笑了起来。“我们是中午之前到的。我们一大早就从恩苏卡出发了，要不是中途车坏了，我们早就到了。感谢上帝，出问题的时候离九里镇不远，我们很容易就找到了一个修车的人。”

“感谢上帝。”我说。停了一会儿，我问：“我的表兄妹们都好吗？”这么说是出于礼貌，不过我还是觉得问候我几乎不认识的弟弟妹妹感觉很怪。

“他们马上就到。他们正在看望你们的努库爷爷，而他才刚开始第一个故事。你们知道他有多么能说！”

“噢。”我答道。我并不知道努库爷爷很能说。我甚至不知道他会讲故事。

妈妈端着一个托盘进来了，里面高高地堆满了软饮料和麦芽饮料，顶端还放了一盘钦钦[1]。

“努耶姆[2]，这是为谁准备的呀？”伊菲欧玛姑妈问。

---

1 钦钦（chin-chin），一种尼日利亚流行的油炸小食。

2 原文为伊博语Nwunye m，意为“我的妻子”，详见下文。

"为你和你的孩子们，" 妈妈说，"你不是说孩子们快来了吗？"

"你真不该这么费心的！我们路上买了奥克帕，已经吃过了。"

"那我就把钦钦装个袋子给你带走。" 妈妈说着，转身出去了。她今天的裙子很讲究，有黄色的印花，配套的衬衣有蕾丝边的短泡泡袖。

"努耶姆。" 伊菲欧玛姑妈叫道，妈妈转了回来。

几年前我第一次听到姑妈把妈妈叫作"努耶姆"，吓了一跳。一个女人怎么能把另一个女人叫作"我的妻子"呢？我问了爸爸，他说这是异教徒的遗俗，意思是说女人不只是嫁给了一个男人，而是嫁给了这个家。后来妈妈和我单独在我屋里时，她又小声告诉我："既然我是你父亲的妻子，我就也是伊菲欧玛姑妈的妻子。这样称呼我表示她接受了我。"

"努耶姆，过来坐下吧。你看起来很累。你还好吧？" 姑妈问道。

妈妈的脸上露出一个拘谨的微笑。"我还好，非常好。我一直在帮我们族里的女人们做饭呢。"

"过来坐坐吧，" 姑妈又说了一遍，"坐下歇一会儿。那些女人可以自己找到盐的。毕竟她们来就是为了可以偷点东西回去的呀，趁没人看着把肉包在香蕉叶里带回家。" 姑妈笑了起来。

妈妈坐在了我旁边。“尤金正安排在外面多放一些椅子，特别是在圣诞节那天。可是已经有很多客人了。”

“你也知道，咱们这儿的人圣诞节的时候除了挨家挨户蹭饭没什么好干的了，”姑妈说，“可就算这样，你也不能整天留在这儿伺候他们呀。明天咱们应该带孩子们去阿巴戛纳参加阿罗节，去看姆偶。”

“尤金是不会让孩子们去参加异教徒的节日庆典的。”妈妈说。

“异教徒节日，你确定？可是人人都去阿罗看姆偶啊。”

“我知道，可是你了解尤金的。”

伊菲欧玛姑妈摇摇头。“我会告诉他我们出去兜兜风，这样我们就可以在一起聚聚了，特别是孩子们。”

妈妈什么也没说，摆弄着自己的手指。过了一会儿，她问：“你什么时候带你的孩子们到他们父亲家去呢？”

“可能就今天吧，尽管我现在还没力气应对伊菲迪欧拉的家人。他们一年比一年疯狂了。他族里的人们说他把钱放在了什么地方，而我把它们藏起来了。去年圣诞节，他们院子里的一个女人甚至说是我杀了他。我真想往她嘴里塞沙子！但我想我该和她坐下来，告诉她没有人会谋杀自己爱的人，也没有人可以策划一场车祸，让拖车把她丈夫的车撞烂。可是，干吗浪费我的时间呢？他们都长着珍珠鸡的脑子。”伊菲欧玛姑妈气得咬牙切齿，“我不知道我还能带孩子们去多少次。”

妈妈同情地叹着气。“人们并不总是能讲通道理的。但还是应该让孩子们去，特别是男孩子们。他们应该熟悉父亲的土地，认识他父亲族里的人。”

“我真是不明白伊菲迪欧拉怎么会来自那样一个家庭。”

她们说话的时候我盯着她们的嘴唇看。姑妈涂着一层亮闪闪的棕色口红，相比之下，妈妈的嘴唇显得很苍白。

“族里的人总是在恶语伤人，”妈妈说，“我们族里的人们不是也一直在劝说尤金另娶一个女人吗？说是因为像他这样地位的人不应该只有两个孩子。要不是因为你们站在我这边……”

“不要这么说，不要为此感恩。如果尤金真的那么做了，受损失的是他，而不是你。”

“你说得容易。一个女人，带着两个孩子，还没有丈夫，会怎么样呢？”

“看看我吧。”

妈妈摇摇头。“你又来了，伊菲欧玛。你知道我的意思。一个女人怎么能那样生活呢？”妈妈的眼睛瞪大了，占据了脸上很大一部分。

“努耶姆，对有些人来说，婚姻结束了，生活才能开始啊。”

“你又开始你的大学演讲了。你也是这么跟你的学生们讲的吗?”妈妈笑了。

“正是这样，不骗你。不过这些年轻人结婚越来越早了。她们问我，如果毕业之后找不到工作，学位有什么用呢?”

“至少结婚之后会有人照顾她们。”

“我不知道是谁照顾谁。我的新生研讨班上有六个女孩已经结婚了，她们的丈夫们每周末开着奔驰和雷克萨斯来看她们，给她们买音响、课本、冰箱，等她们毕业之后，丈夫们就拥有了她们以及她们的学位。你明白了吗?”

妈妈摇摇头。“你还是在演讲。丈夫是一个女人生命中最重要的，伊菲欧玛。那是她们想要的。”

“她们以为那是她们想要的。但我怎么能责备她们呢？看看这个军队的暴君对我们的国家做了什么吧。”伊菲欧玛姑妈闭起眼睛，人们回忆不愉快的事情时总是这样。“我们在恩苏卡已经断油三个月了。上个星期我为了等着加油，在加油站过了一夜，等到最后，油还是没有到。有些人因为没有足够的油开到家，索性把车留在了加油站。你真该看看那晚咬我的那些蚊子！我身上的包都像腰果一样大。”

“噢,”妈妈同情地摇摇头，“大学里怎么样?”

“我们刚刚取消了另一场罢工——尽管我们已经有两个月不发工资了。他们说联邦政府已经没钱了。”伊菲欧玛姑妈干笑了两声，“你瞧，人们都在离开这个国家了。菲利帕两个月前走了。你还记得我的朋友菲利帕吧？”

“几年前和你一起回来过圣诞，又黑又丰满的那个吗？”

“对，她现在在美国教书了。她和一个副教授共用一间很小的办公室，但至少那边给教师发工资。”姑妈停下来，伸手掸了掸妈妈的衬衣。她的一举一动我都看在眼里，一字一句都听进心里；因为她什么都不怕，她一边说一边做各种手势，笑的时候露出牙齿的缝隙。

“我把我的旧煤油炉带来了，”她继续说，“我们现在就用这个，我们现在就是在厨房里也闻不出煤油味了。你知道一罐煤气要多少钱吗？贵得不得了！”

妈妈在沙发上挪了挪。“怎么不告诉尤金呢？工厂里就有煤气罐……”

伊菲欧玛姑妈大笑起来，用力拍了拍妈妈的肩膀。“努耶姆，我的处境很困难，但还没到山穷水尽的地步。这些事情我只对你才说。对别人，我就在我挨饿的脸上涂凡士林涂到皮肤发光！”

这时候爸爸走了进来，他正去往他的卧室。我知道他是要去拿更多的钞票，发给他的宾客们。他会对他们说：“这不是我给的，是上帝给的。”接着人们就开始大声说感激的话。

“尤金，”伊菲欧玛姑妈叫道，“我正说到扎扎和康比丽明天应该来和我还有我的孩子们待一会儿。”

爸爸咕哝了一声，继续朝他卧室的门走去。

“尤金！”

每次伊菲欧玛姑妈和爸爸说话，我的心脏都会停止跳动，再突然重启。因为她语气很随便，好像她没有认出那是爸爸，没有意识到他与众不同。我很想伸手捂住她的嘴，让她住口，并在我的手指上沾上一点她闪亮的棕色口红。

“你想带他们去哪儿?”爸爸站在门边问。

“就随便转转。”

“观光吗?”爸爸问。他说英语，伊菲欧玛姑妈说伊博语。

“尤金，就让孩子们跟我们出去一次吧！”姑妈听起来生气了，她的音调稍微提高了一些，“我们不是在庆祝圣诞节吗，嗯？孩子们从来没有一起相处过。你知道吗，我最小的孩子奇玛甚至不知道康比丽的名字。”

爸爸看看我，又看看妈妈，在我们脸上搜寻着，仿佛是要在我们鼻子底下、额头上或是嘴唇上寻找字迹，写的是一些他不喜欢看到的内容。

“好吧，他们可以跟你们去，不过你知道的，我不喜欢我的孩子们靠近任何异教的东西。如果你们开车经过姆偶，要把车窗关起来。”

“我听到了，尤金。”伊菲欧玛姑妈带着一种很夸张的礼貌说道。

“我们圣诞节为什么不一起吃晚饭呢?”爸爸问,“那样孩子们就有时间在一起了。”

“你知道我和我的孩子们要和他们的努库爷爷一起过圣诞的。”

“偶像崇拜者过什么圣诞节呢?”

“尤金……”姑妈深吸了一口气,“好吧,我和孩子们圣诞节过来。”

爸爸已经下楼去了,我还坐在沙发上,看姑妈和妈妈说话。这时候我的表兄妹们来了。阿玛卡是她妈妈的瘦版和少女版,她走路和说话比姑妈还要快,还要目的明确。不过她的眼睛不一样,缺乏姑妈眼睛里那种无条件的温暖。阿玛卡的双眼充满质疑,似乎总是在提问,而且对很多答案并不赞同。欧比优拉比她小一岁,皮肤颜色很淡,蜂蜜色的眼睛藏在厚厚的眼镜片后面,嘴角两边翘起,似乎永远在笑。奇玛的皮肤像烟了的饭锅底部一样黑,对一个七岁的小男孩来说,他的个子算是偏高的。他们笑起来很像:都是一阵爆发出来的洪亮而热情洋溢的笑声。

他们向爸爸问好,爸爸给他们钱之后,阿玛卡和欧比优拉拿着那厚厚的两摞钱向他道谢。他们的眼睛很文雅地露出惊讶,他们完全没想到会有钱。

“你们有卫星电视，是不是?”阿玛卡问我。我们互相打过招呼以后，她马上问我这件事。她的头发剪得很短，前面偏高，往后弯成一个弧形，后脑的头发越来越少。

“有。”

“我们可以看CNN（美国有限电视新闻）吗?”

我使劲假装咳嗽了一下，我希望我不会结巴。

“明天吧，”阿玛卡继续说，“因为现在我想我们要去乌可坡看望我爸爸的家人了。”

“我们不怎么看电视。”我说。

“为什么?”阿玛卡问。真没法相信她是十五岁——和我同岁。她看上去成熟得多，也许那只是因为她太像伊菲欧玛姑妈了，又或者是因为她总是直视我的眼睛。“你们已经看腻了吗？要是我们也装了卫星，我们也可以有机会厌烦电视了。”

我想说我很抱歉，我不希望她因为我们不看卫星电视就不喜欢我们。我想告诉她尽管巨大的卫星卧在我们埃努古和这里的家的房顶上，我们却从不看电视。爸爸给我们写的作息表上没有看电视的时间。

但是阿玛卡已经转身去找她妈妈了。“妈妈，如果我们要去乌可坡的话，我们应该尽快动身了，好在祖父睡着之前赶回来。”

伊菲欧玛姑妈正弯着腰和我妈妈坐在一起。她站起身来说：“是的，丫头，我们该走了。”

她牵着奇玛的手，一起下楼去了。阿玛卡指着我们雕工繁复的栏杆说了句什么，欧比优拉笑了起来。她没有转身对我说再见。男孩子们向我道别，姑妈也挥挥手说：“明天见。”

我们刚吃完早餐，伊菲欧玛姑妈就把车开进了院子。当她拖着沉重的步子走进楼上的餐厅时，我想象着一位骄傲的远古时代的祖先，用自制的陶罐从几里地外打水回来，把小家伙们养大，直到他们学会走路、说话，在被太阳晒烫的石头上把弯刀磨快，又挥舞着刀奔赴战场。她进屋了。“扎扎，康比丽，准备好了吗？”她问道，“努耶姆，你不跟我们走吗？”

妈妈摇摇头。“你知道尤金想让我待在家里。”

“康比丽，我觉得你穿裤子更舒服。”我们走向她的车时，伊菲欧玛姑妈说。

“我没事，姑妈。”我说。我奇怪为什么不告诉她，我的裙子都是超过膝盖的，而我连一条裤子也没有，因为一个女人穿裤子是有罪的。

她那辆白色的标致504旅行车，挡泥板那里已经锈成了难看的棕色。阿玛卡坐在前头，欧比优拉和奇玛坐后面。扎扎和我爬进中间的座位。妈妈站在那儿看着我们，直到车从她的视野中消失。我知道她在看着我们，因为我能感觉到她的目光，她的存在。车发出嘎吱嘎吱的声响，像是有螺丝松了，随着起起伏伏的路面不停地摇晃。仪表盘上——而不是空调出风口——有许多长方形的裂口，所以车窗没有摇上来。尘土飞进我的嘴、我的眼睛和鼻子。

“我们去接努库爷爷，他跟我们一起走。”伊菲欧玛姑妈说。

我胃里一紧，瞟了扎扎一眼。他也正看着我。我们怎么跟爸爸说？扎扎转过头去。他也不知该怎么办。

伊菲欧玛姑妈把车开到那个用泥浆和茅草搭成的院墙围起来的院子前面。还没熄火，阿玛卡就打开前门跳了出去。“我去接努库爷爷！”

男孩们都从车里爬出来，跟着阿玛卡跑进小木门。

“你们不出来吗？”伊菲欧玛姑妈转过头来问我和扎扎。

我看着别处。扎扎和我一样坐着不动。

“你们不想到努库爷爷的院子里来吗？你们不是两天前还跑来看他吗？”伊菲欧玛姑妈瞪大眼睛盯着我们。

“我们上次看过他之后，就不准再来了。”

“这都说的什么胡话，嗯？”伊菲欧玛姑妈顿了顿，可能是想到这规矩并不是我们定的。“告诉我，你们觉得为什么爸爸不让你们来？”

“不知道。”扎扎说。

我吸了吸舌头，让它不那么僵硬，嘴里还有砂子的味儿。“因为努库爷爷是个异教徒。”我这么说，爸爸肯定感到骄傲。

“努库爷爷不是异教徒，他只是个传统主义者。”伊菲欧玛姑妈说。

我盯着她。异教徒，传统主义者，有什么区别？他不是天主教徒，如此而已；他没有信仰。我们为人们祈祷，望他们皈依，以免在地狱的火中蒙受永恒的苦难，而他并非这些人中的一员。

我们坐着不说话，直到小门被推开，阿玛卡紧挨着努库爷爷走出来，如果需要的话就可以随时搀扶他。男孩子们跟在后面走出来。努库爷爷穿着一件宽松的印花衬衫和齐膝的卡其布短裤。我们来看他的时候，他总是把一块已经磨破的裙布裹在身上，我从来没见他穿过任何别的衣服。

“我给他买的短裤，”伊菲欧玛姑妈笑着说，“看他显得多年轻，谁会相信他都八十了？”

阿玛卡帮着努库爷爷坐进前座，然后钻进来和我们挤在中间。

“努库爷爷，下午好！”扎扎和我向他问好。

“康比丽，扎扎，你们回城之前我又见到你们了？是啊，这是我就快要去见祖先们的信号呀。”

“纳-安易[1]，你预言自己的死还没够吗？”伊菲欧玛姑妈发动了引擎，“让我们听点新鲜事儿吧！”她叫他纳-安易，我们的父亲。我在想爸爸以前是不是这么叫他；如果他们现在还有来往，爸爸会怎么叫他。

“他总爱说快要死了，”阿玛卡用顽皮的英语说，“他觉着这么说就能让我们听他的。”

“真的快要死啦。等我们和他现在一样老了的时候，他还在这儿呢！”欧比优拉用同样打趣的英语说。

“这些孩子们说什么呢，嗯，伊菲欧玛？”努库爷爷问，“他们在密谋瓜分我的金子和土地吗？他们就不能等我先走了吗？”

“如果你有金子和土地，我自己早就把你杀了。”伊菲欧玛姑妈说。

我的兄弟姐妹们都笑了，阿玛卡瞥向扎扎和我，也许在奇怪为什么我们没跟大家一起笑。我想做出微笑的样子，可是就在那时，车经过我们家的房子，远远看到那黑门和白墙，我的嘴唇都僵了。

“这就是我们对至高的上帝说的呀，朱格乌[2]，”努库爷爷

---

1 原文为伊博语Nna anyi，意为“我们的父亲”。

2 原文为Chukwu，即前注中提到的朱格乌，伊博族神话中的至高神，是世界的创造者、生命养料的供给者、知识的来源。

说，“让我同时拥有财富和孩子吧，可是，如果我必须选择一样的话，那就给我一个孩子，因为等我的孩子长大了，我也就有财富啦。”努库爷爷停了下来，扭过头去回望我们家的房子。“瞧瞧我吧，瞧瞧我吧。我的儿子有一座能容得下阿巴所有人的房子，而我的盘子却常常空空如也。我真不该让他跟着那些传教士走。”

“纳-安易，”伊菲欧玛姑妈说，“不是传教士的错。我不也上过教会学校吗？”

“但你是女人。你不算数。”

“咦？我不算数？尤金问起过你的伤腿吗？如果我不算数，我就再不问你每天起来怎么样了。”

努库爷爷嘿嘿笑了。“那等我去见祖先之后，我的魂就缠着你。”

“还是去缠着尤金吧。”

“我和你开玩笑呀，我的孩子。如果我的气没有给我一个女儿，我今天还不知在哪儿呢！”努库爷爷停顿了一下，“我的灵魂会为你向朱格乌说情，让他送来一个好人，照顾你和孩子们。”

“请你的灵魂去向朱格乌求告，让他尽快把我升为一个高级讲师吧，我别无所求。”伊菲欧玛姑妈说。

努库爷爷有好一阵子没回答，我想也许是广播里快活之音风格[1]的音乐、车上螺丝松动的异响和哈马丹热风混合在一起，已让他昏昏入眠。

“不过，我觉得到底还是那些传教士把我儿子引入了歧途。”他突然开腔，把我吓了一跳。

“我们都听了好多遍了。给我们说点别的吧。”伊菲欧玛姑妈说。可是努库爷爷就像没听到一样继续说着。

“我记得第一次去阿巴，见到那个自称法大·约翰的人。他的脸红得像棕榈油。人们说我们这种太阳不会照在白人的土地上。他有一个助手，一个叫作裘德的尼莫人。那天下午他们把孩子们聚在布道所里的一棵乌克瓦树下面，把他们的宗教传授给大家。我没参加，但我进去了几次，去瞧他们在做什么。有一天我对他们说，你们崇拜的这个上帝在哪儿啊？他们说他就像朱格乌一样，在天上。我又问，那个被杀死了吊在布道所外面木头上的人是谁？他们说那是他儿子，但是那儿子又和那父亲是一体的。从那一刻起，我就知道那个白人疯了。父亲和儿子一样？上帝啊！你现在知道了吧？为什么尤金不尊敬我，因为他觉得我们都一样。”

我的兄弟姐妹们笑了。伊菲欧玛姑妈也笑了，又很快严

---

1 快活之音风格（highlife music），20世纪初诞生于加纳的一种音乐类型，将阿坎人传统的节奏韵律和西方乐器糅合在一起。

肃起来，对努库爷爷说："够了，闭上嘴歇歇吧。我们已经快到了，留点精神给孩子们讲讲姆偶吧。"

"努库爷爷，你舒服吗？"阿玛卡问，向前排探过身去，"需要我帮你调节下座位，给你多留点空间吗？"

"不用啦，没事。我已经老了，只剩下骨头了。我年轻时候根本坐不了这车。那时候啊，我从树上摘罗望子果只需要踮起脚，根本不用爬树。"

"那是，"伊菲欧玛姑妈说着，又笑了，"你踮起脚尖，也够得到天吧？"

她一路都在笑，笑得那么自在。他们都像她一样，连小奇玛也一样。

等我们到了埃兹-依切克的时候，马路上的车几乎是一辆接一辆地挤在一起。从车子之间拥过去的人群是那么稠密，他们之间连一点空隙都没有，彼此都混在一起了，裙布混在汗衫里，裤子混在裙子里，礼服混在衬衣里。伊菲欧玛姑妈最后终于找到了一个地方把车停了下来。游行的队伍开始走过来，常常是一大队车等着一列游行者过去，才继续开走。到处都是小贩，带着装满阿卡拉[1]、苏亚[2]和棕色鸡腿的玻璃匣子，一盘盘剥

1 阿卡拉（akara），尼日利亚流行的街头食品，以黑豆和蔬菜混合制成。
2 苏亚（suya），一种西非食品，由牛肉、鱼、鸡肉制成。

了皮的橘子，还有装满和路雪香蕉冰激凌的像澡盆那么大的冷饮机，简直就像一幅生机勃勃的油画。我从来没有看过游行，也从没有坐在一辆旅行车里，在成千上万赶来参观的人中间穿行。大概几年前，爸爸有一次带着我们开车经过埃兹–依切克的人群。他抱怨那些无知的人们居然加入了异教徒的假面舞会的仪式。他说，所有关于姆偶的故事，什么他们是从蚂蚁洞里面爬出来的灵魂啦，他们能够让椅子自己跑起来，让篮子打水啦，都是邪恶的民间传说。“邪恶的民间传说”，爸爸说这个词的样子让它听起来很危险。

“快看这个，”努库爷爷说，“这是一个女人的灵魂，而女人的姆偶是无害的。他们在节日里甚至不会去接近大的姆偶。”他指着的姆偶很小，木雕的脸部呈现出瘦削而美丽的形象，嘴唇很厚。它频繁地停下来跳舞，用一种特别的方式扭动着，使它腰上的珠串起伏摇晃。附近的人群欢呼着，有人还向它扔钱。追着姆偶跑的小男孩儿们用欧吉尼[1]和伊查卡[2]奏着乐，他们把揉皱了的奈拉从地上捡起来。还没等他们跑到我们跟前，努库爷爷就喊起来：“不许看！女人不能看这个！”

姆偶被几个摇着刺耳铃铛的老人们围着，一路走来。它的

---

1 原文为伊博语 ogenes，一种大的金属铃铛。

2 原文为伊博语 ichakas，一种类似笛子的吹奏乐器。

面具是一个真正的人类头骨，眼窝深陷，像是扮着鬼脸。额头上系着一只扭来扭去的乌龟。披着草的身上挂着一条蛇和三只死鸡，边走边晃。路边的人群被吓得赶快往后退。几个女人转身冲进附近的院子里。

伊菲欧玛姑妈看起来很入迷，但她也把头扭向一边。“不许看，丫头们。咱们迁就着点爷爷吧！”她用英语说。阿玛卡已经把头扭开了。我也转过头来，朝着那些挤在车周围的人群。被异教徒的游行吸引是有罪的。可是，至少我仅仅是看了那么一眼，所以严格来说也许也算不上被异教徒的游行吸引。

“这才是我们的阿格旺纳坦比[1]！”努库爷爷等那个姆偶走过去了，骄傲地说。“这是我们那里最厉害的姆偶了，因为它，所有邻村都畏惧阿巴。去年的阿罗节上，我们的阿格旺纳坦比一举起手中的权杖，就把其他所有的姆偶全都吓跑啦！他们都没等瞧一瞧要发生什么事情！”

“看呀！”欧比优拉指着另一个走过来的姆偶说。它简直就像一块平整的白布飘了过来，比我们在埃努古的院子里那棵巨大的鳄梨树还要高。它走过去的时候，努库爷爷嘴里嘀咕着什么。多么怪异啊，我看着它，想起奔跑着的椅子，四条腿一齐敲打地面，水盛在竹篮子里，人形的灵魂从蚂蚁洞里爬出来。

---

1 原文为伊博语 agwonatumbe，阿罗节上一种化装游行的名字。

“他们怎么做到的呀，努库爷爷？人们怎么钻进那个姆偶里去呀？”扎扎问。

“嘘！这是姆偶们，人的灵魂！别像女人一样讲话！”努库爷爷转过来盯着扎扎骂道。

伊菲欧玛姑妈笑着用英语说：“扎扎，你可不许说有人藏在里面。知不知道？”

“不知道。”扎扎说。

她看着扎扎。“你没做过依玛·姆偶[1]吧？欧比优拉两年前在他父亲的家乡做过了。”

“没，我没做过。”扎扎小声咕哝道。

我看着扎扎，不知道他黯淡的目光是不是表示羞愧。我突然希望，他已经做过依玛·姆偶——进入灵魂世界的启蒙。对这些我几乎一无所知；女人也根本不该知道任何东西，因为这是成为一个男人的第一步。但是扎扎有一次告诉我，他听说那些男孩子被鞭打后，又被迫在一群嘲弄他们的人面前洗澡。爸爸唯一一次说起依玛·姆偶，是说那些让他们的儿子做这个的基督徒们都被骗了，他们必将葬身地狱之火。

我们不一会儿就从埃兹-依切克离开了。伊菲欧玛姑妈把犯困的努库爷爷先送回去了；他那只好眼半睁半闭，而就快看

1 原文为伊博语ima mmuo，意为“慈爱的灵魂”。

不见了的那只却一直睁着，里面盖住眼睛的薄膜显得更厚了，像浓缩的牛奶。伊菲欧玛姑妈把车停在我们的院子里后，问她的孩子们愿不愿意进屋去，阿玛卡说不，声音很大，像是在提醒她的弟弟们也这么说。伊菲欧玛姑妈带我们进去，朝着正在会客的爸爸挥手道别，又在临走之前用她的方式紧紧地拥抱了扎扎和我。

那天晚上，我梦见我在笑，但那笑声又不像是我的，尽管我也不确定我笑起来是什么声音。那笑声咯咯作响，热情而洪亮，像伊菲欧玛姑妈的笑。

爸爸带我们到圣保罗教堂去参加圣诞弥撒。我们把车开到教堂院子里的时候，伊菲欧玛姑妈和她的孩子们正爬到他们的旅行车里去。他们等爸爸停好车，过来跟我们打招呼。伊菲欧玛姑妈说他们已经参加了早弥撒，午饭的时候会到我家来。她穿着高跟鞋和红裙子，看起来更高了些，似乎也更无畏了。阿玛卡和她妈妈一样涂着鲜艳的口红，当她说“圣诞快乐”的时候，她的牙齿看起来比平时更白了。

做弥撒的时候，尽管我努力集中精力，还是一直想着阿玛卡的口红，想着在嘴唇上涂颜色是什么感觉。牧师从头到尾说着伊博语，也始终未提及福音书，使我更难以集中精力在弥撒上了。他一直在说锌和水泥。“你们以为我为了锌把钱独吞了，是不是?”他喊道，同时激烈地指着会众。“你们有多少人给教会捐钱了，嗯？你们都不掏钱，我们怎么盖房子？你们以为锌和水泥只要花十个科博[1]就可以买到吗?”

爸爸希望牧师能够说点别的，比如耶稣在马槽里降生，比

1　1科博等于0.01奈拉。

如牧羊人和启明星。我知道这一点是因为我看到爸爸紧紧地握着他的弥撒经，在长凳上坐立不安。我们坐在第一排；那位身穿白色棉布裙、佩戴圣母显灵圣牌的引座员一见我们走进来就殷勤地领我们过去，并急切地耳语着告诉爸爸，第一排是为最重要的人保留的。乌美阿迪酋长是阿巴唯一一个房子比我家还大的人，他坐在我们的左边；我们右边则是伊格维陛下[1]。首领在牧师说到“平安、慈爱”的时候过来和爸爸握手，并说：“欢迎你们，我稍后会上门拜访，这样我们就可以正式会面了。”

弥撒过后，我们陪着爸爸到教堂旁边的多功能厅，参加了募捐活动。这次是为了给牧师盖一座新房子。一位头巾紧紧包着前额的女招待向大家发放小册子，上面印有牧师的旧房子，一些含糊的箭头标出屋顶漏水和门框受到白蚁侵蚀的位置。爸爸签了一张支票，递给那个招待，并说他不想发表讲话。主持人公布了捐款的数额之后，牧师上了台，开始扭着屁股跳起舞来；人们也站了起来，欢呼的声音大得像是雨季将尽时的雷鸣。

主持人终于宣布了下一笔捐款的时候，爸爸说：“我们走吧。”他带头走出了大厅，外面很多人都伸出手抓他的白外衣，好像碰到他就可以治病一样。爸爸朝他们挥手致意。

---

1 原文为伊博语 lgwe，伊博传统部落的首领。

我们回到家的时候，所有的椅子和沙发都坐满了人，还有些人坐在小桌上。爸爸一进来，所有的人都站了起来，高呼“欧麦罗拉”！爸爸走来走去，和人们握手、拥抱，说着“圣诞快乐”“上帝保佑你”。通向后院的门开着，蓝灰色的浓烟灌了进来，模糊了客人们的脸。我听见族里的妇女们在后院里喋喋不休，同时把汤和炖菜从大锅里盛到碗里，预备给所有客人享用。

“来和我们族里的女人们问好吧。”妈妈对扎扎和我说。

我们跟着她到了后院。我和扎扎说“欢迎你们”，那些女人就鼓掌，并集体高声地回应我们。

她们看上去长得很相像，都穿着不合身的衬衣和露线头的裙子，都用围巾包着头。她们笑起来都咧着大大的嘴，露出粉笔一样白的牙齿，久经日晒的皮肤都有着花生皮一样的颜色和质地。

“看呀，看看那个男孩，他将来会继承他父亲的遗产呢！”一个女人说完，高声笑了起来，她的嘴很像一个狭窄的隧道。

“要不是我们有血缘关系，我就把我的女儿卖给你了。”另一个女人对扎扎说。她正蹲在火边，往三脚架下加柴。其他人都笑起来。

“那女孩也正当年了！很快就会有强壮的小伙子给咱们送棕榈酒来了！”另一个说。她的脏裙子没有挽好，有一头已经落到土里了，上面还拖着一只沾着小块发霉牛肉的盘子。

“上楼去换衣服吧，”妈妈搂着扎扎和我的肩膀说，“你们的姑妈和表兄妹们就要到了。”

西西已经在二楼的餐桌上摆好了八个人的位子，盘子是焦糖的颜色，同一色系的餐巾被熨成了三角形。我还在换衣服的时候，伊菲欧玛姑妈和她的三个孩子就到了。我听到姑妈爽朗的大笑，那声音还在房子里回荡了好一阵子呢。后来我进了客厅，才意识到那其实是我的表兄妹们在笑，和他们妈妈的笑声交相呼应。妈妈还穿着去教堂穿的那件镶满亮片的粉色裙子，和姑妈一起坐在一张长椅上。扎扎在架子边跟阿玛卡和欧比优拉说话。我走过去加入他们，一边走一边调整呼吸，以免结巴。

“那是一套音响吧，是不是？为什么不放点音乐呢？难道你们也已经听腻了吗？”阿玛卡问，温和的眼睛看看扎扎又看看我。

“对，那确实是音响。”扎扎答道。他没有告诉她，我们从来不用它，从来也没有想过用它，我们只在家庭时间里听爸爸的电台播送的新闻。阿玛卡走过去，拉开了装唱片的抽屉，欧比优拉也跟了过去。

“怪不得你们都不用音响呢，这里的东西都好无聊啊！”她说。

“也没有那么无聊。”欧比优拉一边翻着那些唱片一边说。

他总喜欢向上推推他的厚眼镜。他终于挑出一张放上去，是一个爱尔兰唱诗班唱的《来吧！忠实的圣徒》。他好像被音响迷住了，歌声响起时，他就站在那里看着，好像这样就可以参透它的秘密。

奇玛走进来说："妈妈，这里的厕所真好，镜子好大，还有很多玻璃瓶装的护肤霜。"

"我希望你没打坏什么东西。"伊菲欧玛姑妈说。

"没有，"奇玛说，"我们可以打开电视吗？"

"不可以，"姑妈说，"尤金舅舅马上就上楼来了，我们就要吃饭了。"

西西带着满身食物和香料味进来了。她告诉妈妈，首领来了，爸爸要所有人都下楼去问候他。妈妈站了起来，紧了紧裙子，等着伊菲欧玛姑妈先走。

"我以为首领应该待在他的宅邸等着人们去拜访呢，我不知道他也会来拜访别人，"下楼的路上，阿玛卡说，"我猜这是因为你爸爸是个大人物。"

我希望她说的是"尤金舅舅"而不是"你爸爸"。她说话的时候看也不看我一眼。我看着她，感觉像是无助地看着宝贵的黄沙从我指尖流走。

首领的宅邸离我们只有几分钟的路程。我们几年前去拜访过他一次，之后就再也没去过了，因为爸爸说，尽管首领已经皈依上帝，他仍然允许他的异教徒亲属在宅邸里举行祭拜仪式。那天妈妈用传统的妇女礼仪向首领行礼：深鞠躬，待首领用动物柔软的淡黄色尾巴做的扇子在她背上拍一下之后再起身。当天晚上，爸爸告诉妈妈那是有罪的。你不能向另一个人鞠躬。向一位伊格维鞠躬是亵渎上帝。所以几天后，我们到奥卡去拜访主教时，我没有跪下来吻他的戒指。我想让爸爸为我骄傲。可是回到车里后，他猛揪我的耳朵，说我没有鉴别力：主教是上帝的人，而伊格维只是世俗的统治者。

“下午好，先生，欢迎。”我对首领说。他的鼻毛从宽阔的鼻孔里探出来，他笑着对我说话的时候，它们还在颤抖。“我们的女儿，你好吗?”

一间小客厅已经被清空，预备专门接待首领、他的妻子以及四位随从。尽管我家的空调开着，还是有一位随从用镀金的扇子为首领扇风，另一位则为他妻子扇风。他的妻子黄皮肤，脖子上戴着好几圈有金吊坠、珠子和珊瑚的首饰。她的头巾在前面张开，宽得像芭蕉叶，而且很高，我猜教堂里坐在她后排的人要站起来才看得到圣坛了。

我看着伊菲欧玛姑妈单膝跪下，尊敬地提高声音说：“伊格维！”又看着首领拍了她的后背。他外衣上的小亮片在下午的阳光中闪着金光。阿玛卡在他面前深深鞠躬。妈妈、扎扎、欧比优拉与他握手，满怀敬意地用双手握着他的一只手。我在门边稍微耽搁了一下，以确保爸爸看到我没有走近首领向他鞠躬。

回到楼上后，妈妈带伊菲欧玛姑妈进了她的房间，奇玛和欧比优拉在地毯上躺下来，开始玩欧比优拉在他口袋里发现的卡片。阿玛卡想去看一本扎扎说他刚买的书，跟着他到他房间去了。我坐在沙发上，看我的表弟妹们玩卡片。我不会玩那个游戏，不明白为什么其中一个人总是笑着大叫“驴子”。音响已经停了。我站起来到走廊里去，站在妈妈卧室门口。我想进去跟妈妈和姑妈坐坐，可是我没有，而是站着不动，听她们讲话。妈妈在低声说话，我只能勉强听到“工厂里到处是装满的煤气罐”。她想说服姑妈去求爸爸。

姑妈也在悄悄说话，但是我能清楚地听到她的话。就连她的耳语也像她这个人一样，又高又活跃，无所畏惧，与众不同。“伊菲迪欧拉去世之前，尤金还提出要给我买辆车呢，你还记得吗？但条件是我们先得加入圣约翰骑士会。他想让我送阿玛卡到修道院的学校。他还想让我不要再化妆！我很想要一辆新车，努耶姆，我也很想再用我的煤气炉，我也想要一台新的电冰箱，我也很想有很多钱，这样奇玛长高了的时候，我可以不用再放那些裤腿了。但我可不想靠拍我哥哥的马屁得到这些东西。”

“伊菲欧玛，如果你……”妈妈温柔的声音又变弱了。

“你知道为什么尤金和伊菲迪欧拉不和吗?”伊菲欧玛姑妈的声音变高了些，也尖锐了些。“因为伊菲迪欧拉当面告诉了尤金他的想法。伊菲迪欧拉不怕说真话。可是你知道的，谁要是说尤金不喜欢的真话，他就要跟谁过不去。我们的父亲要死了，你知道吗？他要死了。他年纪大了，他还有多少时间，嗯？可是尤金就是不许他上门，甚至不肯跟他打招呼。太坏了！尤金不该再扮演上帝。上帝完全可以做好自己的工作。如果我们的父亲因为追随我们祖先的传统是有罪的，自有上帝会去为他定罪，用不着尤金插手。”

我听到了“族里的人”几个字。伊菲欧玛姑妈发出一阵洪亮的笑声，接着答道:“你知道我们族里的人——实际上是阿巴所有的人——都只会说尤金喜欢听的话。我们的人有理智吗?你会伤害给你喂食的手吗?”

我没听见阿玛卡从扎扎的房间出来，朝我走来。可能是因为走廊太宽了。她走到我背后很近的地方，我的脖子都可以感觉到她的呼吸了。她说:“你在干吗?”

我吓了一跳。“没干吗。”

她用很奇怪的眼光看着我，直视我的眼睛。“你爸爸上楼来吃饭了。”她终于说道。

爸爸看着我们全部落座，开始祈祷。今天的祈祷比平时要长些，超过二十分钟了。终于他说:“因我主基督。”伊菲欧玛姑妈喊道“阿门”，比我们大家的声音都要高。

“你想让米饭冷掉吗，尤金？”她咕哝道。爸爸继续展他的餐巾，好像没有听见一样。

叉子和勺子碰到盘子的声音填满了整个餐厅。尽管是下午，西西还是放下了窗帘，点亮了吊灯。黄色的光令欧比优拉的眼睛看起来呈现很深的金色，好像特浓的蜂蜜。空调开着，可我还是很热。

阿玛卡把每一种食物都盛了一点到自己的盘子里——杂菜饭、甘薯泥、两种汤、炸鸡、牛肉、沙拉和乳酪——像那些吃了上顿没下顿的人一样。生菜从她盘子里伸出来，耷拉在桌子上。

“你们总是吃米饭还用刀叉和餐巾吗？”她转过脸来看着我问。

我点点头，眼睛盯着我的那份杂菜饭。我希望阿玛卡声音能低一点，我完全不习惯吃饭的时候这样聊天。

“尤金，你一定要让孩子们到恩苏卡来拜访我们，”伊菲欧玛姑妈说，“我们没有大房子，可是至少他们应该和弟弟妹妹熟悉一下。”

“孩子们不喜欢离家。”爸爸说。

“那是因为他们从来没有离开过家。我相信他们一定想看看恩苏卡的。扎扎，康比丽，是不是？”

我埋头咀嚼，接着开始假装咳嗽，假装如果没有咳嗽，我本来要说出一番真实有条理的话来。

“如果爸爸认为可以的话。”扎扎说。爸爸对扎扎笑了。我真希望那话是我说的。

“或许等他们下次放假的时候吧。”爸爸坚定地说。他以为姑妈会到此为止。

“尤金，好不好，让孩子们到我家来过一个星期吧。他们要到一月底才开学呢。让你的司机带他们来恩苏卡吧。”

“好吧，我看情况吧。”爸爸说。他第一次改说伊博语了，很快地皱了皱眉，两条眉毛几乎碰在一起。

“伊菲欧玛说他们刚刚取消了一次罢工。”妈妈说。

“恩苏卡的情形好些了吗？”爸爸重新开始说英语，“现如今，大学都是在吃老底了。”

伊菲欧玛姑妈眯起眼睛。“你有一次拿起电话打给我问过这个问题吗？嗯？尤金？给你的妹妹打一个电话，你的手会烂掉吗，嗯？”她的伊博语听起来很轻快，又有点调笑的意思，可是她的语气里有股顽固劲儿，让我感觉喉咙发紧。

“我给你打过电话，伊菲欧玛。”

“那已经是多久以前了？我问你，那是多久以前？”伊菲欧玛姑妈把叉子放下了。她一动不动地坐了一会儿，爸爸和我们也都一动不动。妈妈终于清了清嗓子，问爸爸果汁瓶子是不是已经空了。

“是的，”爸爸说，“让那个女孩再拿几瓶来。”

妈妈站起来去叫西西。西西拿进来的那些锥形的长瓶子就像又苗条又匀称的女人，让人感觉里面装着很高贵的液体。爸爸为每一个人倒了一点，说：“敬圣诞，敬上帝的荣耀。”

我们集体重复了他的话。欧比优拉说的时候在结尾把音调提了起来，听上去很像一个问题。“敬上帝的荣耀？”

“敬我们，敬家庭精神。”伊菲欧玛姑妈在喝之前加上一句。

“这是你的工厂做的吗，尤金舅舅？”阿玛卡问，一边看瓶身上写着什么。

“是的。”爸爸说。

“太甜了一点。如果你们少放一点糖就更好了。”阿玛卡的语气很礼貌，像和任何一位长辈讲话那么平常。我不确定爸爸是点了点头呢，还是只是随着咀嚼动了动。我的嗓子感觉更紧了，简直连一口米饭都咽不下去。我伸手拿杯子的时候把它打翻了，血色的饮料在白色蕾丝的桌布上扩散开来。妈妈赶紧在那个地方放了一块纸巾，当她把那块变红的纸巾拿起来时，我又想起了她滴在楼梯上的血。

“你听说过奥科普吗，尤金舅舅？”阿玛卡问，“那是贝努埃的一个小村子。圣母在那里显圣了。”

阿玛卡一张口就可以很轻松很流利地说话，我真想知道她是怎么做到的。

爸爸继续咀嚼了一会儿又咽了一口，才终于说："是的，我听说了。"

"我计划带孩子们到那里去朝圣，"伊菲欧玛姑妈说，"也许康比丽和扎扎可以跟我们一起去。"

阿玛卡马上抬头看她妈妈，显出很惊讶的样子。她要说什么又止住了。

"教会还没有确认显圣的真实性。"爸爸说，盯着盘子若有所思。

"等到教会就奥科普发表正式声明，我们怕是已经死了，"伊菲欧玛姑妈说，"就算教会说那是假的也没关系，重要的是我们是出于虔诚去的。"

爸爸出人意料地对姑妈说的话显出高兴的样子。他慢慢点点头。"你们计划什么时候去？"

"一月份什么时候吧，在孩子们开学之前。"

"好，我们从埃努古回来之后我给你打电话，让扎扎和康比丽去上一两天。"

"一个星期，尤金，他们要待上一个星期。我家没有吃人的妖怪！"伊菲欧玛姑妈笑了起来，她的孩子们也跟着发出一阵低低的笑声，露出棕榈仁内部一样白得发光的牙齿。只有阿玛卡没有笑。

第二天是星期天。但是感觉一点不像，可能是因为我们在圣诞节才刚刚去过教堂。妈妈到我的房间来，温柔地把我摇醒，并拥抱我。我闻到她爽身粉的薄荷香味。

“睡得好吗？我们今天要去较早的那场弥撒，因为你父亲稍后有个会议。起来，去洗漱，已经七点多了。”

我打了个哈欠坐了起来。我床上有一块红斑，像笔记本那么大。

“你来月经了，”妈妈说，“带卫生巾了吗？”

“带了。”

几乎没等全身淋湿我就从浴室跑出来了，免得迟了。我挑了一件蓝白两色的裙子，把一条蓝色的头巾在脑后打了两个结，又把我那一把小辫子塞到里面去。本尼迪克特神父曾经对爸爸说，参加弥撒时我的头发总是完全包好，非常得体，不像其他女孩把头发露在外面，仿佛不知道在教堂里暴露头发是一种亵渎似的。为此爸爸骄傲地拥抱了我，并吻了我的前额。

我出来的时候，扎扎和妈妈已经穿着停当，正在楼上的起居室里等我。我的肚子阵阵绞痛，我想象一个长着獠牙的人正一次次有节奏地深深地咬进我的胃壁，再松口。“妈妈你有镇痛片吗？”

“绞痛开始了？”

“嗯，可我还是空腹。”

妈妈看了看墙上的钟，那是某个机构为了爸爸的捐款送给他的纪念品，椭圆形，并用金色的字母把他的名字做了浮雕。已经七点三十七了。圣餐斋规定，信徒在弥撒前一小时之内是不可以吃固体食物的。我们从没有违背过这条戒律。早餐已经上桌，茶杯和碗也都摆好了，可我们做完弥撒回来的时候才会吃。

“吃一点麦片，快。”妈妈说，几乎是耳语，“你需要垫点东西才能吃镇痛片。”

扎扎从桌上的纸盒里倒了些麦片出来，用茶匙兑了些奶粉和糖，又加进水。碗是透明的，我看到碗底白色的奶粉凝块。

“爸爸和客人们在一起，他上来我们会听见的。”

我便站着吞食那碗麦片。妈妈拿来了镇痛片，我把药片从锡箔板里按出来的时候沙沙作响。扎扎只放了很少的麦片，我快要吃完的时候门开了，爸爸走了进来。

爸爸的白衬衫剪裁完美，却也无法掩饰他肚子上的赘肉。他盯着我手里盛着麦片的玻璃碗，我也看着那最后几片软软的麦片漂在奶粉凝块中间。他怎么一点声音都没出就走上楼来了呢？

“你在干什么，康比丽？”

我使劲咽着。“我……我……”

“你在弥撒开始十分钟前吃东西？十分钟前?”

“她在痛经——”妈妈说。

扎扎抢过来说:“我让她在吃镇痛片之前吃点麦片，爸爸。我给她拌的。”

“魔鬼让你们为他跑差使吗?”爸爸说起了伊博语，“魔鬼在我家里安营扎寨了吗?”他转向妈妈说:“你坐在那儿看着她亵渎圣餐斋，为什么?”

他慢慢解开腰带。那是一条很重的皮带，用好几层棕色的皮制成，还有一个看起来很沉闷的用皮包起来的带扣。它首先落在扎扎肩膀上。妈妈举起双手，它又落在她裹着亮片泡泡袖的手臂上。我刚把碗放下，皮带又落在我的背上。我见过弗拉尼人，他们白色的风衣随风飘舞，打在腿上啪啪作响。他们手持鞭子赶着牛穿过埃努古的街道，每一鞭都抽得又快又准。爸爸就像一个弗拉尼牧民——尽管他并没有他们又高又苗条的身材。他一边挥舞着皮带抽打妈妈、扎扎和我，一边咕哝着“魔鬼赢不了”，我们跑不了两步就又被抽到。

接着爸爸停了下来。他盯着手中的皮带，脸皱作一团，双眼下陷。“你们为什么要做罪恶的事?”他问，“你们为什么喜欢罪恶?”

妈妈从他手中拿出皮带，放在桌上。

爸爸把扎扎和我搂入怀中。“皮带伤到你们了吗？打破了吗？”他问，检查着我们的脸。我背上一阵刺痛，可是我说没有，不痛。爸爸说到罪恶的时候摇着头，那样子仿佛他身上有什么沉重的东西，甩也甩不掉。

我们去的是较晚的那场弥撒。但在那之前我们换了衣服，洗了脸，爸爸也是。

一过完新年，我们就离开了阿巴。族里的女人带走了我们剩下的食物，包括做熟的米饭和妈妈说已经变质了的豆子。他们跪在院子里，感谢爸爸和妈妈。我们开车离开的时候，看门人挥着双手向我们道别。他的名字叫哈鲁那，这是几天前他告诉扎扎和我的。他用带着豪萨语口音的英语告诉我们，我们的父亲是他见过的最伟大的人，是他服务过的最好的雇主。他问我们是否知道，我们的父亲为他的孩子们付学费？我们是否知道我们的父亲帮助他的妻子在地方政府获得了送信员的职位？他说我们有这样的父亲太幸运了。

一开上高速路，爸爸就开始念《玫瑰经》了。不到半小时，我们就到了一个检查站。那里正在塞车，比往常多得多的警察正挥舞着手枪疏导交通。直到我们到了堵塞的中心地带，才发现两辆失事的车。一辆车停在检查站边；另一辆撞进了它的后部，本身变得只有一半大小。一个穿蓝色牛仔裤的男人的血淋淋的尸体躺在路边。

“愿他的灵魂安息。”爸爸画着十字说。

“别看。”妈妈转回来对我们说。

但是扎扎和我已经在看了。爸爸在说关于警察的事，说尽管他们明知在树木丛生的地方设路障对于开车的人很危险，但还要这样做，是因为他们可以把向路人勒索得来的钱财藏在树丛里。可是我没在听爸爸讲，我在想着那个穿蓝牛仔裤的死人。我在想他本来要去哪里，要去那里做什么。

两天后，爸爸给伊菲欧玛姑妈打了电话。要不是我们那天去忏悔，也许他是不会打电话的。也许我们就永远不会去恩苏卡，那样一切就都会维持原样。

那天是主显节，弥撒日，爸爸没有去上班。我们去参加了早上的弥撒，接着又去了本尼迪克特神父的小屋。在弥撒日我们一般是不去拜访神父的，可是那天爸爸希望神父听我们的忏悔。我们在阿巴的时候没有马上去，是因为爸爸不想用伊博语忏悔。而且爸爸说那里的神父不够虔诚。这就是我们的人民的问题，爸爸告诉我们，我们的倾向是错的，我们更关心高大的教堂和雄伟的雕塑。你永远看不到白人如此行事。

在本尼迪克特神父家里，妈妈、扎扎和我坐在起居室里，许多报纸和杂志摊在那个棺材一样的桌上，好像要被出售。我们读报的时候，爸爸和本尼迪克特神父就在隔壁的书房里说话。爸爸出来了，要我们准备忏悔。他第一个去。尽管爸爸把门关严了，我还是听得到他的声音。他滔滔不绝地说下去，好像正在轰鸣的汽车发动机。妈妈第二个去，尽管门开着一条缝，我却听不到她说话。扎扎花的时间最短。好像十分急于离开那房间似的，他出来的时候还在画着十字。我用眼睛问他有没有记得为他向努库爷爷撒的谎忏悔，他点点头。我走了进去。那房间几乎只够放下一张桌子和两把椅子。我合上门，确保它关好。

“为我祈祷吧，神父，我犯了罪。”我说着，在椅子边上坐下。我很希望我是在告解室里，那木头的小房间给人安全感，又有绿色的帘子隔开牧师和忏悔者。我希望我可以跪下，并用一份文件遮住脸，避开本尼迪克特神父的办公桌。这样面对面的忏悔让我觉得审判日提前来临了，而我毫无准备。

“说吧，康比丽。”本尼迪克特神父说。他在椅子上坐得很直，手指抚摸着肩上紫色的圣带。

“距离我上次忏悔已经三个星期了。”我说。墙上教皇的照片底部有个潦草的签名。我盯着照片下的位置。“以下是我的罪行。我撒了两次谎。我破了一次圣餐斋。念《玫瑰经》的时候我走了三次神。为了所有这些以及所有我忘记说的，我请求您的原谅，也请求上帝的原谅。”

本尼迪克特神父在椅子里动了动。“那么继续说。你知道在忏悔的时候故意隐瞒一些事情也是背叛圣灵的罪行。”

“我知道，神父。”

“那继续说吧。”

我从墙上移开眼睛，看了看他。他的眼睛还是绿色的，像我曾经见过的一条蛇一样。那条蛇穿过院子，向木槿树丛滑行。园丁说它是无害的。

“康比丽，你必须为你所有的罪行忏悔。”

“是，神父。我已经忏悔了。”

“向上帝隐瞒是不对的。我给你一点时间考虑。”

我点点头，又开始盯着墙看。我做了什么本尼迪克特神父知道而我不知道的事情呢？爸爸对他说了什么吗？

“我在我的祖父家里待了超过十五分钟，”我终于说道，“我的祖父是个异教徒。”

“你吃了什么献给偶像的食物吗？”

“没有，神父。”

“你参加了什么异教仪式吗？”

“没有，神父，”我停顿了一下，“不过我们看了姆偶。那是一场游行。”

“你喜欢看吗？”

我看了看墙上的照片，想着是不是教皇本人签的名。“喜欢，神父。”

“你知道在异教仪式中得到愉悦是不对的，因为这违反了第一条戒律。异教仪式是误导，是迷信，是通向地狱的门。你明白吗?”

“明白，神父。”

“为了你的罪过，念《天主经》十遍，《圣母经》六遍，《使徒信经》一遍。你也必须努力劝戒所有喜欢异教徒生活方式的人们。”

“是，神父。”

“好了，现在背诵《痛悔经》。”

我背诵的时候，本尼迪克特神父低声念着祈祷，画了十字。

我出来的时候，爸爸和妈妈还坐在沙发上，低着头。我坐在扎扎身边，低下头，做我的忏悔。

我们回家的路上，爸爸大声说话，比念《圣母经》的声音还高。“我现在是没有污点的了，我们都没有污点了。如果上帝就在此时唤我们回去，我们便会直接升上天堂。我们无须经历炼狱的洗礼。”他笑着，眼睛明亮，他的双手轻轻敲着方向盘。他到家后，还没等喝茶就给伊菲欧玛姑妈打了电话，脸上依然带着笑容。

“我和本尼迪克特神父讨论过了，他说孩子们可以去奥科普朝圣，但是你一定要说明那里发生的事情尚未得到教会的认证。”他停顿了一下，“我的司机凯文会带他们去。”又一个停顿，“明天太快了。后天吧。”一个很长的停顿，“噢，好吧。上帝保佑你和孩子们。再见。”

爸爸放下电话，转向我们。“你们明天就出发，上楼去收拾行李吧。带好五天要用的东西。”

“是，爸爸。”扎扎和我一起说。

“也许，我是说，”妈妈说，“他们不该空手去姑妈家做客。”

爸爸看着她，似乎因为她开口感到惊讶。“我们当然会在车里放点吃的，甘薯和大米什么的。”他说。

“伊菲欧玛提到恩苏卡很难找到煤气罐。”

“煤气罐？”

“是的，做饭用的。她说她现在用的是她的旧煤油炉。你记得那个假冒伪劣煤油引起爆炸的事故吗？很多人都死了。我想你也许应该从工厂送一两个煤气罐给她。”

“这是你和伊菲欧玛一起策划的吗？”

“怎么会？我只是提个建议罢了。你来决定。”

爸爸在妈妈的脸上审视了一会儿。“好吧。”他说。他转向扎扎和我。“上楼去收拾你们的行李。你们可以占用二十分钟的学习时间。”

我们慢慢走上螺旋形的楼梯。我不知道扎扎的肚子底部是否也在像我一样发出咕咕声。这是我们有生以来第一次不在家、不跟爸爸在一处睡觉。

“你想去恩苏卡吗?”我们到了楼梯顶部的时候，我问扎扎。

“想。”他说，并用眼睛告诉我他知道我也想。我没法用我们眼睛的语言告诉他，一想到我们将要有整整五天听不到爸爸说话、听不到他在楼梯上的脚步声，我的喉咙有多么紧张。

第二天早晨，凯文从爸爸的工厂带来两个灌满的煤气罐，和几袋大米、大豆，一些甘薯、车前草以及菠萝一起，放在沃尔沃的后备箱里。扎扎和我站在木槿树丛边等着。园丁正在修剪它们的枝叶，驯服那些倔强地高高伸出的花朵。他已经清理过素馨花树的脚下，死去的叶子和粉色的花朵堆成了一堆，即将被手推车铲走。

“这是你们在恩苏卡期间的作息表。”爸爸说。他塞进我手里的那张纸和我书桌上方的那张很像，只不过他为每天划出两小时，用于“与堂弟堂妹相处”。

“只有你们跟着姑妈去奥科普的那天可以不遵守这个时间表。”爸爸说。他拥抱了扎扎，又拥抱了我，他的手在颤抖，“我从来没有和你们两个分开超过一天。”

我不知该说什么好，扎扎却点点头说："我们一个星期后见。"

"凯文，好好开车，听见了吗?"我们坐进车里的时候爸爸叮嘱道。

"是，先生。"

"回来的时候在九里镇加油，还有，不要忘了把收据带给我。"

"是，先生。"

爸爸让我们从车里出去。他又拥抱了我们一次，抚摸了我们的颈后，又嘱咐我们路上不要忘记把《玫瑰经》念足一百五十端。妈妈又拥抱了我们一次之后，我们上了车。

"爸爸在招手呢。"凯文把车开上车道的时候，扎扎说。他正看着后视镜。

"他哭了。"我说。

"园丁也在招手。"扎扎说。我不知道他是不是真的没有听见我说的。我从口袋里掏出玫瑰念珠，吻了吻十字架，开始念经了。

路上我从窗户朝外看，数着路边那些黑乎乎的废车，有些被废弃得太久了，已经锈迹斑斑。我想象着曾经坐在里面的人们，他们在出事之前，在玻璃碎裂、金属变形、火焰熊熊燃起之前，是什么感觉。我并没有集中精力去想任何荣耀的奇迹，我知道扎扎也没有，因为轮到他念的时候，他总是反应不过来。四十分钟后，我看到路边有个标志，上面写着“尼日利亚恩苏卡大学”，我问凯文是不是快到了。

“没有，”他说，“还要一会儿。”

临近欧匹镇的时候——因为教堂和学校的尘封的牌子上都写着“欧匹”——我们到了一个检查站。旧轮胎和扎满钉子的木头铺得满路都是，只留了很窄的过道。我们开过去的时候，一个警察摇着旗子迎了过来。凯文哼哼着减了速，伸手到汽车仪表板的小匣子里拿了一张十奈拉的钞票出来，从窗户扔向那位警察。警察胡乱敬了个礼，笑着让我们通过了。如果爸爸在车里，凯文就不会这么做。每当警察或者士兵把爸爸拦下来，他总是花很长时间向他们出示各种证件，让他们检查车厢，无论如何不肯向他们行贿。“我们不能同流合污。”他经常这样告诉我们。

“我们要进恩苏卡城了。”几分钟后，凯文宣布。我们经过市场，街边小店里拥挤的货物简直要涌到街上来了；那条街被挤得水泄不通，车辆已经停成两排，到处是头顶托盘的小贩、骑摩托车的人、用手推车推着甘薯的男孩、拿篮子的女人和坐在垫子上仰脸挥手的乞丐们。凯文现在开得很慢了。路中央突然出现一个地洞，他跟着前面的车急转。刚过市场，路由于两侧受到的磨损变得很窄，他停了一会儿，让其他的车过去。

“我们到大学了。”他终于说。

我们面前高耸着一个拱门，上面是黑色的金属大字“尼日利亚恩苏卡大学”。两扇大门敞开着，有穿深棕色制服、戴贝雷帽的保安把守。凯文停下车来，摇下车窗。

“下午好，请问玛格丽特·卡特莱特大道怎么走？”他问。

离我们最近的保安脸上的皮肤皱得像起皱的裙子。他先向我们问好，接着告诉凯文那条大道已经非常近，我们只需直走，到第一个路口右转，马上再左转就到了。凯文向他道谢之后就继续开车。路边的草坪是菠菜色的。我转头去看草坪中央的那尊雕塑：一头黑色的狮子坐在那里，尾巴上翘，胸膛挺起。扎扎念出基座上的铭文：“重建人的尊严。”我这才发现他也在看这尊雕塑。接着，好像怕我不知道似的，他补充道：“这是他们的校训。”

玛格丽特·卡特莱特大道两旁是石梓树，每当雨季的暴风雨来临，这些树就会弯下腰，在空中和对面的树握手，把这条路变成一条黑暗的隧道。路边的两层公寓、石子铺成的车道和“小心有狗”的牌子很快变换为平房和两辆车宽的车道，很快又变成几个街区的公寓，门前没有车道，却有很大一片空地。凯文开得很慢，一边咕哝着伊菲欧玛姑妈的门牌号，好像这样可以帮助我们更快找到她家似的。她的家在第四个这样的街区，是一幢很高很平常的建筑，蓝色的漆剥落了，两边各有三套公寓，伊菲欧玛姑妈家在左边一楼。她屋子前面冒出一团鲜艳的颜色——一座花园，用装倒钩的铁丝网围了起来。玫瑰、木槿、百合、仙丹花、巴豆肩并肩地长在一起，好像手绘的花环。姑妈穿着一条短裤跑了出来，在她的T恤衫上蹭蹭双手。她膝盖处的皮肤非常黑。

“扎扎！康比丽！”她没等我们从车里出来就拥抱了我们，把我们挤在一起，搂进怀里。

“下午好，夫人。”凯文问了个好，就绕到后面打开了后备箱。

“啊！啊！”姑妈叫道，“尤金以为我们在挨饿吗？还有一袋大米？”

凯文笑了。“老板说这是给您的见面礼，夫人。”

“嘿！”姑妈又往后备箱里面看了一眼，叫了起来。“煤气罐？噢，努耶姆不该这么麻烦的。”接着姑妈跳了几步舞，双臂做出划船一样的动作，双腿前踢，又重重地跺脚。

凯文站在一旁，开心地搓着双手，好像是他策划了这场惊喜。他把煤气罐搬了出来，扎扎帮他抬进了屋里。

“你们的弟弟妹妹很快就回来了，他们去祝阿玛迪神父生日快乐。神父是我们的朋友。我在做饭，我还为你们俩杀了一只鸡呢！”姑妈大笑着把我拉向她。她身上满是肉蔻的味道。

“我们把这些放到哪里，夫人？”凯文问。

“都放到阳台上吧，阿玛卡和欧比优拉会把它们收好的。”

我们走进房子的时候姑妈还是把我紧紧拉在身边。我首先注意到屋顶——那实在太低了。我感觉伸手就可以碰到它。这跟我家太不一样了，我家高高的屋顶让房间的空气都显得很安静。煤油刺鼻的气味和咖喱、肉蔻的香味混合在一起。

“我看看杂菜饭是不是煳了！”姑妈飞跑进厨房。

我在棕色的沙发上坐了下来。坐垫的边沿已经磨损，到处开裂。这是客厅里唯一的沙发，旁边只有几张藤椅，上面放着棕色的垫子。中间的桌子也是藤编的，上面放着一只东方的花瓶，瓶身上画着穿和服舞蹈的女子。花瓶里有三枝茎很长的玫瑰，红得刺眼，简直令我怀疑它们是塑料制成的。

“丫头，别像个客人似的，进来，进来呀。”伊菲欧玛姑妈从厨房走出来时说。

我跟着她走过摆满书架的短短的走廊。那些书架上塞满了书，似乎再放一本上去，那些灰色的木头架子就会塌下来了。每本书都很干净，要么经常被阅读，要么经常有人为它们掸灰尘。

“这是我的房间，我和奇玛睡在这里。”姑妈打开了第一扇门。装着大米的箱子和袋子屯在门边，大罐的全脂奶粉和保维塔[1]放在一个托盘里，书桌上摆着台灯、几个药瓶和书。另一个角落里，箱子成堆摞着。姑妈领我到了另一个房间。两张床顺着一面墙排开，又被推在一起，这样一来，就不只可以睡两个人了。这屋里还容纳了两个梳妆台、一个镜子、一张书桌和一把椅子。我正在想扎扎和我要睡在哪里，姑妈像是读出了我的心思，说："你和阿玛卡睡在这里，丫头。欧比优拉睡在客厅里，扎扎跟他一起。"

我听见凯文和扎扎进来了。

“我们把所有的东西都搬进来了，夫人。我走了。”凯文在客厅里说。房子这么小，他都不需要提高嗓门。

“告诉尤金我谢谢他。告诉他我们都很好。小心开车。”

“是，夫人。”

我看着凯文离开，突然感觉胸口发紧。我想追上去，让他

---

1 保维塔（Bournvita），吉百利公司旗下一款麦芽饮料。

等我一下，我去拿上包就跟他一起回去。

“丫头，扎扎，你们的弟弟妹妹们还没回来，跟我到厨房里来吧。”伊菲欧玛姑妈听上去很随意，好像我们来是很平常的事，好像我们已经来过很多次。扎扎带头走进厨房，在一张矮凳上坐下来。我站在门边，因为厨房里几乎没地方了，她又是淘米，又是看锅里的肉，又是倒番茄，我进去只会挡路。厨房里淡蓝色的瓷砖磨损了，有的还缺角，连锅盖都不合适，一边陷进锅里去；可是这些东西都被擦洗得非常干净。煤油炉在窗边一个木桌子上，窗子周围的墙壁和露线头的窗帘都被油烟熏黑了。姑妈把米饭放回炉子上，削了两个紫洋葱，同时不停地说话，不停地笑。她还不断地用手背擦掉洋葱熏出来的眼泪，看上去好像在一边哭一边笑。

几分钟后，她的孩子们回来了。他们看起来很不一样，也许因为这是我第一次见到他们在自己家中，而不是作为客人。欧比优拉走进来的时候摘下一副墨镜，塞到短裤口袋里，看到我就笑了起来。

“扎扎和康比丽来了！”奇玛叫了起来。

我们互相拥抱问好。阿玛卡几乎没等我们身体碰到就退回去了，她涂着口红，更偏红色而不是棕色，裙子裹在她苗条的身体上。

“路上顺利吗？”她问扎扎。

“还不错，”扎扎说，“没有我想象的那么久。”

“噢，埃努古离这里真的不怎么远。”阿玛卡说。

“我们还没买饮料，妈妈。”欧比优拉说。

“你们出门前，我不是告诉你们要买吗，嗯？”姑妈把洋葱倒进油锅里，后退几步。

“我现在去，扎扎，你想一起来吗？我们就去隔壁院子里的小摊上买。”

“别忘了拿空瓶子。”姑妈说。

我看着扎扎和欧比优拉出去了。我没看到他的脸，不知道他是不是也和我一样困惑。

“我去换衣服，妈妈，然后我来炒车前草。”阿玛卡转身要走。

“丫头，跟你表妹一起去。”姑妈对我说。

我跟着阿玛卡来到她的房间，每走一步都更胆怯。他们的水泥地面很粗糙，我的脚不会像在家里的大理石地面上那样打滑。阿玛卡摘掉耳环，放在梳妆台上，又在全身镜里看看自己。我坐在床沿上看着她。她是否知道我跟着她进来了呢？

“你肯定觉得恩苏卡和埃努古相比很落后，”她说，仍然瞧着镜子，“我曾经跟妈妈说，不要强迫你们都来。”

“我——我们——想来。”

阿玛卡对着镜子笑了，笑得很浅，像是要我领情，似乎在说我用不着跟她撒谎。“你可能还不知道，恩苏卡没有什么时尚的地方。恩苏卡没有创世纪和耐克湖。”

“什么?”

“创世纪和耐克湖，埃努古的时髦地方啊。你经常去那里的，不是吗?”

“没有。”

阿玛卡露出惊讶的眼神。“但是你偶尔会去的吧?”

“我——是的。”我从来没有去过创世纪大饭店，耐克湖酒店也只去过一次，那还是因为爸爸的生意伙伴在那里举行婚礼。我们只待了一小会儿，爸爸和新人合影、送上礼物之后，我们就离开了。

阿玛卡拿起一把梳子，梳了梳她的短发。接着转向我问道:“为什么你要压低声音?”

“什么?”

“你说话的时候会压低声音。你总是像在耳语。”

“噢。”我的眼睛盯着桌子，上面满是书、破了的镜子、标签笔。

阿玛卡把梳子放下，把裙子从头顶脱下来。她穿着白色的蕾丝胸罩和浅蓝色的内裤，看上去就像一只豪萨羊——棕色、修长而健美。我马上移开眼睛。我从没见过任何人脱衣服。看到另一个人的裸体是有罪的。

“我相信这个和你房间里的音响差远了。”阿玛卡指着梳妆台脚边的一台小录音机说。我想告诉她我房间里没有任何可以放音乐的东西，但是我不确定她听了会高兴，她可能根本不在乎我有没有。

她打开录音机，跟着鼓点点头。“我主要听本土音乐家的音乐。他们有文化意识，他们的作品言之有物。菲拉、奥萨德贝和欧聂卡是我的最爱。噢，我想你并不认识他们，我相信你一定像其他少男少女一样痴迷美国流行乐。”她说“少男少女”的样子，好像她并不属于这群人一样，好像这个词专指那些不爱听有文化意识的音乐的人们，而且这群人要低她一等。她说“文化意识”时的样子骄傲极了，好像直到说出口的那一刻前她还从没听说过这样的说法。

我坐在床边，扣紧双手。我想告诉阿玛卡我没有录音机，我也几乎无法区别任何两支流行乐。

“这是你画的吗？”我转而关注这个问题。那是一幅水彩画，画上的女人和小孩很像是爸爸卧室里那幅油画上的圣母与圣婴，只不过阿玛卡画中的女人和小孩是深色的皮肤。

“是，我有时候画画。”

“很不错。”我希望我早点知道我的表妹会画现实主义水彩画。我希望她不要一直盯着我看，好像我是一只实验室里正待解剖和归类的动物。

“你们两个好慢啊！”伊菲欧玛姑妈在厨房里喊。

我跟着阿玛卡回到厨房，看着她切车前草又把它们炒熟。扎扎很快和男孩子们一起回来了，提着一只装有饮料的黑塑料袋。姑妈让欧比优拉摆桌子。“今天我们要把康比丽和扎扎当客人，不过从明天起他们就是家里人了，要一起干活了。”姑妈说。

木制的饭桌因为天气干燥开裂了，最外面的一层已经剥落，棕色的薄片在表面卷起，使桌子看上去就像正在褪壳的蟋蟀。椅子不成套，四个是木头做的，像我们教室里用的那种，另外两个是黑色带衬垫的。扎扎和我坐在一起。姑妈做了饭前祷告，我的表兄妹们已经说了“阿门”，我仍然闭着眼睛。

“丫头，我们的祈祷结束了。我们不像你爸爸那样以饭前祷告的名义做弥撒！”姑妈笑着说。

我睁开眼睛，恰好迎上阿玛卡的目光。

“我希望康比丽和扎扎天天都来，我们天天都可以这样吃饭。有鸡肉和饮料！”欧比优拉一边说一边推了推眼镜。

“妈咪！我想吃鸡腿。”奇玛说。

“我觉得人们开始不装满瓶了。”阿玛卡检查着她的可乐瓶子。

我低头看着菜饭、炒车前草和我盘子里的半只鸡腿，我努力想要集中精力，想要把食物咽下去。盘子也是不成套的。奇玛和欧比优拉用的是塑料的，其他人用的都是玻璃的，没有精致的花，也没有银色的线。笑声浮在我的头顶，每个人都在说话，也很少需要回答。在家的时候，我们说每句话都要有目的，特别是在饭桌上，但是我的表兄妹们似乎就只要说啊，说啊，说啊，就好了。

“妈妈，请你给我鸡脖子。”阿玛卡说。

“上次你不是说鸡脖子不好吃吗，嗯?”姑妈问，接着把她盘子里的鸡脖子挑出来放到阿玛卡的盘子里。

“我们上次吃鸡是什么时候了?”欧比优拉问。

“欧比优拉，不要像只山羊一样嚼!”姑妈说。

“妈妈，山羊反刍的时候和吃的时候咀嚼的方式不一样，你是指哪一种?”

我抬头看欧比优拉咀嚼。

“康比丽，不好吃吗?”姑妈问，吓了我一跳。我之前感觉我不在那里，我只是在观察一个人们畅所欲言、自由呼吸的宴席。

“我很喜欢菜饭，谢谢姑妈。”

“喜欢的话就吃啊。”姑妈说。

“可能是因为没有她家吃得好。”阿玛卡说。

“阿玛卡，不许这样说你姐姐。”姑妈说。

我在午餐期间再也没说话，但是我听到了大家说的每个字、每句玩笑话和每一声咯咯的笑。弟弟妹妹们说得比较多，姑妈只是坐在那里看着他们，慢慢吃着，就像一个教导有方的足球教练，正心满意足地站在罚球区边上静观自己队员的表现。

午饭后，我问阿玛卡厕所在哪里，尽管我知道正对着卧室的门就是。她看起来很生气，指着走廊问："还能是哪儿呢？"

厕所很小，我伸出手就可以碰到两边的墙。没有小地毯，没有毛茸茸的坐便器套。一只空塑料桶放在马桶边。我上完厕所后想冲水，却发现水箱是空的，那根杠杆无力地抬起又落下。我在那个小旮旯里待了几分钟，只好去找姑妈。她在厨房里，正在用蘸肥皂的海绵擦煤油炉。

"我用起这个新煤气罐来可要很吝啬了，"姑妈看见我就笑着说，"我只在特殊的宴席之前才用，这样就可以多用一段时间。所以我还不打算把煤油炉收起来。"

我愣了一会儿，因为我要说的事情实在离煤气罐和煤油炉这个话题太远了。我听到欧比优拉的笑声从阳台上传来。

"姑妈，厕所里没有水。"

"你小便了？"

"嗯。"

"我们只有早上才有水，是的！是挺可怕。所以我们小便后不冲水，只有真的有东西需要冲下去的时候才冲水。有时候好几天都没有水，我们就把盖子一关，直到所有人都去过厕所了再用一桶水冲掉。这样省水。”姑妈惭愧地笑着。

“噢。”我说。

阿玛卡在姑妈说话的时候就进来了，我看着她走到冰箱那里。“我相信你们在家随时都冲水，保持便池干净，不过我们这儿可不这样。”她说。

“阿玛卡，你怎么回事？我不喜欢你那个腔调！”姑妈说。

“对不起。”阿玛卡咕哝着，从一个塑料瓶里往杯子里倒了点凉水。

我朝那堵被煤油炉熏黑的墙挪了挪，真想和那抹黑色融为一体，消失不见。我想对阿玛卡道歉，但又不知为了什么。

“明天我们带康比丽和扎扎在校园里到处转转。”姑妈说，听起来那么随意，我简直觉得那声音是我想象出来的。

“没什么可看的，他们会感觉很无聊的。”

这时候电话响了，又大声又刺耳，不像我家电话那样低鸣。伊菲欧玛姑妈赶到卧室去接了起来。“康比丽！扎扎！”她很快叫了起来。我知道那是爸爸。我等着扎扎从阳台上进来，再和他一起走进去。我们走到电话边，扎扎站在后面不动，示意我先说话。

“你好，爸爸，晚上好。”我说，担心他会不会听出我吃饭前只做了很短的祷告。

“你们好吗?”

“很好，爸爸。”

“你们不在，房子显得很空。”

“噢。”

“你们缺什么东西吗?”

“不缺，爸爸。”

“缺什么马上给我打电话，我会派凯文过去。我每天都会打电话。记着学习和祈祷。”

“是，爸爸。”

妈妈讲话的时候听起来比平时耳语般的声音大了些，可能只是电话的效果吧。她说西西忘记我们不在了，还做了四人份的午饭。

那天晚饭的时候，我想到了爸爸妈妈，他们正孤零零地坐在家里宽阔的餐桌旁。我们吃剩下的菜饭和鸡肉，因为下午买的饮料已经喝光，我们喝的是水。我想起家中的厨房里总有满箱的可乐、芬达和雪碧。我赶紧咽下几口水，好冲走这些念头。我知道如果阿玛卡有读心术的话，这个想法不会让她高兴的。晚餐期间的说笑少了些，因为电视开着，表兄妹们端着各自的盘子跑到客厅去了。比较大的两个孩子无视沙发和椅子，直接坐在地上；奇玛则盘坐在沙发上，把盘子放在腿上。姑妈让扎扎和我也坐到客厅里去，好看得清楚电视。我等着哥哥说不，我们坐在餐桌边就挺好，接着我也点头同意。

姑妈也就陪我们坐着，一边吃一边频频朝电视瞟。

“我不明白为什么电视上全是这些二流的墨西哥节目，我们的人民完全无视自己的创造力。”她咕哝着。

“妈妈，这会儿请不要说教。”阿玛卡说。

“因为从墨西哥进口肥皂剧更便宜。”欧比优拉说，眼睛一刻也不离开电视。

姑妈站起来。“扎扎，康比丽，我们通常每晚睡觉前念《玫瑰经》，当然之后你们可以想待多久就待多久，看电视什么的。”

扎扎在椅子上动了动，随后从口袋里掏出他的时间表。“姑妈，爸爸的时间表上规定我们晚上要学习，我们带了书来。”

姑妈盯着扎扎手中的纸。接着她大笑起来，身体不停摆动，她修长的身体像风中的松树一样弯了下来。“尤金给你们做了一张在这边要遵守的时间表？快瞧瞧吧，这算什么呀！”姑妈又笑了一会儿，接着伸出手要那张纸。她又转过来要我的，我也从裙子口袋里掏出那张折得四四方方的纸。

“等你们离开时再还给你们。”

“姑妈……”扎扎说。

“如果你们不告诉尤金，他又怎么知道你们没有照办呢，嗯？你们来这里是度假的，而且这是我家，你们要照我的规矩来。”

我看着姑妈拿着我们的时间表回屋去了。我的嘴很干，舌头都和上颚粘在一起了。

“你们在家的时候也有一张每天遵守的时间表吗?”阿玛卡问。她脸朝天躺在地上，头枕在一个靠垫上。

“是的。”扎扎说。

“真有意思，就是说富人都不知道自己每天该干点什么，还需要一张时间表来告诉他们。”

“阿玛卡!”欧比优拉叫了起来。

伊菲欧玛姑妈拿着一大串有蓝色珠子和金属十字架的玫瑰念珠走出来。屏幕上开始出字幕了，欧比优拉关掉了电视。欧比优拉和阿玛卡到房间去拿来了他们的念珠，扎扎和我也从兜里掏出了我们的。我们跪在藤椅边，姑妈开始念第一端。我们念完了最后一遍《圣母经》时，突然听到一阵悦耳的嗓音，我猛地回过头去。阿玛卡在唱歌!

“让我歌颂你的圣名……”

伊菲欧玛姑妈和欧比优拉也唱了起来，他们的声音融汇在一起。我和扎扎目光相遇了，他的眼睛湿了，眼神里充满暗示。不!我眨眨眼告诉他。这是不对的。不能在《玫瑰经》中间插入歌曲。我没有唱，扎扎也没有。每到一端结束，阿玛卡都会突然唱起来，好像一位有感而发的即兴歌剧演员。她唱的是振奋人心的伊博语歌曲，姑妈则为她唱和声。

念经结束后，姑妈问我们是否知道其中的一两首歌。

“我们在家从不唱歌。”扎扎说。

“我们这儿唱。”姑妈说，我不知道她压低眉毛是不是生气的表示。

姑妈说了晚安后进了卧室。接着欧比优拉打开了电视。我和扎扎并排坐上了沙发，看着电视上的图像，但我都没法把那些橄榄色皮肤的人们彼此区分开。我感觉好像是我的影子在造访姑妈家，而真正的我正在埃努古的房间里学习，面前的墙上钉着我的作息表。我很快站起来走进卧室，准备睡觉了。尽管手上没有作息表，我还是知道爸爸用铅笔写下的睡觉时间。我睡着的时候还在想阿玛卡什么时候进来，她见到我已经睡了会不会鄙夷地撇嘴唇。

我梦见阿玛卡把我丢进一个充满棕绿色块状物的便池。我的头先进去，接着便池变大，我整个身体都进去了。阿玛卡喊道：“冲，冲，冲！”我则挣扎着逃命。我醒来的时候还在挣扎，阿玛卡已经从床上起来，正在睡衣外面绑好裙结。

“我们正要去打水。”她说。她没有叫我一起去，但我也起来了，系好裙子跟了上去。

扎扎和欧比优拉已经在后院的水龙头边上了。角落里满是旧轮胎、自行车零件和破衣箱。欧比优拉把各种洞开大嘴的容器在水龙头下面排成一队。扎扎正要把第一个灌满水的容器搬进厨房里去，欧比优拉拦住了他，自己搬了进去。阿玛卡搬走了第二个。扎扎接着灌满一个较小的容器。他告诉我，他昨天是在客厅里睡的，就睡在欧比优拉从卧室门后拿出的一张床垫上，又盖了一条毯子。我一边听他说，一边诧异他的嗓音，他棕色的瞳孔也变淡了许多。我要替他搬下一桶，阿玛卡笑了，说我的骨头太软了，根本抬不动。

接完水，我们在客厅做了晨祷——依然是穿插了许多歌曲的简短祷词。姑妈为大学、讲师和管理人员们祈祷，为尼日利亚祈祷，最后，她祈祷我们今天得到安宁和欢笑。我们画过十字，我抬头看扎扎的脸，看他是否也像我一样困惑：姑妈和她的家人居然为欢笑祈祷?

我们轮流在狭小的浴室里洗过了澡，每人只用半桶水，洗之前把一只“热得快”放进去加热一会儿。浴缸很干净，可是角落里有个三角形的洞，水从那里溜走的时候发出怪叫，像是一个人在痛苦地呻吟。我用自己的海绵和香皂擦着身子，那是临行前妈妈细心地为我装好的洗漱用品；尽管我用一只浅杯子舀水把身上冲了一遍，但我踩在地板上的旧毛巾上时，还是感觉滑溜溜的。

我出来的时候，姑妈正在餐桌边，把几勺奶粉舀进一杯冷水中。“如果我让这些孩子们自己冲牛奶，不到一个礼拜这个就喝光了。”说着，她把一罐雀巢三花奶粉放回了她的房间。

我希望阿玛卡不要问我是否我母亲也这么做；我会结巴，因为我们在家的时候想吃多少匹克奶粉[1]就吃多少。早餐是欧比优拉从附近买回来的奥克帕。我从来没有把奥克帕当饭吃过；只有在我们开车到阿巴的途中买了豇豆棕榈油蒸饼的时候，才用奥克帕作零食。我看着阿玛卡和姑妈把那湿漉漉的黄色的饼切开，我也照做。姑妈让我们快点。她想带扎扎和我去学校转转，回来还赶得上做饭。她邀请了阿玛迪神父来吃饭。

"车加足油了吗，妈妈？"欧比优拉问。

"至少够我们在学校转一圈啦。我真希望下周能恢复供油，不然等开学了，我就得走着去上课了。"

"或者乘欧卡达！"阿玛卡笑着说。

"再这么下去我很快就得尝试了。"

"什么是欧卡达？"扎扎问。我转头盯着他看。我没想到他会提这个问题——我压根没想到他会提问。

"摩托车，"欧比优拉说，"现在比出租车流行多了。"

我们朝车走去的时候经过花园，姑妈停下来摘掉一些发黄的叶子，咕哝着说，哈马丹风要把这些植物烤死了。

阿玛卡和欧比优拉哼哼着抱怨道："不要现在整理花园啊，妈妈。"

---

1 匹克奶粉，尼日利亚本土奶粉品牌。

"那是木槿，对不对，姑妈？"扎扎盯着铁丝篱笆边上的一株植物问道，"我从不知道还有紫色的木槿。"

姑妈大笑起来，碰碰那朵深得发蓝的紫木槿花。"每个人第一次见到它都这么说。我的好朋友菲利帕是植物学老师，她在这里的时候做了大量的实验。看，这是白仙丹，但是它的花没有红仙丹开得大。"

扎扎跟着姑妈走过去，我们则站在一边看他们。

"真美。"扎扎说。他正用一只手指拂过一片花瓣。姑妈的笑声又加长了几个音节。

"确实很美！还有更罕见的花呢，都被邻居家的小孩们摘掉了，所以我不得不把花园围起来。现在我只让那些在我们的教堂或者新教教堂作祭台助手的女孩们进来。"

"妈妈，好啦，我们走吧。"阿玛卡说。但是伊菲欧玛姑妈还是又花了一会儿时间向扎扎展示她的花，接着我们进了旅行车，她带我们出发了。我们拐入一个大下坡，她熄了火，让车溜下去，松动的螺栓叮当作响。"这样省油。"她转向扎扎和我，解释道。

我们途经的那些房子边上种着向日葵，那些手掌大小的花朵用硕大的黄色圆点照亮了繁枝密叶。透过树篱的缝隙，我看到了那些人家的后院：金属的水池放在没粉刷过的水泥台子上，轮胎做的旧秋千从番石榴树上垂下来，衣服挂在树与树之间的绳子上。到了这条街的尽头，路开始变平，姑妈又打着了火。

“那是我们大学的附属小学，”她说，“奇玛就在那里上学。过去的样子好得多，可是现在呢？看看那些叶片缺失的百叶窗，看看那些脏兮兮的楼。”

宽阔的院子边上是一圈松树，可是这院子却被一栋栋长排的楼弄得乱七八糟，好像这些楼都是随意冒出来的，一点没有规划。姑妈指着学校边上的一栋楼，那就是非洲研究学院，她的办公室就在那里，她大多数的课也都在那里上。我只要看那栋楼的颜色和沉积数年沙尘、似乎再也擦不干净的玻璃窗，就知道它是栋老楼。姑妈开过一个环岛，那里种着粉色长春花，用黑白相间的砖围着。路边的田野像一块绿色的床单铺展开去，一些芒果树间或点缀其中，枯萎的树叶正竭力挣扎，保卫自己的颜色不被燥热风洗去。

“那边的操场就是我们举行义卖集市的地方，”姑妈说，“那边几栋楼都是女生宿舍。那是玛丽·斯莱塞楼。那是奥克帕拉楼。这里是最著名的贝娄楼[1]，阿玛卡发誓她上大学之后一

---

1 玛丽·斯莱塞（Mary Slessor，1876—1915），英国女传教士，只身一人在非洲内陆传教，抚育儿童，帮扶妇女，行善业无数，被尊为蛮荒白母。迈克尔·奥克帕拉（Michael Okpara，1920—1984），1959—1966年间任东尼日利亚首相，积极推进社会主义和农业改革。阿马杜·贝娄（Ahmadu Bello，1910—1966），1954—1966年间任北尼日利亚首相，为争取北尼日利亚在尼日利亚联邦中的地位做出重大贡献。

定要住这里，并且在这里开展她的激进主义运动。”

阿玛卡笑了，没有争辩。

“也许你们两个可以一起来呢，康比丽。”

我拘谨地点点头，尽管姑妈并没看着我。我从没想过大学，没想过要去哪里、学什么专业。到时候爸爸会决定的。

姑妈拐弯的时候看到两个穿扎染衬衣的半秃顶男人站在那里，她按了按喇叭，并朝他们挥挥手。她又熄了火，车沿着街猛冲下去。石梓和印度苦楝树分立在马路两侧。苦楝树叶刺鼻的气味四处弥漫，阿玛卡做着深呼吸，说这些叶子曾经治愈过疟疾。我们在一片住宅区，路边是有着大院子的平房，院子里是玫瑰、果树和褪色的草坪。渐渐地，沥青路面和两旁修剪过的树篱不见了，房子变得又矮又狭窄，相邻住户的门离得非常近，你站在一扇门前，伸出手就可以碰到邻居的门。这里不再有任何树篱的迹象，已经完全不顾及独立空间和隐私，只见矮灌木和腰果树丛中间立着一堆挤挤挨挨的矮房子。这里是低级员工的宿舍区，秘书们和司机们就住在这里，姑妈解释道。阿玛卡补充说：“还得运气好才能住进来。”

我们刚刚开过这个区域，姑妈就指着右边说：“那是奥迪姆山。山顶的视野美得令人窒息，站在那里，你可以看到上帝把那些山峰和峡谷排布得多么美，真是绝了。”

她转了个U形的弯，又回到了我们来时的路上。我开始任由自己的念头天马行空，想象上帝用他那双宽阔的白白的大手排布恩苏卡的山，指甲下面也和本尼迪克特神父一样有白色的小半月。我们驶过建筑系周围健壮的大树，驶过女生宿舍边上种满芒果树的广阔田野。到了她家所在的街上，她拐上了相反的方向，她想带我们看看玛格丽特·卡特莱特大道另一半的景象。那边是老教师们住的复式公寓，车道很庄重。

“我听说当初盖这些房子的时候，有些白人教授——当时所有的教授都是白人——想要烟囱和壁炉。”姑妈说，脸上带着宽容的笑，妈妈谈到找巫医看病的人时也是这副神情。她又指着副校长高墙环绕的住所，说那里本来是樱桃树和仙丹花，后来暴动的学生们跳过树篱，把一辆停在院子里的车烧掉了。

“为什么暴动？”扎扎问。

“为了水和电。”欧比优拉说，我看了看他。

“当时断水断电已经一个月了，”姑妈说，“学生们说他们没法学习，希望推迟考试时间，但是这个请求被拒绝了。”

“这些墙太难看了。”阿玛卡用英文说。不知她看了我们家里的围墙会怎么想。副校长家的墙并不是很高，我可以看到那栋大复式房子，一些大树黄绿的叶子半掩着它。“盖围墙本身就是很肤浅的行为，”她继续说道，“如果我是副校长，学生们就不会暴动。他们会有水有电。”

“如果阿布贾的某位大人物偷了钱，副校长就该为了恩苏卡把钱吐出来吗？”欧比优拉问。我转过去看他，回想着我十四岁时的样子，也想着我现在的样子。

“如果现在有人肯为我吐点钱出来，我会很高兴。”姑妈说，仍然是那副成功教练的骄傲神情，“我们到城里去看看有没有价格合理的优贝[1]，我知道阿玛迪神父喜欢吃优贝，我们家里也正好有些玉米可以一起吃。”

“油够吗，妈妈？”欧比优拉问。

“我不知道，我们试试吧。”

姑妈沿着那条通向大学大门的路把车溜了下去。开车经过那尊狮子雕像的时候，扎扎转身看了看，嘴唇无声地动了动。“重建人的尊严”。欧比优拉也在读那块匾上的字。他笑了一声，问：“人是什么时候把尊严弄丢了？”

到了学校门口，姑妈重新点火。车抖了抖，没有启动。她咕哝着：“圣母保佑，不要挑这个时候吧？”她又试了一次。车只哼哼了一声。有人在我们背后鸣笛，我转头看到一个开着黄色标致504汽车的女人。她从车里出来，朝我们走过来。她的裙裤摆动着，下面露出的小腿粗笨得像甘薯。

“我的车昨天停在了东区商店附近。”那个女人站在姑妈的

---

1 优贝（ube），非洲木梨，一种外皮蓝紫色的小果，烤熟或煮熟后和玉米一起吃。

窗前说。她的头发烫成了很大的波浪，在风中飞舞。“我儿子从我丈夫的车里吸了一升油，这样我才去成了市场。唉，真是糟糕。我希望油快点来。”

“我们走着瞧吧，我的姐妹。家里怎么样？”姑妈问。

“我们很好。还不错。”

“我们推吧。”欧比优拉说着推开了门。

“等一下。”姑妈又转了一下钥匙，车抖了抖启动了。她马上开走了，车底甚至发出一声尖利的鸣响。她不想车再有抛锚的机会。

我们在路边一个卖优贝的小贩那里停下，那些蓝色的水果在一个搪瓷盘子上堆成金字塔状。姑妈从钱包里掏出几张揉皱的纸币递给阿玛卡。阿玛卡和小贩进行了一番讨价还价，然后笑着指向她想要的那一堆。我很想知道她那样做时是什么感觉。

回到家，我在厨房给姑妈和阿玛卡帮忙，扎扎和欧比优拉去跟楼上的孩子们踢球。姑妈从我们带来的甘薯中拣了很大的一只，阿玛卡在地上铺开一张报纸，开始把它切成薄片；这比拿到桌上去弄方便得多。阿玛卡把甘薯片放在一只塑料碗里，我说我来削，她便静静地递给我一把刀。

“你会喜欢阿玛迪神父的，康比丽，”姑妈说，“他新来我们教区，但是他已经博得了学校里每个人的热爱。每个人都请他到家里去吃饭。”

“我觉得他和咱们家的关系最密切。”阿玛卡说。

姑妈笑了起来。“阿玛卡总怕别人抢走他。”

“你在浪费甘薯，康比丽！”阿玛卡厉声说，“啊！啊！你在家里也是这么削甘薯的吗？”

我吓得扔下了刀，它落在我脚边一英寸远的地方。“对不起。”我说。我也不知道自己是为了弄掉刀子道歉，还是为了削掉那么多白色的甘薯肉。

姑妈看着我们。“阿玛卡，来，告诉康比丽应该怎么削。”

阿玛卡看了看她妈妈，嘴唇下撇，眉毛上翘，好像无法相信会有人不知道怎么削甘薯。她捡起刀子开始削，只削掉棕色的外皮。我看着她的手有分寸的动作，以及甘薯皮一点点增加的长度，我很想道歉，很想知道我怎么才能做得那么好。她刀下的那片甘薯皮甚至没有断，像一根布满土块的螺旋缎带。

“或许我该把学习削甘薯皮写进你的作息表。”阿玛卡咕哝着。

“阿玛卡！”姑妈叫道，“康比丽，你去帮我从外面的水桶里打点水来吧。”

我拎起桶，很感激姑妈派我离开厨房，避开阿玛卡生气的脸。下午剩下的时间里，阿玛卡一直没再怎么说话。直到阿玛迪神父带着一股泥土的气息到来。奇玛跳到他身上便不下来。他握握欧比优拉的手。姑妈和阿玛卡和他拥抱。接着姑妈介绍了扎扎和我。

“晚上好，”我说，接着补充道，“神父。”他穿着T恤衫和牛仔裤，裤子褪色很厉害，我都说不清本来是黑色还是深蓝了。把这个男孩一样的人叫作神父，简直是亵渎。

“康比丽，扎扎，”他说话的口气好像早就认识我们，“你们第一次拜访恩苏卡感觉如何呀？”

“他们讨厌这里。”阿玛卡说。我真希望她不要这么说。

“恩苏卡自有它的魅力。”阿玛迪神父笑着说。他有着歌手一样的嗓音，那嗓音对我的耳朵产生的奇效，就像是妈妈用皮尔斯儿童护发素涂我的头发时的感觉。晚饭时，我还不太能够理解他时不时穿插英文的伊博语句子，因为我的耳朵一直在享受那动听的声音，没留意他在说什么。他咀嚼甘薯和蔬菜的时候点着头，每次非要把嘴里的东西咽下去，再喝一口水，才肯开口说话。他在姑妈家就跟在家里一样，他知道哪把椅子的钉子突出来了，会把你的衣服挂脱线。“我以为我已经把它敲进去了呢。”他说，接着又跟欧比优拉谈足球，跟阿玛卡谈政府刚刚逮捕的记者，跟姑妈谈天主教女性组织，跟奇玛谈电子游戏。

我的表兄妹们还是像之前一样能说，可是今天他们都是等阿玛迪神父说了什么，再七嘴八舌地做出反应。我想起爸爸有时会为奉献仪式买几只填肥的鸡，我们会把它们和甘薯、酒一起带到祭坛去；有时候是一只羊，星期天早晨之前，它就在我们的后院溜达。西西一撒面包屑，那些鸡就开心地扑上去。我的表兄妹们接阿玛迪神父的话，正是这副样子。

阿玛迪神父总是问扎扎和我一些问题，好让我们也参加谈话。我知道那些问题是对我们两个提的，因为他用了复数。可是我一直不开口，还好扎扎在作答。他问我们在哪里上学，我们喜欢哪些学科，我们是否偏爱什么运动。他也问我们去哪家教堂。

“圣阿格尼丝？我在那里做过一次弥撒。”阿玛迪神父说。

这时我想起来了，他就是那个在布道中间唱歌的年轻神父，爸爸还让我们为他祈祷，说因为像他这样的人是教会的麻烦。那几个月还来过许多访问牧师，但我知道那是他。我就是知道。而且我还记得他唱的那首歌。

“是吗？”姑妈问，“我的哥哥尤金几乎靠一己之力赞助了那座教堂呢。那是座很漂亮的教堂。”

“等一下，你哥哥是尤金·阿契科？《标准报》的出版人？”

“对，尤金是我大哥，我以为我说起过。”姑妈的笑容并不十分明亮。

“真的吗？我没听说过。”阿玛迪神父摇摇头，“我听说他一直参与编辑部的决策。《标准报》是如今唯一敢说真话的报纸了。”

“是的，”姑妈说，“他还有个很出色的编辑叫阿迪·考克，尽管我怀疑他不久就要被永久监禁了，到时候就是尤金的钱也没法救他。”

“我在什么地方读到过，《世界特赦报》要给你哥哥颁一个奖。”阿玛迪神父说。他缓缓点着头，满怀崇拜，于是我感觉自己也因为骄傲、因为希望被和爸爸联系起来而浑身发热。我很想说点什么，好提醒这位英俊的神父，爸爸不仅是姑妈的哥哥、《标准报》的出版人，他还是我的父亲。我很想让阿玛迪神父眼睛里那种云朵一般温暖的光也落在我脸上，也来抚摸我一下。

“一个奖？”阿玛卡问，眼睛亮亮的，“妈妈，我们应该偶尔买一次《标准报》，好了解一点时事。”

“或者如果有人可以放下骄傲的话，我们可以有免费的报纸送上门来。”欧比优拉说。

“我根本不知道这个奖的事，”姑妈说，“反正尤金是不会给我讲的。是的。我们根本不说话。我要以到奥科普朝圣为借口，才能说服他让他的孩子们来这里小住。”

“你们要去奥科普？”神父问。

“我并没真的计划去，但现在我看不去不行了。我去问问下次显圣是什么时候。”

“这都是人们编出来的。那次他们不是还说圣母在沙纳汉主教医院显圣了吗？后来又说她出现在特兰斯库鲁。”欧比优拉说。

“奥科普不一样。那里有露德的一切特征，”阿玛卡说，“而且，圣母也该到非洲来了，她总是出现在欧洲你不觉得奇怪吗？毕竟她本是中东人啊。”

“她现在又变成什么了，政治处女？”欧比优拉问。我又看了他一眼。他那么勇敢，和十四岁时的我截然相反。就是现在我也做不到这样。

阿玛迪神父笑了。“但是她在埃及出现过，阿玛卡。至少人们朝那里蜂拥而去了，就像人们正涌向奥科普一样，就像迁徙的蝗虫。”

“听起来你并不相信显圣啊，神父。”阿玛卡看着他说。

“我不相信我们需要到奥科普或任何其他地方去寻找她。她就在这里。她正和我们在一起，把我们引向她的圣子。”他说话的时候毫不费力，好像他的嘴是一种乐器，只要一张一翕就可以发出声音。

“我们心里的多默怎么办呢[1]，神父？那个只有亲眼见到才

---

1 耶稣复活时，十二使徒之一多默（St. Thomas）不在场，因此听到这个消息时，多默说：“除非我看见耶稣手上钉子的孔，并把我的手指放进去，同时把我的手塞进耶稣身体的一侧，我才相信。”

肯相信的部分怎么办?”阿玛卡问。她的表情让我不知她是否是认真的。

阿玛迪神父没有回答。他做了个鬼脸，阿玛卡笑了。她齿间的缝隙比姑妈的更宽，好像有人用什么金属工具把她的两颗门牙分开似的。

晚饭后，我们移到客厅，姑妈让欧比优拉关掉电视，好趁神父在这里时做祈祷。奇玛已经在沙发上睡着了，念整个《玫瑰经》期间，欧比优拉都靠在他身上。阿玛迪神父带头念了第一端，结尾他开始唱一首伊博语的赞美诗。他们唱的时候，我睁开眼睛，看着墙上奇玛受洗时的全家福。旁边是木版的圣母怜子图，木头的四角都开裂了。我嘴唇紧闭，咬着下唇，当心不让嘴唇自动跟着他们唱起来；我怕我的嘴背叛我。

我们把玫瑰念珠收起来，坐在客厅里吃玉米和优贝，同时看电视上的《新闻在线》。有一次我抬起头，发现阿玛迪神父的眼睛正看着我，我突然没法舔下优贝的果肉了。我没法动我的舌头，不能吞咽，我太在意他的眼睛，太在意他的注视。“我今天一直没有看到你笑，康比丽。”他终于说。

我低头看着我的玉米。我想说我很抱歉我没有笑，但是我就是不知如何开口，有那么一会儿，甚至我的耳朵也什么都听不到了。

"她很害羞。"姑妈说。

我咕哝了一个明知没意义的词，站起来走进卧室，把通向走廊的门仔细关好。我回想着阿玛迪神父音乐般的嗓音睡着了。

伊菲欧玛姑妈家里总是充满笑声，而且不管这笑声来自哪里，都回荡在所有的墙壁之间，所有的屋子里。争吵来得快，去得也快。晨昏的祷告总是点缀着歌声，伊博语的赞歌常常有大家击掌相伴。我们肉吃得很少，每个人只分到仅有两个紧捏在一起的指头那么宽、半个指头那么长的一片。屋子里总是光洁可鉴——阿玛卡用一只硬刷子擦地板，欧比优拉扫地，奇玛拍打椅子上的坐垫。大家轮流洗盘子。伊菲欧玛姑妈把我和扎扎也安排进来了。我洗完那些结了一层加里硬壳的午餐盘，放到一个托盘里去晾干，阿玛卡把它们拿起来重新泡进水里。

"你在家里就这样洗盘子吗？"她问，"要不就是你的美妙日程里根本没有洗盘子这一项？"

我站在那儿，眼睁睁地看着她，真希望伊菲欧玛姑妈能在场为我说话。阿玛卡又瞪了我一会儿就走了。她没对我说什么别的，直到那天下午，她的朋友们来找她玩，伊菲欧玛姑妈和扎扎正在花园里，男孩子们正在院子前面踢足球。"康比丽，这是我学校里的同学。"她随意地说道。

那两个女孩冲我打招呼，我报以微笑。她们的头发像阿玛卡一样短，涂着亮闪闪的唇彩，穿着紧紧的裤子。我知道，如果她们穿得舒服点，肯定连走起路来都不一样。我看着她们在镜子里检查自己的形象，钻研一本有棕色皮肤、蜜色头发封面女郎的美国杂志，谈论一个连自己出的测试题都不知道答案的数学老师，一个穿迷你裙去上晚课的女孩，腿粗得像薯蓣一样；还有一个不错的男孩。“不错，却没什么吸引力。”她们中的一个强调说。她的一边耳朵上戴着一只摇摇晃晃的耳环，另一边却戴着一枚闪亮的镀金耳钉。

“这都是你的头发吗？”另外一个女孩问道，我没意识到她是在问我，直到阿玛卡喊：“康比丽！”

我想告诉那个女孩，这都是我的头发，没有假的，但话没说出口。我知道她们还在谈论着头发，说我的头发看起来多么长，多么密。我真想和她们一起说话，一起笑，我简直要像她们一样在一个地方上蹿下跳，但我的嘴唇僵硬地合在一起，我不想结结巴巴地说话，就开始咳嗽，然后跑出去冲进厕所。

那天晚上收拾桌子准备晚餐的时候，我听到阿玛卡说：“妈妈，你不觉得他们很不对劲吗？康比丽在我的朋友们面前，像羊一样呆！”阿玛卡既没抬高声音，也没压低声音，她的话清清楚楚地从厨房里飘进我的耳朵。

“阿玛卡，你可以有你自己的想法，但你必须尊重你表姐。你懂不懂？”伊菲欧玛姑妈用英语回答，声音很严肃。

“我只是问一问。”

“把你的表姐称作一只羊可不是尊重。”

“她看起来很好笑，连扎扎也很奇怪。他们一定不太对劲。”

我努力把桌面上开裂卷曲的一角弄平，我的手有点抖。一列姜色的细小蚂蚁在那附近行进。伊菲欧玛姑妈曾经告诉我不要惹这些蚂蚁，因为它们不会伤害任何人，而人们也永远没法彻底摆脱它们；这些蚂蚁就像整个房子一样老。

我向起居室望去，想看看扎扎是否透过电视机的声音，听到了阿玛卡说的话。但他正躺在欧比优拉旁边的地板上，全神贯注地盯着屏幕上的图像。他看起来好像已经躺在那里看了一辈子电视了。第二天的早晨，在伊菲欧玛姑妈的花园里，他看起来也是如此，好像他做这些事情已经很久很久了，而不是只有我们待在这里的短短几天。

伊菲欧玛姑妈邀请我和他们一起，在花园里仔细地把巴豆上开始枯萎的叶子摘去。

“它们不美吗？”伊菲欧玛姑妈问我，“看啊，叶子上的绿色、粉色、黄色，像上帝在用画笔嬉戏。”

“美。”我说。伊菲欧玛姑妈看着我，我觉得她是在想，在她谈论她的花园时，我的声音里缺乏像扎扎一样的热情。

一些孩子们从楼梯上下来，站在周围看我们。他们有五岁左右，都穿着被吃的弄脏的衣服，说话快得像连珠炮。他们互相交谈，又和伊菲欧玛姑妈说话，其中一个转向我，问我在埃努古上的是什么学校。我结结巴巴地说不出话来，就使劲儿捏住几片新鲜的巴豆叶子，把它们扯下来，看着有毒的汁液从茎上滴下来。随后，伊菲欧玛姑妈说如果我愿意，可以去外头玩了。她告诉我她刚刚读完一本书，那本书在她屋里的桌上，她肯定我会喜欢。我就去她屋里，把一本褪色的蓝封皮的书拿了出来，书名叫《伊奎亚诺旅行记，或非洲人居斯塔夫·瓦萨的生活》。

我在阳台上坐下，把书放在我膝上，看着孩子们中的一个在前院里追蝴蝶。蝴蝶忽高忽低地飞舞，带黑点的黄翅膀轻轻扇动，好像是在逗引那个小女孩。她的头发挽在头顶上，像一只羊毛球，她一跑就跟着蹦蹦跳跳。欧比优拉也在阳台上坐着，但他是坐在阴影外面，所以在他的厚镜片后头眯着眼睛，免得被太阳晒。他也在看着那个女孩和蝴蝶，同时在嘴里重复念着扎扎的名字，缓缓的，先把重音同时放在两个音节上，又分别放在前一个和后一个上。“阿扎[1]的意思是沙子或娱神仪式，可扎扎呢？扎扎算是个什么名字？不是伊博语。”他最后说。

---

1 阿扎（Aja），伊博语名字。

“我的名字其实是朱库卡[1]。扎扎是我的小名，一直留下来了。”扎扎跪在地上。他只穿了一条牛仔短裤，背上的肌肉起伏，又光滑又长，像他除过草的山脊。

“当他还是个孩子的时候，他会说的只有扎——扎。所以大家都管他叫扎扎。”伊菲欧玛姑妈说。她转向扎扎补充道：“我告诉过你妈，扎扎是很合适的小名，而且，你肯定会长得像欧泼博的扎扎。”

“欧泼博的扎扎？那个固执的国王？”欧比优拉问道。

“目空一切，”伊菲欧玛姑妈说，“他是个目空一切的国王。”

“目空一切是什么意思啊，妈妈？那个国王做了什么？”奇玛问道。他在花园里，也跪在地上弄着什么，尽管伊菲欧玛姑妈经常跟他说“停下，不许再这样了”或是“你要是再做这个，我就敲你”，他也不管。

“他是欧泼博人的国王，”伊菲欧玛姑妈说，“不列颠人来了以后，他拒绝让他们控制所有的贸易。他没有像其他国王那样，出卖灵魂去换取一点点火药，于是英国人把他流放到西印度。他再也没有回到欧泼博。”伊菲欧玛姑妈继续为一串串簇拥在枝头的小小的香蕉色花朵浇水。她提着一个铁喷壶，倾斜

---

1 原文为伊博语Chukwuka，意为“上帝是至高无上的”。

着让水从喷嘴里流出来。她已经把我们早晨给她拿来的最大的容器里的水用完了。

“真悲哀。也许他不该这么骄傲自大。”奇玛说。他挪了挪，蹲在离扎扎更近的地方。我怀疑他知不知道“流放”“出卖灵魂换取一点点火药”是什么意思。伊菲欧玛姑妈那么说，好像指望他能明白似的。

“目空一切有时候是好事，”伊菲欧玛姑妈说，“目空一切就像是大麻，用好了也不坏。”

令我抬起头来的，倒不是她话里面渎神的成分，却是她那严肃的声调。她在向奇玛和欧比优拉说话，却望着扎扎。

欧比优拉微笑着把他的眼镜向上推了推。“不管怎么说，欧泼博的扎扎不是圣人。他把他的人民卖作奴隶，而且，到底还是不列颠人赢了。关于目空一切的话题就到这里吧。”

“不列颠人赢得了战争，但他们输了很多场战役。”扎扎说，我的眼睛扫过书页上的许多行文字。扎扎是怎么做到的？他怎么能说得这么轻松？他的嗓子里难道不是和我一样，有许多气泡把要说的话顶回去，最后出来的至多不过是一声咕哝？我抬起头来，看着他那深色的皮肤，汗珠在阳光下闪闪发亮。我从来没见过他这样舞动着胳膊，也从来没见过他眼睛里有如此动人的光芒，这种光芒只有他置身伊菲欧玛姑妈的花园时才会出现。

“你的小指怎么啦?”奇玛问道。扎扎也低头看了看，好像他也这才注意到那关节扭曲的指头，像一根干棍子一样变了形。

“扎扎出过一次意外，”伊菲欧玛姑妈很快地说，“奇玛，去给我把盛水的容器拿来。基本是空的，你能拿得动。”

我盯着伊菲欧玛姑妈看，而当她的目光转向我时，我转头望向别处。她知道。她知道扎扎的指头怎么了。

他十岁的时候，在教义问答测试中答错了两道题，没有在他的初次圣餐礼中取得第一名。爸爸把他带到楼上，锁上了门。扎扎出来时，满脸眼泪，用他的右手扶着左手，爸爸开车把他送到圣阿格尼丝医院。爸爸也在哭，他把扎扎像婴儿一样抱在怀里，一路抱上车。后来扎扎告诉我，爸爸饶过了他的右手，因为这是他写字的手。

“它要开花了，”伊菲欧玛姑妈指着一朵仙丹的花蕾，对扎扎说，“还有两天，它就要向世界睁开它的眼睛了。”

“我可能看不到了，”扎扎说，“我们那时已经走了。”

伊菲欧玛姑妈笑了。“人们不是说，快乐的时间都过得飞快吗?”

电话这时候响了，我离前门最近，伊菲欧玛姑妈就让我去接。是妈妈打来的。我一下子就知道出了什么事情了，因为电话从来都是爸爸打来的。而且，他们从不会在下午打电话。

“你爸爸不在。”妈妈说。她的声音里带着鼻音，像是需要擤擤鼻子。“他今天早晨必须离开。”

“他好吗？”我问。

“他很好。”她停了一下，我能听到她在和西西讲话。然后她回到电话旁说，士兵们昨天到那个被用作《标准报》办公室的又小又普通的屋子去了。没人知道他们是怎么找到那个办公室的。那条街上的人们告诉爸爸，有好多好多士兵，让他们想起了内战时期从前线发来的那些照片。士兵们带走了报社里所有的印刷品，砸烂了家具和印刷机，关闭了办公室，拿走了钥匙，用木条封上了门窗。阿迪·考克又被拘留了。

“我很担心你父亲。”我把电话给扎扎之前，妈妈说。

伊菲欧玛姑妈好像也很担心，因为她一挂电话，就出去买了一份《卫报》，尽管她从来没买过。报纸都卖得太贵了，她只要有时间，都是在报摊前看报的。关于士兵们关闭《标准报》的消息挤在中间的一页上，旁边是意大利进口女鞋的广告。

“尤金舅舅肯定会把它放在自己报纸的头版上。”阿玛卡说，我不知道她变了调的声音是不是出于骄傲。

爸爸晚些打来了电话，他要先和伊菲欧玛姑妈说话。然后是扎扎和我。他说他很好，一切都好，他非常想我们，爱我们。他没提《标准报》或是编辑部的事情。等他挂了电话，伊菲欧玛姑妈说："你们的父亲想让你们在这边多留几天。"扎扎笑得那么开心，我看见他脸上的酒窝，我以前都不知道他还有酒窝。

第二天一早，我们还没去洗澡，电话就响了。我的嘴变得很干，因为我知道那一定是关于爸爸的消息，他出事了。士兵们闯进家里去了；他们朝他开了一枪，好让他再也没法发表任何言论。我等着姑妈喊扎扎和我，尽管我攥着拳头，很希望她不要喊。她在电话上讲了好久，出来的时候看起来很低落。那一天，她的笑声很少响起，奇玛希望坐在她身边的时候，她呵斥道："离我远点！看看你自己，你已经不是个小孩子了。"她把一半下嘴唇含进嘴里，咀嚼的时候下巴直颤。

阿玛迪神父晚餐时来拜访我们。他拉过一把椅子坐下，用阿玛卡给他的杯子喝水。

阿玛卡问他今天做了什么，他答道："我去体育场踢球了，后来我带几个男孩到镇上吃豆饼和炸甘薯。"

"你怎么不告诉我你今天要去踢球呢，神父？"欧比优拉问。

"抱歉我忘了，下个周末我会带你和扎扎去。"道歉的时候，他好听的嗓音微微降低。我没法不盯着他看，因为他的嗓音把我拉向他，而且我从没听说神父可以踢球。这听起来很亵渎，很世俗。阿玛迪神父隔着桌子迎上我的目光，我马上移开眼睛。

“或许康比丽也愿意和我们一起玩。”他说。听到我的名字被他说出口，被包含在他嗓音的旋律中，我忽然一阵紧张。我塞了满嘴的食物，装出本来有话要说的样子。“我第一次来的时候，阿玛卡就跟我们玩过，不过现在她在忙着听非洲音乐和做白日梦了。”

我的堂弟堂妹们都笑了，阿玛卡笑得最大声，扎扎也露出一个微笑。可是姑妈没笑。她小口嚼着食物，双眼无神。

“伊菲欧玛，出什么事了吗？”阿玛迪神父问。

她摇摇头，叹口气，好像刚刚意识到身边还有别人。“我今天从家里听到消息，我们的父亲病了，他们说他连续三个早上起不来了。我想把他接到这里来。”

“真的吗？”神父皱起了眉，“对，你应该把他接过来。”

“努库爷爷生病了？”阿玛卡尖声叫道，“妈妈，你什么时候听说的？”

“今天早晨，他的邻居打给我的。尼旺巴是个好女人，她一路走到尤科普去找电话。”

“你早该告诉我们！”阿玛卡喊道。

“怎么了？我现在不是告诉你们了吗！”姑妈呵斥道。

“妈妈，我们什么时候去阿巴？”欧比优拉平静地问，那一刻，还有我之前注意到的许多时刻，他看起来比扎扎还大得多。

“我车里的油连九里镇都到不了，我也不知道什么时候才能恢复供油。我也打不起出租车。公车那么挤，你的脸要伸在别人臭烘烘的胳肢窝下面，怎么把一个生病的老人带回来？”姑妈摇着头，“我真累，我真的累了。”

“教堂那边有一些备用油，”阿玛迪神父轻轻地说，“我肯定可以给你弄来一加仑。快别那么说了，别泄气。”

姑妈点点头，谢过了神父。但是她的脸上还是没有高兴的迹象，过一会儿她念完《玫瑰经》的时候，唱歌的时候声音也很低。我一边努力把思想集中在那些激动人心的神迹上，一边想，努库爷爷来了以后睡在哪里呢？这里没多少选择，客厅里已经有男孩们在了，姑妈的房间既是食物储存室又是图书馆，同时还是她和奇玛的卧室。他只能住在阿玛卡的——同时也是我的——房间里。我是否需要因为与异教徒共用一个房间而忏悔呢？我就此打住，转而祈祷爸爸不会发现努库爷爷来过。

五端念完之后，在我们念《圣母经》之前，姑妈为努库爷爷祈祷。她乞求上帝像帮助圣徒彼得的岳母一样，向努库爷爷伸出治愈之手。她乞求圣母为他祈祷。她乞求天使们保佑他。

我说“阿门”迟了一点，还带着点惊讶。爸爸为努库爷爷祈祷的时候，只请求上帝指引他改宗，把他从地狱的烈火中挽救出来。

第二天早晨，阿玛迪神父来得很早，穿着刚过膝的卡其短裤，愈发不像神父了。他没刮胡子，在早晨的阳光中，他的胡茬看起来像是画在下巴上的小点。他把车停在姑妈的旅行车边，提出一桶油，又拿出一根截到四分之一长的花园浇水用的软管。

"我来吸吧，神父。"欧比优拉说。

"当心不要咽下去。"神父说。欧比优拉把管子的一头伸进油桶，另一头放进自己嘴里。我看着他的脸像气球一样鼓起来又泄下去，接着他很快地把管子从嘴里拿出来，放进旅行车的油罐里。他又是吐口水又是咳嗽。

"咽下去很多吗？"神父拍着他的背问。

"没有。"欧比优拉边咳嗽边说。他看起来很骄傲。

"干得好！你知道吗，吸汽油可是如今的必备技能了。"阿玛迪神父说。他笑得脸都歪了，可是那一点也不妨害他的五官那像瓷土一样光滑的完美质地。姑妈穿着一件黑色的长袍出来了，没有涂口红，而且她的嘴唇看起来有点皴裂。她拥抱了阿玛迪神父，说："谢谢你，神父。"

"今天下午我下班之后可以送你们到阿巴去。"

"不用了，神父。谢谢你。我跟欧比优拉去就可以了。"

姑妈和欧比优拉很快出发了。神父随后也离开了。奇玛上楼到邻居家去玩了。阿玛卡回到房间去听音乐，声音大得我在阳台上也可以听到。我现在认得她那些有文化意识的音乐家们了。我可以听出欧聂卡·欧文努的纯净、菲拉的力量和奥萨德贝充满慰藉的智慧。扎扎在园子里剪树叶，我拿着一本快看完的书，看着他。他双手握着大剪刀举过头顶，一路剪下去。

“你有没有觉得我们不太对劲？”我悄悄问他。

“什么？”

“阿玛卡说我们不太对劲。”

扎扎看看我，又转脸看向前院的一排车库。“不对劲是什么意思呢？”他问，却并不需要回答。接着他继续修剪植物了。

下午，我被花园里蜜蜂的嗡嗡声哄得差点就要睡着了，这时姑妈回来了。欧比优拉搀着努库爷爷从车里出来，走进公寓的过程中，努库爷爷一直靠在他身上。阿玛卡跑出来，轻轻依偎着努库爷爷。他的眼睛下垂得很厉害，眼皮本身就好像很重似的，耷拉着，但是他还在笑，还说了什么把阿玛卡逗笑了。

“努库爷爷，你好。”我说。

“康比丽。”他虚弱地回应道。

姑妈想让努库爷爷在阿玛卡的床上躺下来，但是他更想躺在地板上。他嫌床的弹力太大。欧比优拉和扎扎把多余的一张床垫套上套子，放在了地板上，姑妈帮努库爷爷躺在上面。他几乎立刻就合上了眼睛，他的眼皮却还微微张开，好像还在从疲倦的睡眠中偷偷看着我们。他躺下来显得人高了一些，和床垫一样长；我还记得他曾说过，他年轻的时候只要伸一伸手就可以摘下树上的罗望子。我只见过一次罗望子树，那是棵很大的树，树枝甚至碰到了一栋复式公寓的房顶。不过我还是相信努库爷爷。

“晚饭我来做白胡椒汤，努库爷爷喜欢。”阿玛卡说。

“我希望他可以吃。钦也鲁说过去两天里他喝水都很困难。”姑妈望着努库爷爷说。她弯下腰，摸了摸他脚上白色的老茧。他的脚跟上满是细细的线，像墙上的裂纹。

“妈妈，你今天或者明天早晨会带他到医院去吗？”阿玛卡问。

“你忘了吗？医生们圣诞节前就罢工了。不过我出发前给恩杜马医生打过电话了，他说他晚上来。”

恩杜马医生也住在玛格丽特·卡特莱特大道上，不过住在另一头，是那些门前有大草坪、立着“当心有狗”的牌子的复式住宅中的一栋。几小时后，我们看着他从标致504里下来的时候，阿玛卡告诉扎扎和我，他是医疗中心的主任。但是自从医生们开始罢工，他就在镇上开了个小诊所。那里人满为患，阿玛卡说。上次她得疟疾的时候，就是到那里去打的针，护士在一个冒烟的煤油炉上烧水。阿玛卡很高兴恩杜马医生肯到家里来，单是诊所里的烟就足以让努库爷爷呛到，她说。

恩杜马医生永远不变的笑容像是用石膏砌在脸上的一样，好像他连坏消息都会笑着报告。他拥抱了阿玛卡，又跟扎扎和我握了手。阿玛卡跟着他走进卧室，去看努库爷爷。

“努库爷爷现在多瘦呀。”扎扎说。我们并排坐在阳台上，太阳已经下山，轻风吹拂。公寓里的孩子们正在院子里踢球。一个大人从楼上喊：“当心点！你们要是在车库墙上留下球印，我就割掉你们的耳朵！”孩子们笑着让足球一次次撞上车库墙面，沾满泥土的球在上面印满棕色的圆点。

“你觉得爸爸会发现吗？”我问。

“什么？”

我的手指勾在一起，扎扎怎么会不知道我指什么？“努库爷爷和我们在一起啊，在同一间房子里。”

“我不知道。”

扎扎的语气引得我回头看他，他的眉毛并没有像我一样因为担心而拧在一起。“你跟姑妈讲过你的手指的事了吗？”我不该问的，我本该顺其自然。可是这个问题脱口而出。只有当我跟扎扎单独在一起的时候，我才能畅所欲言。

“她问我了，我就说了。”他一只脚在阳台地上踏着激烈的鼓点。

我看着我的手，我的指甲——爸爸以前总把它们修得很短。他会把我放在他的两腿间，他的脸会轻轻蹭我的脸。等到我长大了，可以自己剪指甲了，我也总把它剪得很短。难道扎扎忘记了，我们从不跟别人讲这件事吗？我们也从不讲任何事情。人们问起的时候，他总是说他的手指是在家弄的。这样，既不是撒谎，人们也会自然地想象一件什么意外，比如一扇很重的门之类。我想问扎扎为什么告诉了姑妈，但我知道问了也没用，他也不知道答案。

“我要去洗姑妈的车了，”扎扎站起来说，“我希望有水，车太脏了。”

我看着他走进房子，他在家从没洗过车。他的肩膀看起来宽了些，于是我想，一个少年的肩膀是不是可以在一个星期之内变宽呢？风里满是尘土和扎扎剪下的叶子的气味。阿玛卡的白胡椒汤的气味从厨房里传出来，撩拨着我的鼻子。这时我意识到刚才扎扎踏的节奏，正是姑妈和表兄妹们每天晚上念《玫瑰经》时唱的那首伊博语歌的鼓点。

我还坐在阳台上看书的时候，恩杜马医生就走了。姑妈送他到车边时，他有说有笑地告诉她，他让那么多病人等在诊所里，就是为了她的晚餐邀请。“那个汤闻起来像是阿玛卡把手洗得很干净才烧的嘛。”他说。

姑妈来到阳台上，目送他离开。

“谢谢你，那姆。”她对正在门口洗车的扎扎喊道。我从没听过她把扎扎叫作“那姆”[1]，“我的父亲”——她有时候会这么称呼她的儿子们。

扎扎到阳台上来。“这没什么，姑妈。”他站在那里的时候还耸着肩膀，好像小孩子穿了大人的衣服，做出骄傲的样子。“医生怎么说呢？”

“他需要我们先去做些检查。明天我带你们的努库爷爷到医疗中心去，那边的实验室还开着。”

第二天早上，姑妈带努库爷爷去大学医疗中心，但很快就回来了。她噘着嘴，原来实验室的工作人员也罢工了，努库爷爷没办法做检查。姑妈望着刚刚走过的那段路说，她要去镇上找家私人诊所；接着她声音低了些，说那些私人诊所乱开价，光是伤寒的检查就比治伤寒的药还贵。她要去问问恩杜马医生是否的确必须做那些检查。本来去医疗中心她是一个考包[2]也不需要付的，这是她作为讲师的一点福利。她让努库爷爷去休息，自己出去买恩杜马医生开的药。她额头上的皱纹又加深了。

那天晚上，努库爷爷感觉好些了，起来吃了晚饭，姑妈的面容也稍微舒展了些。我们有剩下的白胡椒汤和欧比优拉做的

---

1 原文为伊博语 Nna m，意为“我的父亲”。

2 考包（kobo），尼日利亚货币。

又软又韧的加里。

“晚上吃加里是不对的。”阿玛卡说。但她并没有像往常抱怨的时候那副不高兴的样子，而是在笑，露出齿间的缝隙。有努库爷爷在的时候她总是会这样笑。“晚上吃会感觉特别撑。”

努库爷爷笑了。“你的祖先们晚上吃什么呢，嗯？他们就吃木薯，什么作料都没有。加里是给你们现代人吃的，已经没有木薯的味道了。”

“那你也必须吃完你那份，我的父亲。”姑妈伸手从努库爷爷的盘子里拿去一小块加里，用一个手指在上面挖了个洞，放进一个白色的药片，又把那一小块加里揉成小球，放回努库爷爷的盘子。她又把另外四个药片也做此处理。“我不这么做他就不肯吃药，”她用英文说，“他说药太苦。可是你尝尝他那么喜欢吃的可乐果吧，苦得像胆汁一样！”

我的表兄妹们都笑了。

“道德和口感一样，都是相对而言的。”欧比优拉说。

“呃？你们在说我什么哪，嗯？”努库爷爷问。

“我的父亲，我们想让你吃掉这些。”姑妈说。

努库爷爷很听话地依次把五个药丸扔进汤里，又一口吞下去。都吃完后，姑妈让他喝点水，好让药片化开起效。他喝了一大口水，把杯子放下，咕哝着：“你老了以后，人家就开始把你当孩子了。”

就在这时，电视发出一阵尖利的声音，听起来像是把沙子倒上一张纸。灯灭了。屋子被黑暗笼罩了。

“嘿，”阿玛卡抱怨着，“尼日利亚供电局可不该在这时候停电，我还有个节目要看呢。”

欧比优拉在黑暗中挪到屋角，点亮了两盏煤油灯。我几乎立刻就闻到了油烟味，我开始流眼泪，嗓子也痒痒的。

“努库爷爷，给我们讲个民间故事，就像在阿巴的时候一样，”欧比优拉说，“那可比电视好多啦。”

“好吧，不过你们还没告诉我那些人是怎么钻进电视里去的呢。”

我的表兄妹们笑了起来。努库爷爷一定经常说这个逗他们笑，因为还没等他说完，他们就开始笑了。

“给我们讲讲为什么乌龟背着个破了的壳！”奇玛叫道。

“我想知道为什么我们民族的民间故事里有这么多乌龟。”欧比优拉用英文说。

“给我们讲讲为什么乌龟背着个破了的壳！”奇玛又重复了一遍。

努库爷爷清了清嗓子。“很久很久以前，动物们都会讲话，蜥蜴也很少。后来动物王国发生了一场很大的饥荒。土地干裂，许多动物都饿死了，还活着的也都没有力气在葬礼上为死者跳舞。有一天，雄性动物们开了个会，决定在饥饿扫荡全村之前采取措施。

“它们都蹒跚地赶去开会，一个个皮包骨头，孱弱不堪，狮子的咆哮已经近于老鼠的叫声，乌龟也背不动自己的壳了，只有狗看起来还不错。他的皮闪着健康的光泽，身上也有很多肉。大家都问狗怎样把身体保持得这么好，狗答道：‘我像平时一样吃屎啊。’

“其他的动物以前总是为此笑话狗。可是别的动物都没法接受吃屎。后来狮子控制了会议，它说：‘既然我们没法像狗一样吃屎，我们必须想个别的办法喂饱自己。’

“大家想了很久也没有办法，直到兔子提议大家吃掉自己的母亲。许多动物都不同意，它们还记得母亲的乳汁有多甜蜜。但是它们最终还是同意这是最好的办法，因为如果不这样最终它们都会死。”

“我永远不会吃妈咪的。”奇玛笑着说。

“可能不会很好吃，皮那么厚。”欧比优拉说。

“母亲们并不介意做出牺牲，”努库爷爷继续讲道，“所以每个星期都有一位母亲被杀掉，被动物们分食。很快它们的气色就好了起来。再有几天就要轮到狗的母亲被杀了，母亲却死于疾病，它便跑出去开始为母亲唱挽歌。其他动物都很同情狗，而且因为病死的动物不能食用，大家提出要帮助埋葬它的母亲。狗拒绝了大家的帮助，而且很苦恼自己的母亲没能得到为村子牺牲的美名。

“几天后，乌龟正要去自己焦干的农场看看有没有什么干枯的蔬菜可以收割。它停在一个树丛边休息，可是因为树枯萎了，也不能很好地遮阳。这时它透过树丛看到狗正在仰天高歌。乌龟想，莫非狗因为悲伤过度已经疯了？不然它为什么对天唱歌呢？乌龟听了听，狗在唱的是：‘妈妈啊妈妈，母亲啊母亲。’”

“涅曼兹！”表兄妹们集体说。

“妈妈，妈妈，我来了。”

“涅曼兹！”

“妈妈，妈妈，把绳子放下来，我来了。”

“涅曼兹！”

“乌龟就走出来质问狗。狗便承认说，他的母亲并没有死，而是到天上去找她的有钱朋友们去了。正是因为她每天用天上的美食喂它，它才气色这么好的。‘可恶的东西！’乌龟叫道，‘别再说什么吃屎的谎言了！等全村听了你做的事，看它们会怎么说吧！’

“当然，乌龟是一向狡猾的，它并不想让村里人知道。它知道狗一定会提出带它一起到天上去。果然当狗这么说的时候，它还假装要考虑一下。可是口水已经流下来了。狗又唱了一遍，一根绳子从天上降下来，它们爬了上去。

“狗的母亲看到它带了个朋友上来，不太高兴，但还是款待了乌龟。乌龟吃食的样子很没有教养，它独霸了差不多所有的甘薯泥和苦叶汤，满嘴都是食物的时候，又灌了满满一牛角的棕榈酒下去。吃完饭之后，它们沿着绳子爬下来。乌龟对狗说，只要在饥荒结束前每天都带它上去，它就不告诉别人。狗同意了——不同意又能怎么办呢？乌龟在天上吃得越多，它的要求也越多，有一天它决定自己上去，这样就可以把狗的那一份也吃掉了。它来到那个干枯的灌木旁，模仿狗的声音开始唱歌。绳子降下来了。这时，狗来到这里，看到了一切。它很生气，开始高声唱歌：‘妈妈，妈妈，母亲，母亲。’”

“涅曼兹！”表兄妹们集体说。

“妈妈，妈妈，上去的不是你的儿子。”

“涅曼兹！”

“妈妈，妈妈，截断绳子。上去的不是你儿子，而是狡猾的乌龟。”

“涅曼兹！”

“狗的母亲立刻截断了绳子，已经升到半空的乌龟就摔了下来。乌龟落在一堆石头上，摔碎了它的壳。直到今天，乌龟还是背着一个碎了的壳。”

奇玛咯咯笑了起来。“乌龟背着一个碎了的壳！”

“你们不想知道狗的母亲是怎么到天上去的吗？”欧比优拉

用英文说。

“还有天上的有钱的朋友们是谁?”阿玛卡说。

“或许是狗的祖先。”欧比优拉说。

我的表兄妹们和扎扎都笑了。努库爷爷也笑了，好像他听得懂英文似的，接着靠到后面去，闭起了眼睛。我看着他们，希望我刚才也和他们一起喊了“涅曼兹”。

努库爷爷醒得比谁都早。他想坐在阳台上吃早餐，看清晨的太阳。于是伊菲欧玛姑妈让欧比优拉在阳台上铺了个大垫子，我们都跟努库爷爷坐在阳台上吃早餐，听他讲造棕榈酒的事情：人们总是黎明就爬上棕榈树，因为日出之后取出来的汁液是酸的。我看得出他很想念村子，想念那些人们借助一根缠在身上和树干上的拉菲亚树藤就可以爬上爬下的棕榈树。

尽管我们已经有面包、奥克帕和保维塔饮料作早餐，姑妈还是做了一点甘薯泥，用来裹努库爷爷的药丸，她仔细地盯着他把这些柔软的小球吞下去。她脸上的乌云消散了。

“他会好起来的，”她用英文说，“很快他就要叨叨着要回村子去了。”

“他一定要多待一阵，”阿玛卡说，“或者他可以长期住在这里，妈妈。我觉得那个叫钦也鲁的女孩照顾不好他。”

“是啊！不过他不会同意住在这里的。”

“你什么时候带他去做检查？”

“明天。恩杜马医生说我可以不用四个检查都做，只做两个就可以。镇上的私人诊所总想收全款，所以我得先去银行。

等排完银行的长队，我大概就来不及带他去了。”

这时一辆车开进院子，还没等阿玛卡说“那是阿玛迪神父吗”，我就已经知道是他。那辆小丰田两厢车我只见过两次，可是我到哪里都认得它。我的手开始发抖。

“他说他会顺便过来看看努库爷爷。”姑妈说。

阿玛迪神父穿着他的法衣，长长的袖子，周身宽松，一条黑带子斜斜地挂在腰上。即使是神父的装束，他闲适阔步的样子还是一样吸引我的注目。我转身跑回屋里去。我卧室的百叶窗有几条叶片掉了，从那里我可以很清楚地看见院子。我把脸贴上窗户，贴上纱窗上的那个小洞；阿玛卡曾经抱怨，夜里扑灯泡的蛾子都是从那个洞飞进来的。阿玛迪神父站在窗边，我可以看清他的发卷，像溪流的波纹。

“他恢复得很快，神父，朱格乌显灵了。”姑妈说。

“我们的上帝是可以信赖的，伊菲欧玛。”他高兴地说，好像努库爷爷是他自己的亲戚一样。接着他告诉她，他正要去伊斯埃努，他在那里有一位朋友，刚刚从巴布亚新几内亚布道回来。他转向扎扎和欧比优拉说：“晚上我就回来了，我来接你们，我们去体育场和几个神学院的男生一起踢球。”

“好的，神父。”扎扎的声音很坚定。

“康比丽在哪儿？”他问。

我低头看着自己剧烈起伏的胸脯，不知道自己为什么这样。我很感激他提到了我的名字，他记得我的名字。

“她应该在屋里。”姑妈说。

“扎扎，你告诉她想去的话跟咱们一起玩。”

他晚上来的时候，我假装在睡觉，等听到他带着扎扎和欧比优拉走了，我才来到客厅。我不想跟他们去，可是当我再听不到他的车子的声音时，我真想追出去。

阿玛卡跟努库爷爷一起待在客厅里，她正把凡士林涂在他所剩无几的头发上。接着，她又把他的脸和胸脯涂上滑石粉。

“康比丽，”努库爷爷看见我时说，“你的表妹画画很好呢。要是在过去，她会被选去修饰我们的神殿。”他听起来像在说梦话。可能是他的药让他昏昏欲睡。阿玛卡没有看我，她又在他的头发上抚摸了一下，就在他面前的地板上坐了下来。我盯着她的手，她把画笔快速地在调色盘和纸之间来回移动。她画得快极了，纸上的颜色乍看像是一团糟，细看之下又显出分明的形状——一个苗条、优美的身形。我听见墙上的钟在发出嘀嘀嗒嗒的声音，钟面上教皇正向他的属下俯身。那片刻的寂静很微妙。姑妈在厨房刮一只煳了的锅，咔哧咔哧的声响显得非常尖利。阿玛卡和努库爷爷偶尔说几句话，两个人的声音都很低，缠绕在一起。他们的话少到不能再少，却彼此理解。看着他们，我忽然感到一种渴望，渴望一种我永远不会有的东西。我想站起来离开，但是我的腿不听使唤。终于，我把自己拽了起来，走进了厨房，努库爷爷和阿玛卡都没有注意到我走开。

姑妈坐在一张矮凳上，把热芋头棕色的皮剥下来，把黏糊糊、圆滚滚的芋头扔进木头研钵，再把手放进一碗冷水降温。

“你怎么了，出什么事啦？”她问。

“我怎么了，姑妈？”

“你眼睛里有泪。”

我抹抹眼睛。“一定是什么东西飞进去了。”

姑妈看起来不大相信。“来帮我弄芋头吧。”她最后说。

我拉过一张凳子，坐在她旁边。那些皮在姑妈手下看起来那么轻易就脱落了，可是当我按住芋头的一头时，那层棕色的糙皮一动不动，我的手掌还被烫得很痛。

“先把你的手在水里浸一下。”她给我演示了怎么捏、捏哪里皮才能掉下来。我看着她把芋头捣碎，时不时把捣杵在水里蘸蘸，以免沾上太多芋头。不过那些白色的糊糊还是沾得研钵里、捣杵上、姑妈的手上到处都是。她却很高兴，因为这意味着苦叶汤会很浓稠。

“努库爷爷好起来了吗？”她问，“为了让阿玛卡画他，他已经坐了那么久。真是奇迹。我们的圣母是可以信赖的。”

“我们的圣母怎么会管一个异教徒呢，姑妈？”

姑妈没有作声，把稠稠的芋头糊舀进汤锅。接着她抬起头来，说努库爷爷不是异教徒，只是一个传统主义者；有的时候不同的事物和熟悉的事物是一样好的；努库爷爷每天早晨在地上用粉笔画记号，宣布他纯净无罪，那和我们每天念《玫瑰经》是一样的。她还说了几件别的事情，但我没有再听进去，因为我听见阿玛卡和努库爷爷在客厅里笑，我很想知道他们在笑什么，如果我过去，他们会不会就停下来不笑了。

姑妈叫醒我的时候，房间很暗，夜虫的鸣叫也几乎听不见了。一只猫头鹰的叫声从窗户传进来。

“丫头，”姑妈拍拍我的肩膀，“你努库爷爷在阳台上，去看看他。”

尽管我使劲揉了揉才睁开的眼睛，却感觉非常清醒。我记得姑妈前一天说的话，努库爷爷是传统主义者，而不是异教徒。不过我还是不明白为什么她要我去阳台上看看他。

“丫头，记住不要说话，只是看看他。”姑妈轻轻地说，以免吵醒阿玛卡。

我在粉白相间的花睡衣外面系上裙子，轻轻走出了房间。通向阳台的门半开着，黎明的紫色慢慢渗入客厅。因为怕努库爷爷注意，我没有开灯。我靠着墙站在门边。

努库爷爷坐在一张木头矮凳上，腿弯成了一个三角形。他的裹布松了，已经滑了下来，盖在小凳子上，褪了色的蓝色边缘拖在地上。他身边有一盏煤油灯，开在最小档，闪烁的灯光在狭小的阳台上、努库爷爷胸口的短毛上和他腿部泥土色的肌肤上投下黄宝石般的光彩。他弯下腰用手中的瓷土在地上画了一道线，他脸朝下在说话，好像在和那道白色的线交谈——现在变成黄色了。他在和神或是祖先们说话；我记得姑妈说这两者可以是重合的。

“神啊！我为这个崭新的清晨感谢你。我为太阳又一次升起感谢你。”他的下嘴唇在颤抖。也许正因为如此，他口中的伊博语单词彼此相连，如果把他说的话写下来，大概是一个很长的单词了。他弯下腰很快地又画了一道线，动作激烈而果决，胳膊上下垂的肉还因此震颤。“神啊！我没杀过一个人，我没占过别人的土地，我没犯过通奸。”他弯下腰又画了第三道线。小凳子咯吱一声。“神啊！我与人为善，我用不多的财产帮助了那些一无所有的人。”

一只公鸡正在啼鸣，疲倦而哀伤，听起来就在很近很近的地方。

“神与造物主！保佑我。让我找到足够的食物充饥。保佑我的女儿伊菲欧玛。供养她的家。”他在凳子上挪了挪身子。我看得出，他的肚脐曾经一定是鼓鼓的，现在却耷拉着，像一个皱皮的茄子。

“神与造物主！保佑我的儿子尤金。愿你保守他的财产，去除降在他身上的诅咒。”努库爷爷弯下腰又画了一道线。我看到他以同样的热诚为爸爸祈祷，我很惊讶。

“神啊！保佑我的孩子们的孩子们。请你盯紧他们，避恶从善。”努库爷爷微笑着说。所剩无几的牙在那种光线下似乎更黄了，像新鲜的玉米粒。牙龈间的缝隙也被染成了黄褐色。“神啊！保佑那些与人为善的人，惩罚那些有害人之心的人。”努库爷爷很潇洒地画了最后一道线，比其他的都长一些。他的仪式结束了。

努库爷爷站起来伸展了一下身体，他的身体像我家院子里那棵多瘤的石梓树的树皮，遍布沟壑，这时都染上了煤油灯金色的火光。他手上和腿上的老年斑也在发光了。尽管看到别人的裸体是有罪的，我却没有转开眼睛。努库爷爷肚皮上的皱纹现在看起来没那么多了，他的肚脐鼓起来一些，不过还是藏在皮肤的褶皱中。他的两腿间挂着一只松软的茧，看上去光滑些，并没有遍及全身其他各处的蚊帐一样细密的皱纹。他捡起他的裹布系在腰上。他的乳头藏在所剩无几的灰色胸毛间，像是两颗深色的葡萄。我悄悄转身回卧室去的时候，他依然在微笑。我们在家念完《玫瑰经》的时候，我从来没有笑过。我们都没笑过。

努库爷爷吃完早餐后又回到了阳台。他坐在板凳上，阿玛卡坐在他脚前的塑料垫子上。她用一块浮石擦着他的脚，接着把那只脚在一只塑料盆里泡了泡，涂上凡士林，又开始伺候他的另一只脚。努库爷爷抱怨说，她把他的脚弄得太细嫩了，以后就是圆石头也会刺痛他的脚后跟了；因为他在村子里是不穿鞋子的，尽管在这里的时候姑妈要求他穿着。不过他也并不要求阿玛卡停下来。

“我要画他在阳台上的样子，这里有树荫。我要把他皮肤上的阳光画出来。”阿玛卡对刚进来的欧比优拉说。

姑妈穿着蓝色的裙子和衬衫出来了。她要和欧比优拉一起去市场，她说他算钱算得比拿着计算器的小贩还要快。“康比丽，我想让你帮我择奥拉[1]叶子，这样我一回来就可以做汤了。”她说。

“奥拉叶子？”我咽了下口水问。

“是啊，你不知道怎么处理奥拉叶子吗？”

我摇摇头。“不知道，姑妈。”

“那阿玛卡来吧。”姑妈说。她解开裙子，又重新在侧腰系好。

“凭什么？”阿玛卡喊道，“因为有钱人在家不自己择奥拉叶子吗？吃汤的时候她吃不吃？”

姑妈的眼睛瞪了起来——但她不是在瞪阿玛卡，她在瞪着

1 奥拉（orah），当地一种绿叶蔬菜。

我。“怎么回事，康比丽，你没有嘴吗？顶回去呀！”

我看着花园里一朵枯萎的百子莲从枝头落下来。巴豆在晨风中沙沙作响。“阿玛卡，你不要朝我吼，”我终于开口道，“我不知道怎么弄，但是你可以教我呀。”我不知道我是怎么想出这些平静的话的。我不想看阿玛卡，不想看她的怒容，不想撩拨她再跟我说点什么，因为我知道我一定无话可答。我听到笑声的时候还以为是我的想象，可是我看了下阿玛卡——没错，她真的在笑。

“原来你的声音可以这么大啊，康比丽。”她说。

她给我讲了怎么处理奥拉叶子。这种滑溜溜的浅绿色叶子里有一根很韧的纤维，煮不烂，所以要事先择出来。我把菜盆子放在腿上，开始工作，择出那根纤维，再把叶子放进脚边的碗里。姑妈一小时后回来时，我已经做完了。她坐在一张凳子上，用报纸扇着风。一行行的汗从她的两颊流下来，冲去了她脸上扑的粉。扎扎和欧比优拉把食物从车里拿出来。姑妈让扎扎把那把车前草放在阳台的地上。

“阿玛卡，猜猜多少钱。”她问。

阿玛卡审视了一番，猜了个数字。姑妈摇摇头，说还要再加四十奈拉。

“嘿！就这么点吗？”阿玛卡喊道。

“小贩们说因为没有油，他们把东西运过来很困难，所以要加收运输费。是的，太可怕了。”姑妈说。

阿玛卡把那把菜拿了起来，每个指缝里放一根，好像这样就可以算清楚为什么它们那么贵似的。她把菜拿到屋里去了。这时候阿玛迪神父来了，把车停在屋子前。他的风镜在太阳下闪闪发光。他像新娘提婚纱那样提着法衣，跳上台阶，来到阳台上。他首先向努库爷爷问好，接着拥抱了姑妈，又和男孩们握了握手。我伸出手和他握手，我的下唇开始发抖。

“康比丽。”他说，握着我的手的时间比和男孩们更久些。

“你这是要上哪去吗，神父？”阿玛卡走进阳台来问，“你穿着这个衣服一定热死了。”

“我要去给一个朋友送点东西，就是那个去巴布亚新几内亚的神父，他回来待一个礼拜。”

“巴布亚新几内亚。他觉得那个地方怎么样？”阿玛卡问。

“他说他有一次乘独木舟过河，水下就是鳄鱼。他不知道自己是先听到鳄鱼把牙合起来的声音，还是先尿了裤子。”

“他们最好不要派你到这样的地方去。”姑妈笑着说，一边用报纸扇风一边喝水。

“你也有一天会离开，神父，我简直不敢想，”阿玛卡说，“你还是不知道什么时候走，到哪儿去，是不是？”

“不知道。可能明年什么时候吧。”

“是谁要派你走呢？”努库爷爷突然问，我这才意识到他一直在听每个伊博语单词。

“阿玛迪神父属于一个传教士群体，他们到各个国家去劝导人们皈依。”阿玛卡说。她对努库爷爷说话的时候就不会像我们一样，漫不经心地夹进许多英文单词。

“真的吗？”努库爷爷抬起头来，用他灰蒙蒙的眼睛看着阿玛迪神父。“是这样吗？我们的孩子们现在到白人的土地上去传教了？”

“我们不论白人黑人的土地都去，先生，”阿玛迪神父说，“任何需要神父的地方。”

“很好，我的孩子。但是你永远不要对他们撒谎，不要让他们无视自己的祖先。”努库爷爷看向别处，摇了摇头。

“听到了吗，神父？”阿玛卡说，“不要欺骗那些可怜的无知的人们。”

“这很难做到，但是我会尽力。”阿玛迪神父用英文说。他笑的时候，眼角会皱起来。

“你知道吗，神父，这就像是做奥克帕，”欧比优拉说，“你把豆粉和棕榈油混在一起，再蒸上几个小时，你觉得做出来的还能是纯豆粉或是纯棕榈油吗？”

“你在说什么呀？”阿玛迪神父问。

“宗教与压迫。”

“你知道有句话叫‘不是只有在市场裸奔的人才是疯子’

吗？”阿玛迪神父问，“你是不是也被疯病缠身啦？是不是？”

欧比优拉笑了，阿玛卡也笑了。只有阿玛迪神父才能让她笑得这么开怀。

“你说话像个真正的传教士，神父，”阿玛卡说，“谁质疑你，你就说他是疯子。”

“看见你们的表姐了吗？她坐在那儿一言不发，只是看。”神父指着我说，“她就不把精力浪费在这种无休止的辩论中。不过我看得出，她脑子里在想的问题可不少。”

我盯着他。他小臂上的汗把他法衣的白袖子染深了，他看着我的脸，我看向别处。和他四目相对让我很心慌，我忘记了还有谁在身边，忘记了我在哪里，我穿着什么颜色的裙子。“康比丽，上次你没和我们一起来玩。”

“我……我……我在睡觉。”

“那么今天你要跟我来，只有你。”阿玛迪神父说，“我从镇上回来的时候就来接你。我们去体育馆踢球，你可以踢，也可以看。”

阿玛卡笑了起来。“康比丽看上去吓得要死。”她在看着我，但不是我习惯的那种令我为了自己的无知充满负罪感的眼神，而是很温和的。

“没什么好害怕的，丫头，你在体育场会玩得很开心的。”姑妈说，我于是转过脸去，呆呆地看着她。小汗珠像丘疹一样布满了她的鼻子，她看起来很高兴，很安宁。我心里已经烧起一把烈火，恐惧和希望混在一起，攫住了我的脚踝，我奇怪此时我身边怎么还会有人像她那样自在?

神父走后，姑妈说："去做准备吧，一会儿他回来你就不用让他等了。就算你不踢球也最好穿短裤，日落前会越来越热，而且大部分看台都没有房顶。"

"因为他们花了十年造体育馆。钱都跑到有些人的腰包里去了。"阿玛卡咕哝道。

"我没有短裤，姑妈。"我说。

姑妈没有问为什么，也许是她本来就知道。她让阿玛卡借给我一条。我等着听阿玛卡嘲笑我，可是她给了我一条黄色的短裤，好像我没有短裤是很正常的事。我穿好之后，没有像阿玛卡一样在镜子前面站那么久，我怕罪恶感会让我难受。虚荣是有罪的。扎扎和我在镜子前停留只为了确认扣子都扣好了。

过了一会儿，我听见丰田车开到了屋前。我从梳妆台最高层取下阿玛卡的口红，在嘴唇上涂了一圈。看起来很奇怪。不像阿玛卡涂上那么好看，甚至没有那种铜一样的光泽。我把它抹掉了。我的嘴唇看起来很苍白，是很阴沉的棕色。我又涂了一遍。我的手在发抖。

"康比丽！阿玛迪神父在外面按喇叭呢。"姑妈喊道。我又用手背抹掉了口红，离开了房间。

阿玛迪神父的车和他一个味道，那是一种很清洁的香味，让我想起明净蔚蓝的天空。上次见他时，他的短裤似乎更长些，过了膝盖一大截。但是现在却露出两条肌肉发达、生着黑毛的大腿。我们之间的空间很挤。我离神父这么近通常都是我在忏悔的时候。可是现在阿玛迪神父的气味充满了我的肺腔，我很难有悔罪的感觉。我被罪恶感包围，我无法专注地想我的罪行，我只想着一件事，就是他离我多么近。“我和我的祖父睡同一个房间。而他是一个异教徒。”我脱口而出。

他转过来看了看我，在他转回头之前，我看到他眼里的光。那意思是觉得有趣吗？“你为什么说这个？”

“这是有罪的。”

“为什么是有罪的？”

我盯着他看，感觉他漏说了一句台词。“我不知道。”

“是你父亲告诉你的。”

我转脸看向窗外。我不能牵连爸爸，因为很显然阿玛迪神父不同意这种看法。

“那天扎扎跟我讲了一些你父亲的事，康比丽。”

我咬了咬下嘴唇。扎扎跟他说什么了？扎扎这是怎么了？阿玛迪神父在到体育馆之前再也没说什么，他很快扫了一眼在跑道上跑步的几个人。那些男孩们还没来，足球场空着。我们选了两个有屋顶的看台座位坐了下来。

“我们在他们来之前玩一会儿抢球吧?”

“我不会玩。”

“你会玩手球吗?”

“不会。”

“排球呢?”

我看了看他，又看向别处。如果阿玛卡画他的话，能画出他黏土一般流畅的皮肤、笔直的眉毛吗？他看着我的时候，那双眉毛就微微扬起。“我一年级的时候玩过排球，”我说，“但是后来就不玩了，因为我……我打得不大好，没有人想跟我一组。”我盯着光秃秃的、没刷过漆的看台，由于长期废弃，水泥的裂缝处已经有小植物探出绿脑袋了。

“你爱耶稣吗?”阿玛迪神父站了起来。

我吓了一跳。“爱，是的，我爱耶稣。”

“那就证明给我看。抓住我，证明你爱耶稣。”

他还没说完就跑了出去，我只看到他的条纹背心化作蓝色的一闪。我没有停下来想；我站起来去追他。风吹我的脸，吹进我的眼睛，吹过我的耳朵。阿玛迪神父像一道蓝色的风，难以捉摸。我一直追不上，后来他在足球球门边停了下来。“那么你不爱耶稣。”他还笑话我。

“你跑得太快了。”我喘着气说。

“我让你歇歇，然后你可以再有一次机会证明你爱我主。”

我们又跑了四次，我始终没有抓住他。我们终于倒在草地上，他把一瓶水推到我手里。“你这双腿很适合跑步，你该多加练习。”他说。

我看向别处。我从没听过类似的话。他的眼睛看着我的腿，这太亲密了。

“你不会笑吗？”他问。

“什么？”

他伸过手来，在我的嘴角轻轻拉了拉。“笑笑。”

我很想笑，可是我笑不出来。我的嘴和脸好像都冻了起来，顺着鼻子两侧流淌的汗水也没法把它们解冻。我太在意他的注视了。

“你手上红色的是什么？”他问。

我看看我的手，匆匆抹下的口红还留在我汗津津的手背上。我都不知道我涂上了那么多。“是……污迹。”我觉得自己很蠢。

“口红吗？”

我点点头。

“你涂口红吗？你涂过口红吗？”

“没有。”我说。接着我感到笑容浮上我的唇上和脸颊，又是尴尬，又觉得好笑。他知道我今天是第一次试着涂口红了。

我笑了。我又笑了一下。

“晚上好，神父！”八个男孩走下来找我们了。他们都和我差不多年纪，他们的短裤上有洞，衬衫洗过太多次，已经辨不出本来的颜色，腿上都有着相似的蚊虫叮咬的包。阿玛迪神父把上衣脱下来扔到我腿上，和男孩们跑上了足球场。他的肩膀是一个宽宽的长方形。我没有低头看他的条纹衫，只缓缓把手伸向它。我的眼睛盯着球场，盯着神父奔跑的腿，盯着黑白的足球飞来飞去，盯着男孩们所有奔跑的腿，它们都像是一条腿……我的手终于碰到了那件衣服，我抚摸着它，好像它能够呼吸、也是神父的一部分似的。这时他吹了哨子，要大家喝口水。他从车里拿出去皮的橘子和塑料袋装的水。男孩们都坐在草地上吃起橘子，我看着阿玛迪神父仰起头大声笑着，又把胳膊肘靠在草地上。不知道那些男孩是不是也和我同感，觉得神父只看到他们自己？

我拿着他的条纹衫看完了剩下的比赛。神父吹终场哨的时候，吹起一阵凉风，我身上的汗开始干了。男孩们聚到他身旁，低着头，听他祈祷。他走向我的时候，大家还在对他喊：“再见，神父！”他走路的样子很自信，好像一只统领社区所有同类的公鸡。

回到车里，他开始放一盘磁带。那是一个合唱团在用伊博语唱赞美诗。第一首我知道，在扎扎和我带成绩单回家的日子，妈妈有时候会唱。阿玛迪神父跟着唱了起来。他的声音比磁带里的领唱还要动听。第一首歌结束时，他调低音量问我：“我们踢球好看吗?”

“好看。”

“我在那些男孩的脸上看到基督。”

我看着他。我没法想象金发的基督被钉在圣阿格尼斯教堂里闪闪发亮的十字架上，也没法把他和那些男孩生疤的腿联系起来。

“他们住在吴格乌欧巴。他们大多数人都不继续上学了，因为家里供不起。埃克乌埃姆——你记得他吗？穿红色衣服的那个。”

我点点头，虽然我并不记得了。所有的衣服看起来都一样没有颜色。

“他的父亲之前在大学里当司机，但是现在下岗了，埃克乌埃姆就不得不从恩苏卡高中辍学了。他现在是公车售票员，做得很不错。那些男孩总能启发我。”阿玛迪神父停下来跟着唱和声，“你说我不该跟着他？你说我不该跟着基督?”

我也随着和声的节奏点头。不过我们真的不需要什么音乐，因为他的嗓音已经够好听的了。我感觉像在家一样，一个我长久以来都渴望身处的地方。阿玛迪神父唱了一会儿，又把音量调得很低。“你还一个问题都没问过我呢。”他说。

“我不知道该问什么。”

“你该跟阿玛卡学学提问的艺术。为什么树的芽向上长而根却朝下长？为什么有天空？人生是什么？又为了什么？”

我笑了。那声音听起来很奇怪，好像一个陌生人的笑声被录了下来又放给我听一样。我不知道我是否听过自己笑。

“你是怎么成为神父的呢？”这个问题脱口而出之后，我真希望我没有这么说，我嗓子里的气泡真不该让这句话说出口。当然他也是听到了那个召唤；学校里的修女们总是告诉我们，在祈祷的时候要倾听那个召唤。有时我会想象上帝用低沉的嗓音召唤我，还带着英国口音。他一定念不好我的名字；他会像本尼迪克特神父一样，把重音放在第二个音节上。

“我本来想当个医生，后来我去了一次教堂，听了一位神父的讲话，从此我就变了一个人。”阿玛迪神父说。

“噢。”

“我开玩笑的。”阿玛迪神父瞥了我一眼。他似乎很诧异我没意识到那是个玩笑。“事实上很复杂的，康比丽。我是揣着一肚子问题长大的，成为神父最能接近那些问题的答案。”

我想知道他都有些什么问题，本尼迪克特神父是不是也有过那些问题。接着我又怀着一种强烈而不近情理的忧伤想到，阿玛迪神父光滑的皮肤没法由一个孩子来继承，不会有一个蹒跚学步的男孩踩着他宽阔的肩膀来平衡身体，好去够房顶上的吊扇。

“啊，我开会晚了，”他看了看表说，“我得把你送回去，赶紧赶过去。”

“对不起。”

“为什么说对不起？我跟你共度了一个非常美好的下午。你一定要再跟我来体育馆。就算要我把你绑架过来我也会干的。”他笑着说。

我盯着仪表盘，看着贴在那上面的蓝色和金色的圣母军[1]贴纸。难道他不知道，我希望他永远不要走开？我根本不需要被央求才肯去体育馆，或是去任何地方，只要是和他在一起。在姑妈门前，我从车里出来时回想着这一下午发生的事情，我微笑过，奔跑过，也放声笑过。这份轻松实在甜美，我简直在舌头上也感觉得到，像熟透的腰果的甜香。

阳台上，姑妈正站在努库爷爷的背后，擦着他的肩膀。我向他们问好。

“康比丽，欢迎。”努库爷爷说。他看上去很累，眼睛没精打采。

“玩得开心吗？”姑妈笑着问。

“很开心，姑妈。”

---

1 圣母军，1921年在爱尔兰都柏林创立的天主教教友团体。

“你父亲下午打电话来了。”她用英文说。

我盯着她嘴唇上方的黑痣看，希望她突然大笑起来，告诉我她是开玩笑的。爸爸从不在下午打电话的。而且，他上班前刚打过，为什么又打呢？一定有事发生了。

“村子里有人告诉他——我相信一定是我们的某位远亲——我把你们的爷爷接过来了。”姑妈继续用英文说，这样努库爷爷就听不懂了。“你父亲说我该事先告诉他，他有权知道你们的爷爷在恩苏卡。他说一个异教徒不该和他的孩子们同在一个屋檐下，就此说了很多。”姑妈摇摇头，好像爸爸的这些想法只是微不足道的怪癖。然而不是的。爸爸一定非常生气，因为扎扎和我都没有在电话里提起过。我的脑袋很快不知是被血或是水还是汗液充满。不知道是什么，但我知道如果我的脑袋发沉，我就要晕倒了。

“他说他明天就要过来，把你们两个都带回去，不过我让他冷静下来了。我告诉他，后天我会带你们回去，他同意了。希望我们找得到油。”姑妈说。

“好的，姑妈。”我转身朝屋里走，感觉头晕目眩。

“噢，另外，他已经把他的编辑从监狱里弄出来了。”姑妈说。我几乎已经听不见她的声音。

阿玛卡叫我起床，尽管我早已经醒了。我已经在梦与醒的边界上徘徊了许久，想象着爸爸亲自来接我们，想象着他红眼睛里的愤怒，想象他满嘴伊博语的咒骂。

“我们去打水。扎扎和欧比优拉已经去了。”阿玛卡伸着懒腰说。她现在每天早晨都这么说，也允许我提一桶水进屋了。

“瞧，努库爷爷还睡着呢。那些药害他起晚了，错过了日出，他一定要不高兴了。”她弯腰轻轻摇了摇他。

“努库爷爷，努库爷爷，起来啦。”他没反应，她便把他慢慢翻了个身。他的裹布散了，露出一条皮筋松懈的白色短裤。“妈妈！妈妈！”阿玛卡尖叫起来。她一只手急切地按在努库爷爷的胸膛上，搜索着心跳。“妈妈！”

伊菲欧玛姑妈冲了进来。她没有在睡衣外面系裙子，我可以透过那层薄薄的布看出她的双乳和微微突起的小腹。她跪了下来，抱着努库爷爷的身体摇了起来。

“我们的父亲！我们的父亲！”她的声音很高，听上去很绝望，好像声音再大点就可以让他听见并作答似的。“我们的父亲！”她停下来的时候，抓着努库爷爷的手腕，头枕在他的胸口，静得只听到邻居家里钟的报时声。我屏住呼吸，生怕妨碍姑妈探测努库爷爷的心跳。

“唉，他已经睡了，他已经睡了。”姑妈终于说。她趴在努库爷爷的肩膀上，前后摇晃。

阿玛卡拉开她妈妈。“别摇了，妈妈！给他做人工呼吸！

别晃了！”

姑妈停了下来。因为努库爷爷也在跟着晃，有一会儿我还以为姑妈搞错了，努库爷爷真的只是睡着了。

“我的父亲！我的父亲！”姑妈的声音又高又纯粹，好像从房顶上传来的一样。有时候我在阿巴听到送葬的队伍的哭喊就是这样的腔调，这样尖利。那些人举着死者的照片，跳着舞经过我家的房子。

“我的父亲！”姑妈叫着，仍然抱着努库爷爷。阿玛卡想把她拉起来，欧比优拉和扎扎飞奔进屋子。我想象着我们一个世纪前的祖先们，努库爷爷曾经日日向他们祈祷；他们冲出去保护他们的小村庄，回来时棍子顶端挂着耷拉的脑袋。

“妈妈，怎么了？”欧比优拉问。他的裤脚上溅满了水，粘在腿上。

“努库爷爷还活着。”扎扎用英语庄重地说，好像这样就可以让它变成真的。上帝说“要有光”的时候，一定也是这样的口吻。扎扎只穿了睡裤，也溅满了水。我第一次注意到他稀疏的胸毛。

“我的父亲！”姑妈仍然抱着努库爷爷。

欧比优拉的呼吸粗重起来，他俯身抓住了姑妈，慢慢地把她从努库爷爷身上拉开。“好了，好了，妈妈。他和其他人在一起了。”他的声音中有一种奇怪的东西。他搀着姑妈站了起来，扶她坐在了床上。她和阿玛卡的眼神一样空洞。阿玛卡站在一边，盯着努库爷爷的遗体发呆。

“我去给恩杜马医生打电话。”欧比优拉说。

扎扎弯下身子，把努库爷爷的身子用裹布遮了起来，但是尽管裹布足够长，他却没有把他的脸一起遮起来。我想过去抚摸努库爷爷，抚摸阿玛卡曾经上过油的白头发，把他胸前皱巴巴的皮肤弄平。可是我不能。爸爸会生气的。我闭上眼睛，这样如果爸爸问我有没有看见扎扎碰过异教徒的身体——触碰死去的努库爷爷，似乎罪加一等——我可以问心无愧地说没有，因为不论扎扎做什么我都没看见。我把眼睛闭了很久，听觉似乎也一起关闭了，因为尽管我听到了人声，我却不懂他们在说什么。等我终于睁开眼睛，扎扎坐在地上，紧挨着努库爷爷被包裹起来的身体。欧比优拉和姑妈一起坐在床上。姑妈说：“把奇玛叫起来吧，免得他等太平间的人来了才知道。”

扎扎站起来去叫奇玛。他出去的时候还抹去了脸上的泪珠。

“我会打扫尸体躺过的地方，妈妈。”欧比优拉说。他从嗓子里发出一阵阵的抽噎，我知道他没有大声哭出来是因为他是这个家里的男人，是姑妈可以依靠的男人。

“不，”姑妈说，“我来吧。”她站起来抱了抱欧比优拉，他们彼此依靠了很久。我走向卧室，“尸体”这个词在我耳朵里回响。努库爷爷现在是一具尸体了。

浴室的门推不开，我又更用力地推了一下，看是不是确实锁着，因为有时候它会卡住。接着我听到了阿玛卡的啜泣。声音很大，是从嗓子里发出的，和她笑的时候一样。她不懂怎么默默地哭，她从来不需要如此。我想走开，让她一个人待会儿。可是我的内裤已经湿了，我只好让两腿交替承受我身体的重量，憋着尿。

“阿玛卡，求你开下门，我实在憋不住了。”我轻轻说，她没有反应，我又大声说了一遍。我不想敲门，她还在哭呢，敲门未免太无礼了。阿玛卡终于扒开门闩，开了门。我很快尿完，因为我知道她就站在门口，等着回来把自己锁在门后继续哭。

和恩杜马医生一起来的两个男人用手把努库爷爷僵硬的尸体抬了起来，一个抬着他的胳肢窝，一个抬着脚踝。他们没法从医疗中心拿担架出来，因为那里的员工正在罢工。恩杜马医生对我们所有人都说了“节哀”，脸上仍然挂着微笑。欧比优拉说他想跟着尸体到太平间去，他想看着他们把尸体放进冰箱。但姑妈不同意，说他不必看着努库爷爷被送进冰箱。“冰箱”这个词在我脑袋里打转。我知道他们在太平间存放尸体的东西不一样，但还是想象努库爷爷的尸体被塞进家用冰箱的样子，就是我家厨房里的那种冰箱。

欧比优拉答应不去太平间了，但还是紧跟着那些人出去，看着他们把尸体装上了救护车。他朝车厢里看了看，确定他们在尸体下面铺了垫子，而不是直接把它放在生锈的地板上。

救护车和恩杜马医生的车都开走了之后，我帮姑妈把努库爷爷的床垫抬到了阳台上。她用欧默清洁液和阿玛卡刷浴池用的刷子把它整个刷了一遍。

“你看到努库爷爷死后的脸了吗，康比丽？”姑妈问，把洗净的床垫靠在金属栏杆上晾干。

我摇摇头，我没有看他的脸。

“他在笑，”她说，“他在笑。”

我看向别处，不让姑妈看到我脸上的眼泪，也不要看到她脸上的眼泪。屋里一直没人说话，那份沉重的静寂郁积不散。就连奇玛也一直蜷在角落里，不出声地画画。姑妈蒸了些甘薯片，我们蘸着辣椒棕榈油吃了。我们吃完几个小时后，阿玛卡从厕所出来了，眼睛肿着，嗓子也哑了。

“去吃点东西吧，阿玛卡，我蒸了甘薯。”姑妈说。

“我还没有画完他呢。他说我们今天可以画完的。”

“去吃东西吧。”姑妈重复道。

“要不是医疗中心罢工，他现在还活得好好的。”阿玛卡说。

“他的时辰到了，”姑妈说，“听见了吗？是他的时辰到了。”

阿玛卡盯着姑妈看了一会儿，走开了。我很想抱抱她，说“不要哭了”，再帮她擦擦眼泪。我很想在她面前、和她一起放声大哭。但是我知道这可能会把她激怒，她已经很生气了。再说，我并没有权利和她一起哀悼努库爷爷，他更是她的努库爷爷，而不是我的。她为他涂头油，而我躲得远远的，想着爸爸知道后会怎么说。扎扎把她揽入臂弯，带她进了厨房。她挣脱他，好像在说她不需要支撑，不过还是和他走得很近。我看着他们的背影，希望我做了扎扎做的事。

“有人在屋前停车了。”欧比优拉说。他之前把眼镜摘下来哭，这时已经重新戴了起来，站起来向外看的时候还沿着鼻梁向上推了推。

“是谁？”姑妈疲惫地问道。她一点不关心来人。

“尤金舅舅。”

我在位子上凝固了，感觉我胳膊上的皮肤和藤椅的扶手融在一起了。努库爷爷的死盖过了一切，把爸爸的脸推到一个朦朦胧胧的角落去了。但是那张脸现在又变鲜活了。它现在就在门前，低头望着欧比优拉。那对浓密的眉毛看起来并不熟悉，那棕色的皮肤也很陌生。要不是欧比优拉说了“尤金舅舅”，我或许都不知道那是爸爸。那个外套剪裁得体的高个子是爸爸！

“下午好，爸爸。”我机械地说。

“康比丽，你好吗？扎扎在哪里？”

扎扎从厨房出来，站在那里盯着爸爸看了起来。“下午好，爸爸。”他终于说。

“尤金，我不是叫你不要来了，”姑妈说，疲惫的腔调听起来像是个什么都无所谓的人，“我跟你说过我明天会把他们带回家。”

“我一天都不能让他们多待了。”爸爸说着，环视了一下客厅，又看了看厨房和走廊的方向，好像在等努库爷爷从一股异教的烟雾中冒出来。

欧比优拉拉着奇玛的手，去了阳台。

“尤金，我们的父亲已经去了。”姑妈说。

爸爸盯着她看了很久，惊讶令他经常充血的眼睛张得很大。“什么时候？”

“今天早晨，在睡梦中。几个小时前，他们把他抬去太平间了。”

爸爸坐了下来，缓缓地把头埋在了双手中。我不知道他是不是在哭，那样的话是不是我也可以哭了。但是他抬起头来的时候，我没有在他眼里看到眼泪。“你有没有找个神父给他做临终涂油礼？”他问。

姑妈没有理他，继续低头盯着自己放在腿上的双手。

“伊菲欧玛，你叫了神父来吗?”爸爸问。

“你只有这句话吗，嗯？尤金？你没有别的要说吗？我们的父亲死了！你的脑袋出问题了吗？你要不要帮我埋葬我们的父亲?”

“我不能参加异教徒的葬礼，不过我们可以和教区神父商量一下，举行一场天主教的葬礼。”

姑妈站起来，吼了起来。她的声音在发抖。“我就是把我死去丈夫的坟墓卖了，尤金，我也不会给我们的父亲办天主教的葬礼。你听见了吗？我宁可卖伊菲迪欧拉的墓地！我们的父亲是天主教徒吗？我问你，尤金，他是天主教徒吗？你见鬼去吧!”姑妈朝爸爸打了个响指；她在诅咒他。眼泪从她脸上滚滚落下。她转身啜泣着走回了房间。

“康比丽，扎扎，来。”爸爸说着站了起来，他把我们同时拥进怀里，抱得紧紧的。他吻了我们的头顶，接着说:“去收拾行李。”

我进了卧室。我大多数的衣服已经在包里了。我看着缺页片的百叶窗和破了的纱窗，想着如果我从那个洞撕破整个纱窗跳出去会怎么样。

“丫头。”姑妈轻轻地走进来，抚摸着我的小辫子。她把作息时间表递给我，仍然叠得好好的。

“告诉阿玛迪神父我走了，我们走了，替我们说再见。”我转过去说。她抹去了脸上的泪水，看起来又像以往一样无所畏惧了。

“我会的。”她说。

送我到门口的路上，她一直抓着我的手。院子里燥热的风正在肆虐，翻弄着花园里的植物，吹弯了树枝，在车上盖了一层土。欧比优拉把我的包提到了奔驰车上，凯文正等在那儿。奇玛哭了起来。我知道他是不想让扎扎走。

“奇玛，好啦，你很快就可以再见到扎扎了。他们还会来的。”姑妈搂着他说。爸爸没有对此表示同意。为了让奇玛好受一点，他说：“好了，好了。”他抱抱奇玛，又在姑妈手里塞了一沓钞票，让她给奇玛买个礼物，奇玛笑了。阿玛卡说再见的时候很快地眨了眨眼，我不确定那是迷了眼睛还是为了不让眼泪掉下来。她睫毛上沾满了尘土，看起来很漂亮，像是可乐色的睫毛膏。她用黑色的玻璃纸裹着什么东西塞到了我手里，接着转身跑回了屋里。我透过玻璃纸看到了里面，那是未完成的努库爷爷的画像。我赶快把它藏到包里上了车。

车开进院子的时候，妈妈正站在门口。她的脸看起来很肿，右眼周围又是熟过头的鳄梨一般的黑紫色。她笑着说：“我的孩子们，欢迎回来。”她同时拥抱了我们两个，把头先后埋在扎扎和我的颈弯里。“感觉过了好久，比十天长多啦。”

“伊菲欧玛在忙着照顾一个异教徒。”爸爸说，从西西放在桌上的瓶子里倒了一杯水出来，“她甚至没有带他们去奥科普朝圣。”

“努库爷爷死了。”扎扎说。

妈妈把一只手攥紧在胸前。“什么时候？”

“今天早上，”扎扎说，“他在睡梦中死去了。”

妈妈双手抱着肩。“唉，那他是去休息了，唉。”

“他去面对他的审判了，”爸爸放下水说，“伊菲欧玛也糊涂，根本没有在他死前请过神父。本来他可能在最后一刻改宗的。”

“也许他不想改宗。”扎扎说。

“愿他安息。”妈妈赶紧说。

爸爸看着扎扎。“你说什么？这就是你和一个异教徒共居一室学到的东西吗？”

“不是！”扎扎说。

爸爸盯着他看了看，又看了看我，缓缓摇了摇头，好像我们肤色变了似的。“去洗个澡，下来吃饭。”他说。

上楼的时候，扎扎走在我前面，我总想每一步都踩在他的脚印里。爸爸的餐前祈祷比平时要长些，他请求上帝涤净他的孩子们，驱除教唆我们向他撒谎的恶灵。“主啊，这是疏忽大意的罪。”他说，好像上帝不知道似的。我大声说“阿门”。晚饭是豆子、米饭和鸡块。我吃的时候想，在伊菲欧玛姑妈家，我盘子里的这些鸡块都会被切成三块。

“爸爸，可以把我房间的钥匙给我吗?”扎扎放下他的叉子时说。当时晚餐正吃了一半。我深吸了一口气，把它悬在那里。一直以来都是爸爸掌管我们房间的钥匙。

“什么?”爸爸问。

“我房间的钥匙。我想自己拿着。因为我想有一点隐私。”

爸爸的瞳仁似乎要向四周的眼白迸射。“什么？你要隐私干吗？对你自己的身体犯罪吗？你是想手淫吗?”

“不是。”扎扎说着，碰翻了他的水杯。

“看见了吗？我的孩子们怎么了?”爸爸向房顶发问，“这就是和一个异教徒待在一起的恶果！”

我们一声不吭地吃完了晚饭。接着，扎扎跟着爸爸上了楼。我和妈妈坐在客厅里，想着扎扎为什么向爸爸要钥匙。爸爸当然是不可能给他的，他知道这一点，他知道爸爸从不让我们锁门。有那么一会儿，我觉得爸爸可能是对的，和努库爷爷待在一起让扎扎变坏了，让我们俩都变坏了。

“回来以后感觉很不一样，是不是?”妈妈问。她在看布料样品，要为新窗帘挑个新色调。每年旱季将尽的时候，我们都会换窗帘。凯文为妈妈带来些样品，她挑出几种再给爸爸看，再由爸爸拿主意。爸爸总是选她最喜欢的。去年是深褐色，前年是沙褐色。

我想告诉妈妈，回来以后的感觉确实不同了。我们的客厅空地太多，西西把那么大片的大理石地板擦得闪闪发亮，却没有摆放任何东西，太浪费了。我们的房顶太高了。我们的家居了无生气：玻璃桌子没有被旱季烤干的皮，皮沙发的问候冷冰冰的，波斯地毯太奢华了，没有一点感情。但是我说："你擦了小架子。"

"对。"

"什么时候？"

"昨天。"

我看着她的右眼，现在它可以睁开一点了。昨天一定肿得一点也睁不开。

"康比丽！"爸爸的声音从楼上清晰地传下来。我屏住呼吸，坐着不动。"康比丽！"

"丫头，快去。"妈妈说。

我缓缓走上楼去。爸爸在浴室里，门开着。我在门上敲了敲，站在一边，不明白为什么他站在浴室里喊我。"进来，"他站在浴缸边说，"到浴缸里去。"

我看着爸爸。为什么让我到浴缸里去？我在浴室地上找了一圈，哪里都没有棍子。也许他要让我留在这里，他再下楼，穿过厨房，到后院里去折一段树枝回来。扎扎和我小的时候，从小学二年级到五年级，爸爸都让我们自己去折树枝。我们总是选择松树，因为它的树枝比较有韧性，不像石梓和鳄梨的枝条打起来那么痛。扎扎还会先把树枝在冷水里浸一下，他说这样落在身上的疼痛也可以轻一点。我们越长大，拿回来的树枝就越小，直到有一天爸爸开始自己出去找树枝。

“到浴缸里去。”爸爸又说了一遍。

我跨进浴缸，站在那里看着他。看起来他没有要去找根棍子的意思，我感到恐惧带着刺痛注满了我的膀胱和耳朵。我不知道他要做什么。看到棍子还好一些，那样我就可以摩擦手掌，绷紧小腿的肌肉，做好准备。他从没叫我站到浴缸里过。这时我注意到了地上的水壶，就在爸爸的脚边。西西总是用这把绿水壶煮开水，用来沏茶和搅拌加里，水开了它就会叫起来。爸爸把它提了起来。“你知道你的祖父会到恩苏卡来，是不是？”他用伊博语问道。

“是的，爸爸。”

“你拿起电话通知我了吗，嗯？”

“没有。”

“你知道你会和一个异教徒在一座房子里睡觉？”

“是的，爸爸。”

“所以你是明知故犯？”

我点了点头。“是的，爸爸。”

“康比丽，你是个好孩子。”他的声音颤抖起来，像是在葬礼上发言的人，因为动情而哽咽了。“你应该力臻完美，你不该明知故犯。”他把水壶伸到浴缸里，朝我的脚倾斜下来。他把烫水缓缓地倒在我的脚上，好像他在做一个实验，正观察会产生什么反应。他哭了起来，眼泪沿着他的脸淌下来。我先看见蒸汽，然后才看到水。我看着水从水壶流出来，几乎是以慢动作沿着一道弧形的轨迹落在我的脚上。一触之下的疼痛那么纯粹，那么尖利，以至于我有那么一下什么感觉都没有了。接着我大叫起来。

“这就是明知故犯需要付出的代价。你会烫到自己的脚。”他说。

我想说“是，爸爸”，因为他是对的，可是脚上的刺痛正在向上爬，以极快的速度蹿上了我的头、我的嘴唇和眼睛。爸爸用一只宽大的手扶着我，同时用另一只手继续小心地向我脚上倒水。直到他停了下来，我才意识到我的嘴在动，那啜泣的叫喊“我很抱歉！我很抱歉！”是我发出来的。爸爸把水壶放下，擦了擦眼睛。我站在滚烫的浴缸里，一动也不敢动，我怕我一迈步脚上的皮就会脱落下来。

爸爸把双手放在我的胳膊上，要把我抱出来，但我听到妈妈说：“让我来吧。”我都不知道妈妈什么时候到浴室来的，眼泪正顺着她的脸往下淌，鼻涕也在流，我想着她来不来得及在它流进嘴里前擦掉它。她往冷水里倒了一些盐，敷在我的脚上。她扶着我从浴缸里出来，背着我到了我的房间。我摇着头。她太瘦小了，我们可能会双双摔倒。直到我们到了，妈妈才说话。“你要吃点镇痛片。”

我点点头，让她把药片给我，尽管我知道吃药无济于事。我的脚已经开始以一种稳定的节奏抽动了起来。“你去过扎扎的房间了吗？”我问，妈妈点点头。她没有讲他的状况，我也没有问。

“明天我脚上就都是泡了。”

“你会在开学前好起来的。”妈妈说。

妈妈走了以后，我盯着那扇关起来的门，看着它光滑的表面，想起了恩苏卡姑妈家里那些掉漆的蓝色的门。我想起阿玛迪神父音乐般的嗓音，想起阿玛卡笑起来时牙齿间的缝隙，想起伊菲欧玛姑妈煤油炉上冒泡的浓汤。我又想起欧比优拉推推鼻梁上的眼镜的样子，还有奇玛蜷在沙发里睡得很香的样子。我站起来，一瘸一拐地从包里取来了努库爷爷的画像。它仍然卷在黑色的包装纸里。尽管我把它藏在包里一个很隐蔽的侧兜里，我还是怕得不敢打开。爸爸总会发现的。他可以在这栋房子里嗅出这幅画的味道。我抚摸着塑料包装纸，抚摸着颜料轻微的突起；那些颜料构成了努库爷爷消瘦的身形、随意交叉在一起的双臂和伸在身体前方的长腿。

我刚爬回床上，爸爸就开门走了进来。他知道了。我想在床上动一动，好像这样就可以隐瞒我刚刚做过的事情似的。我想搜索他的眼睛，了解他所知道的东西，了解他是怎样发现那幅画的。但是我没有，我不能。恐惧。我对恐惧很熟悉，可是每一次我在经历恐惧时，它都跟以往那么不同，好像恐惧也有不同的口味和颜色。

“我所做的一切都是为了你，我是为了你好，”爸爸说，“你懂吗?”

“懂，爸爸。”我还是不知道他是否发现了那幅画。

他坐在我的床边，握着我的手。“我曾经对我自己的身体犯过一次罪，”他说，“我在圣格里高利上学时，有一位仁慈的神父与我同住。他走进来撞见了这一幕。他要我煮水沏茶，接着把水倒进一只碗，并把我的双手放了进去。”爸爸看着我的眼睛。我从不知道他也犯过罪，他也可以犯罪。“从那以后我再也没有对我的身体犯过罪。那位好神父是为了我好才那么做的。”他说。

爸爸走后，我没有想他的手泡在开水里、皮肤脱落、他的脸因为痛苦形成许多深纹的样子。我想的是我包里努库爷爷的那幅画。

直到第二天我才找到机会跟扎扎讲那幅画的事。那天是星期六，他在学习时间到我屋里来。他穿着很厚的袜子，每一步都小心翼翼，跟我一样。但是我们谁都没有说起我们的脚。他用手指碰了碰画之后，说他也有东西要给我看。我们下了楼，来到厨房里。他的东西也用黑色的玻璃纸裹着，他把它放在冰箱里，藏在几瓶芬达下面。他看见我迷惑的表情，解释说那并不只是几根棍子，而是紫木槿的茎秆。他会把它们交给园丁。旱季还没有过去，土地还很干涸，可是伊菲欧玛姑妈说只要定期浇水，这些茎秆还是能够生根发芽。她说木槿不喜欢太多水，也不喜欢太干燥。

扎扎在谈论这些木槿的时候眼睛发着光，他把它们递向前来，好让我也摸摸那些冰冷潮湿的细秆。他跟爸爸说起过此事，可是当他听到爸爸过来的时候还是赶紧把它们放回了冰箱。

午饭是甘薯粥，我们还没来到餐桌前，香味就已经弥漫了整个房子。干鱼片漂在黄色的汤里，边上还有蔬菜和甘薯丁。祈祷过后，妈妈开始给大家盛食物，这时爸爸说：“异教徒的葬礼很贵。一个偶像崇拜组织要一头牛，一个巫医又要把一只山羊献给一些石头做的神，还要送一头牛给村子，再送一头给女性氏族。也没人奇怪为什么那些所谓的神从来不吃贡品，反而是贪婪的人们分享那些肉。某人的死亡只不过是这些异教徒们聚餐的借口。”

我不知道爸爸为什么说起这些，什么事情刺激了他。我们都没有说话，静静地等着妈妈把粥盛给我们。

“我给伊菲欧玛送了钱办葬礼，我给了她所需的一切。”爸爸说。他顿了一下，补充道：“为了我们父亲的葬礼。”

“感谢上帝。”妈妈说，扎扎和我也重复了一遍。

我们还没吃完饭，西西就进来告诉爸爸说，阿迪·考克正和另一个人一起等在门口。是阿达姆让他们在门口等的，有人在周末吃饭时间拜访时，他总是这么做的。我以为爸爸会让他们到露台去，等我们吃完，可是他却让西西转告阿达姆开门让他们进来。我们盘子里还有食物，他就做了祈祷，接着又让我们继续吃，他马上就回来。

客人们在客厅里坐下了。我看不见他们，但是我一边吃，一边竭力听他们在说什么。我知道扎扎也在听。我看到他的头微微偏斜，他的眼睛紧盯着他眼前一块空白的地方。他们说话声音很低，但还是很容易就听得出万基蒂·欧格齐的名字，特别是在阿迪·考克说话的时候，因为他不像爸爸和另一个人那样把声音压得那么低。

他说大人物的助理给他打电话了——阿迪·考克就是在社论中也把国家首脑叫作大人物——说大人物愿意接受独家专访。“但条件是不许登那篇关于万基蒂·欧格齐的文章。想想吧，那个笨蛋说，他们知道有些没用的人告诉了我们一些故事，他知道我已经准备用了，他说那些故事都是谎言……”

我听见爸爸低声打断了他，另外一个人又补充了点什么，好像是说英联邦国家正在开会，阿布贾的大人物们不希望现在登出这么一篇文章。

“你们知道这意味着什么吗？我的消息是可靠的。他们真的已经把万基蒂·欧格齐干掉了，”阿迪·考克说，“为什么我写上一篇文章的时候他们不管？为什么现在管起来了？”

我知道阿迪说的是哪篇文章。它于六个星期前在《标准报》上发表，正值万基蒂·欧格齐离奇失踪之际。我还记得标题上那个巨大的问号：“万基蒂在哪里？”我还记得那篇文章里满是他家人和同事忧虑的话。我第一次读到《标准报》关于他的文章是一篇题为《我们中的一位圣人》的报道，这两篇文章大相径庭。那篇文章主要写他的活动，也写了他众多的民主派同盟人士——他们曾经占满苏儒勒热[1]的体育馆。

“我告诉阿迪，我们应该等等，先生，”另一位宾客说，“让他采访大人物吧，万基蒂·欧格齐的故事我们可以以后再做。”

“不行！”阿迪喊道。要不是因为我熟悉那个尖锐的嗓音，我都无法想象那个圆圆胖胖、嘻嘻哈哈的阿迪会发出那样的声音，会那么生气。“他们不想让万基蒂·欧格齐在这个时候成

1 苏儒勒热（Surulere），尼日利亚城市，当地的拉晗斯州体育馆为举行全非运动会于1972年建成，可容纳六万人。

为话题。就这么简单！而且你们知道这说明什么吗，说明他们已经把他干掉了！大人物用专访贿赂我，为的是谁？我问问你们，嗯？为的是谁？”

这时爸爸打断了他，不过我听不太清他说些什么，因为他声音很低，语气平和，好像是在抚慰阿迪。接下来我听到的就是：“来吧，我们到书房去吧，我的孩子们在吃饭呢。”

他们从我们身边走过，上楼去了。阿迪笑着和我们打招呼，不过笑得很拘束。“我可以帮你吃完吗？”他逗我，假装扑向我盘子里的食物。

午饭后，我回房间里学习。我努力想听清爸爸和阿迪·考克在书房里的谈话，可是听不到。扎扎几次走过书房，可是我看他的时候，他摇摇头——就是站在门口也听不到什么。

就在那天晚饭前，政府的密探来了，就是那几个临走时还把木槿枝条揪下来的人。扎扎那时候说，他们带着一卡车的美元来贿赂爸爸，而爸爸叫他们滚出去。

我们拿到了下一期《标准报》，不出我所料，万基蒂·欧格齐正是封面人物。文章非常细致，满怀愤慨，通篇引用一位“线人”的话。士兵们在明纳[1]的一个树丛中枪杀了万基蒂·欧

---

1 明纳（Minna），尼日利亚中部城市。

格齐。他们随后在尸体上倒上硫酸，毁尸灭迹，一块骨头都不剩。

家庭时间里，爸爸和我玩象棋，他正处于优势，这时我们听到电台里说：由于这起谋杀，尼日利亚被从英联邦除名了，加拿大和荷兰已经召回他们的大使，作为对谋杀的抗议。播音员从加拿大政府的声明里拿出一小段来读，他们把万基蒂·欧格齐称为一个“光荣的人”。

爸爸从棋盘上抬起了头，说：“果然发展到这一步了，我早知道会这样。”

我们刚吃完晚饭就有些人到家里来了，我听见西西告诉爸爸，他们自称是来自民主同盟的人。他们在阳台上和爸爸谈话，我费尽力气也听不到他们在说什么。第二天，更多人趁晚饭时间来拜访。第三天人更多了。他们都告诫爸爸要小心。不要开常开的车去上班，不要去公共场所，想想上次那个民事律师旅行时发生的机场爆炸案，想想民主大会期间体育场的爆炸案，锁好你的门，之前有个人就是在卧室里被一群蒙面人枪杀的。

这些都是妈妈告诉我和扎扎的。她说话的时候看起来很害怕，我很想拍拍她的肩膀，告诉她爸爸不会有事的。我知道他和阿迪·考克是和真相站在一边的，我知道他会没事的。

“你们以为不敬神的人们会讲什么道理吗？”爸爸每天晚饭

的时候都会问，而且经常是在好半天没有人说话之后。他吃晚饭好像总是喝很多水，我看着他，不知他的手是真的在发抖还是我的幻觉。

扎扎和我并没有谈起这些人。我很想谈，可是每当我用眼睛暗示此事，他都转头看向别处，我说起的时候他也会改变话题。他唯一一次提起这件事，是在伊菲欧玛打来电话的时候。她也听说了《标准报》引起的骚动，所以来问问爸爸的情况。爸爸不在家，所以她和妈妈聊了一会儿，接着妈妈把电话给了扎扎。

“姑妈，他们不会把爸爸怎么样的，”我听见扎扎说，“他们知道他有很多国外的关系。”

扎扎接着告诉姑妈，园丁已经把木槿的茎秆插下去了，不过现在还不知道它们能不能成活。我听着这些，想的却是为什么他从来没有告诉过我他对爸爸的事的看法。

轮到我拿起电话了。姑妈听起来近在咫尺，声音很大。寒暄之后，我深吸一口气说："代我向阿玛迪神父问好。"

“他总是谈起你和扎扎，”伊菲欧玛姑妈说，“等一下，丫头，阿玛卡要跟你说话。”

“康比丽，你好吗？”阿玛卡在电话里的声音很不一样，很轻快，不那么像找碴儿吵架或者像笑话人了——不过也可能只是因为我看不见她在笑。

“我很好，”我说，“谢谢。还要谢谢你的画。”

“我想你可能会想要珍藏它。”阿玛卡说起努库爷爷还是会嗓子发哑。

“谢谢你。”我小声说。我以前从不认为阿玛卡会想起我，更想不到她会知道我要什么，知道我有想要的东西。

“你知道努库爷爷的葬礼在下周吗？”

“知道。”

“我们会穿白色去，黑色太压抑了，特别是丧服那种黑色，像烧焦的木头一样。我会作为孙辈们的领舞出场。”她听起来很自豪。

“他会安息的。”我说。我不知道她听不听得出，我也很想穿成白色出席葬礼，参加孙辈的舞蹈。

“是，他会的。”她顿了一下，“多亏了尤金舅舅。”

我不知说什么好了。那感觉就仿佛我看到有个小孩在地板上打翻了滑石粉，我每走一步都如履薄冰，生怕滑倒。

“努库爷爷曾经很担心葬礼办得不合适，”阿玛卡说，“现在他可以安息了。尤金舅舅给了妈妈好多钱，她要为葬礼买七头牛！”

“那太好了。”我咕哝着。

“我希望你和扎扎复活节能来，奥科普的显灵还在继续，也许这次我们可以去朝圣呢，这个理由也许可以让尤金舅舅同意你们来。而且在复活节那天我要做坚信礼，我想让你和扎扎也在场。”

“我也想去。”我微笑起来，因为这句话以及我和阿玛卡的整个谈话都像是做梦一样。我想起了我自己的坚信礼，是去年在圣阿格尼丝教堂举行的。爸爸为我买了白色的蕾丝裙子和一条柔软的分层面纱，妈妈的祈祷小组里的女人们在弥撒结束后围在我身边，争相抚摸我的衣物。主教大费周折地把我的面纱掀起，在我的前额上画了十字，说：“路得，领受圣灵的恩赐吧。”路得是爸爸为我选的坚信礼名字。

“你选好坚信礼名字了吗？”我问。

“没有，”阿玛卡说，“噢，妈妈想要提醒比阿特丽斯舅妈什么事。”

“向奇玛和欧比优拉问好。”我把电话递给妈妈前说。

回到房间后，我盯着课本，想的却是阿玛迪神父是否真的问起了我们，还是伊菲欧玛姑妈出于客气才这么说——他记得我们，正像我们记得他一样。不过伊菲欧玛姑妈不是那样的人。他如果没问过，她就不会说了。我又想他是同时问起我们俩呢——扎扎和我，就像问起别的放在一起的东西，玉米和优贝，米饭和炖汤，甘薯和油——还是分别问起我们，问问我的情况，再问问扎扎的。我听到爸爸下班了，打起精神来开始看书。我在一张纸上乱画人形，把“阿玛迪神父”几个字写了又写。我把纸撕碎了。

接下来的几个星期里我又撕碎了更多的纸。上面都写着很多“阿玛迪神父”。我在有些纸上尝试着用音符捕捉他的嗓音。我还用罗马数字表示他名字里的字母。不过我并不需要写下他的名字就可以看到他。我从园丁身上看出一丝他的步态，那种轻快、自信的大跨步。我在凯文身上看到他精瘦又满是肌肉的身形。开学之后，我甚至在露西修女脸上看到他的微笑。开学第二天，我在操场上和女孩们打排球，我没听见把我叫作“后院势利眼”的窃窃私语和笑声，也没注意到她们互相掐着玩。我站在那里合掌等着有人挑我，只看到阿玛迪神父黏土颜色的脸，只听到他说“你这双腿很适合跑步”。

✣

阿迪·考克死去的那天，雨下得很大。旱季当中，这样的一场暴雨很奇怪。阿迪·考克正在和家人吃早饭，一个邮差送了个包裹给他。他的女儿穿着小学校服，坐在他正对面。那个婴儿坐在他旁边的一把高椅子里。他的妻子正在给那个婴儿嘴里喂雀巢塞利拉麦糊。阿迪·考克一打开包裹就被炸碎了。据他的妻子叶望荻说，他打开包裹之前看了看信封，说“这上面有政府的印章”。就算她不透露这一点，大家也都知道这包裹一定是首脑送来的。

扎扎和我放学回来的时候，从车走到前门这段路，我们都差点被淋透了。雨大极了，甚至在木槿树旁边形成了一个小池塘。我的脚泡在湿透的皮凉鞋里很痒。爸爸窝在客厅的沙发里啜泣着。他看上去那么小。爸爸平时是那么高大的一个人，有时候他甚至要低下头才能穿过门廊，裁缝给他做裤子，总需要加一块布才够。可现在他那么小，看上去像一卷揉皱了的布。

“我应该让阿迪把那篇文章放一放的，”爸爸说，“我应该保护他的。我应该让他不要写那件事。”

妈妈抱着他，把他的头抱在胸前。“别这样，”她说，“好啦，别这样了。”

扎扎和我站着看。我想着阿迪·考克的眼镜，想象那发蓝的厚镜片破碎的样子，白色的镜框融化成黏糊糊的东西。妈妈给我们讲了事情的经过，扎扎说：“这是上帝的意志，爸爸。”爸爸向扎扎笑了一下，轻轻拍拍他的背。

爸爸为阿迪·考克办了葬礼，还为叶望荻·考克和他们的孩子们办了一份信托，为他们买了一座新房子。他给《标准报》的员工们发了一大笔津贴，让他们休长假了。那几周里，他的眼睛后面出现了两个凹洞，好像有人吸去了那里的血肉，他的眼睛陷进去了。

我的噩梦就从那时开始了。我梦见阿迪·考克烧焦的身体碎块散落在餐桌上，在他女儿的校服上，在那个小婴儿的麦片碗里，在他那盘鸡蛋上。有时候我梦见我是那个女儿，烧焦的身体是爸爸的。

阿迪·考克死后几星期，爸爸眼睛下面的凹陷还是很深，他的行动也变得迟缓了，好像他的腿重得抬不动，胳膊也沉得挥不起来了。人家和他讲话，他要好半天才反应；咀嚼食物和从《圣经》里找出该读的段落，也要比以前花更多时间了。不过他比以前祈祷得更多了。有时候我半夜起来去尿尿，会听到他在院子上方的阳台上大喊大叫。我坐在坐便器上听啊听啊，可是怎么也听不清他在说什么。我和扎扎讲了之后，他却耸耸肩，说爸爸一定是在说方言。我们都知道爸爸不喜欢人们说方言，因为四处蔓延的五旬节派的那些假牧师们就说方言。

妈妈让扎扎和我经常拥抱爸爸，而且要比以前更紧些，这样他才能感觉到我们在；因为他正承受着巨大的压力。士兵们抬了一箱死老鼠去了一间工厂，接着就把厂关了，说那些老鼠是在里面找到的，会通过威化和饼干传播疾病。爸爸去其他那些工厂也没有以前那么勤了。有些日子，本尼迪克特神父会在扎扎和我还没去上学的时候就来拜访，但等我们放学回来了他还在爸爸的书房。妈妈说他们在做一个特别的九日祷告。这样的日子里，爸爸都不会出来检查扎扎和我是不是在按时间表作息，所以扎扎就到我房里来聊天，或者只是坐在床上看我学习。

有一天又是这样，扎扎进了我的房间，关上门说："给我看看努库爷爷的画吧！"

我的眼睛瞟了瞟房门。我从不在爸爸在家的时候看那幅画。

"他跟本尼迪克特神父在一起呢，"扎扎说，"他不会进来的。"

我从包里拿出那幅画，展开，扎扎盯着它，用那只变形的、失去知觉的手指抚摸着它。

“我继承了努库爷爷的手臂，”扎扎说，“看到了吗？我的手臂跟他一样。”他听起来像着了魔一样，好像忘记了身在何处，自己是谁，也忘了他那只手指其实什么也感觉不到。

我没有喊他停下，也没有提醒他用错了手指。我没有立刻把那幅画装回去。我朝扎扎挪近了一点，和他一起看画。我们一声不吭地看了很久。那时间长得足够本尼迪克特神父帮爸爸做完祷告离去了。我知道爸爸会来说晚安，吻我的额头；我知道他会穿着酒红色的睡衣，眼睛被睡衣映出微微的红光；我知道扎扎会来不及把画藏回书包，爸爸会看一眼画，接着眼睛会眯起来，脸会涨得像没成熟的金星果，他的嘴会喷射出伊博语的咒骂。

这正是接着发生的事情。也许我们正希望事情变成这样，只是自己都不知道。也许我们去过恩苏卡之后都变了，连爸爸也变了。事情注定要发生变化，秩序注定要被打破。

“那是什么？你们都变成了异教徒不成？你们拿着那幅画干什么？哪儿来的？”爸爸问。

“是我的。”扎扎说。他用双臂把画抱在怀里。

“是我的。”我说。

爸爸的身子轻轻晃了晃，像是那些感受到神召，马上就要扑倒在牧师脚上的人一样。爸爸很少会像这样，就像在摇一瓶可乐一样。

“是谁把那幅画带进来的?”

“是我。”我说。

“是我。”扎扎说。

如果扎扎肯看我一眼，就会看到我在请求他不要承担罪责。爸爸从扎扎手中夺过画。他的双手协同运作，行动敏捷。画没了。它已经是失去的东西了，是我从未拥有过也永远无法拥有的东西。现在一件纪念物都没了，只剩爸爸脚边一堆带棕色颜料的碎纸片。每一片都很小。我突然想象出努库爷爷的身体被切碎又放在冰柜里的样子。

“啊!”我尖叫起来。我冲向那堆碎片，好像还可以救它们似的，好像救了它们就可以救活努库爷爷一样。我倒在地上，躺在那堆纸片上。

“你着了什么魔?”爸爸问，“你怎么了?”

我躺在地上，蜷起身子，就像《初中科学大全》插图上子宫里的婴儿。

“起来！离那幅画远点!”

我躺在那儿一动不动。

“起来!”爸爸又说了一遍。我还是不动。他开始踢我。他拖鞋上的金属搭扣碰在身上就像是大蚊子咬得那么疼，他不停地说着，完全失控了，伊博语和英语像肉和骨头一样混杂在一起。亵渎。异教崇拜。地狱之火。他越踢越快，让我想起阿玛卡的音乐，她那些有文化意识的音乐有时就是以舒缓的萨克斯开篇，后面却发展为活力四射的歌唱。我在那幅画周围蜷得更紧了，那些碎片像羽毛一般温暖、柔软，还带着阿玛卡的调色盘的金属气味。此时刺痛已经变成擦伤了，比刚才更像蚊子咬的了，因为那块金属搭扣落在了我身侧、背上和腿上裸露的地方。他踢啊，踢啊，踢啊。可能已经换成皮带了吧，因为金属扣子没有这么重。我还听到了空中嗖嗖的声音。一个很低的声音说："求求你，求求你。"更多的刺痛。更多的击打。一股咸咸的热乎乎的东西流进我嘴里。我闭上眼睛，滑向了无声之境。

我一睁开眼睛就知道我不在自己的床上。这个床垫比我的硬。我想坐起来，但是遍及全身的疼痛袭来，我又倒了下来。

"丫头，康比丽，感谢上帝！"妈妈站起来，把手放在我的前额上，又把脸贴上我的脸。"感谢上帝。感谢上帝让你醒过来了。"

她的脸湿乎乎的，满是泪水。她很轻地摸我，可我还是感到一阵针扎似的疼痛，由头顶开始，贯穿全身。就像爸爸在我脚上倒开水之后的感觉一样，只不过现在好像浑身都烫伤了。每动一下都疼得要命。

“我浑身像着火了一样。”我说。

“嘘，”她说，“好好休息吧，感谢上帝让你醒过来了。”

我不想醒过来。我不想感觉到身侧那阵阵仿佛在呼吸的疼痛。我不想感觉到脑袋里重重的锤击。喘口气都是一桩苦事。一个穿白大褂的医生站在我的床尾。我认得他的声音，他是教堂里的一位讲师。他说话很慢，吐字清晰，跟他在教堂里读经[1]的时候一样。可是我没法把他的话听全。断了一根肋骨。正在愈合。内脏出血。他走近前来，缓缓卷起我的袖子。我一向害怕打针——我得疟疾的时候，我总希望吃安乃近，而不要打氯喹针。而现在，浑身针扎似的疼痛已经没什么可怕的了，我必须要每天打针镇痛了。爸爸的脸离我很近，我们的鼻尖简直碰在了一起，不过我还是可以看出他目光柔和。他哭着说：“我心爱的女儿。你不会有事的。我心爱的女儿。”我不知道这是不是在做梦。我闭上了眼睛。

我再睁开眼睛的时候，本尼迪克特神父站在我身边。他用油在我的脚上画十字。油闻起来像洋葱。就是这么轻的触碰也很痛。爸爸也在。他也在低声念着祈祷，双手温柔地放在我的边上。我闭上了眼睛。

爸爸和本尼迪克特神父走后，妈妈轻声说：“这没什么，病

---

1 天主教神父在平日和周日分别选《旧约》和《新约》中的段落读给会众听。

得很重的人都要行临终涂油礼。”

我盯着她的嘴唇看。我没有病得很重。她知道。她为什么说我病得很重？我为什么在圣阿格尼丝医院？

“妈妈，给伊菲欧玛姑妈打个电话。”我说。

妈妈把头转开。“丫头，你要休息。”

“给伊菲欧玛姑妈打电话，求你了。”

妈妈伸出手来，握住我的手。她的脸哭得肿了起来，嘴唇干裂，几小块褪色的皮正在脱落。我很想起来抱抱她，我又想把她狠狠推开，把她从椅子上推倒在地。

我睁开眼睛的时候，阿玛迪神父的脸正俯身看向我。我一定是在做梦，是在想象；可是我多希望我脸上不那么疼，可以笑一笑。

“一开始他们找不到血管，我吓死了。”妈妈的声音，非常真实，而且就在我旁边。我不是在做梦。

“康比丽，康比丽，你醒了吗？”阿玛迪神父的声音比我梦到的更深沉，更动听。

“丫头，康比丽，丫头。”伊菲欧玛姑妈的声音。她的脸在阿玛迪神父旁边出现了。她把结满发辫的头发盘了个大结，好像在头上顶了一只拉菲亚树纤维编的篮子。我试着想笑。我觉得很虚弱。有什么东西正从我体内流失，带走我的力气和神志，我却无能为力。

“治疗让她受不了。”妈妈说。

“丫头，你的弟弟妹妹向你问好。他们很想来，可是他们在上学。不过阿玛迪神父跟我来了，丫头……”姑妈抓住我的手，我吓了一跳，把手抽了出来。就是抽这一下也很痛。我想让眼睛睁着，我想看着阿玛迪神父，嗅他的香水，听他的声音，可是我的眼皮总是闭起来。

“不能这样下去了，努耶姆，”伊菲欧玛姑妈说，“要是房子着火了，你也不会等房顶塌了才往外跑啊。”

“以前从来没有这么严重。他从来不会这么惩罚她。”妈妈说。

“康比丽好了以后到恩苏卡来。”

“尤金不会同意的。”

“我去跟他说。我们的父亲已经死了，所以我家不会再有危险的异教徒。我要让康比丽和扎扎跟我们住在一起，至少住到复活节。你也收拾好行李到恩苏卡来。他们都不在了，你也离开一段时间比较好。”

“以前从来没有像这样严重。”

“你听见我说的了吗，嗯？”伊菲欧玛姑妈提高音调说。

“我听见了。”

她们的声音越来越远了，好像她们是在一艘快速驶向大海的船上，浪花的声音淹没了她们的话。在我还能听到她们交谈的时候我就在想，阿玛迪神父到哪儿去了呢？几小时后我睁开了眼睛，天黑了，灯也熄灭了。走廊里的灯光从门下面溜进来，我看到了墙上的十字架，妈妈坐在我床尾的椅子里。

“你怎么样？我一整夜都会在这里陪你。睡吧。好好休息。”妈妈说。她站起来，坐在我的床上。她抚摸了一下我的枕头；我知道她是怕弄疼我。“你父亲守了你三个晚上了，眼都没合一下。”

要转头很困难，可我还是做到了，然后看向别处。

第二周，我的私人家教来了。妈妈说，爸爸面试了十个人才选中了这一个。她是一位年轻的修女，还没有最终宣誓。她在天蓝色的裙子腰部系了一条玫瑰念珠，她一动便响起来。她纤细的金发从头巾底下露出来一点。她握着我的手说：“你现在想吃东西吗？”我大吃一惊。我从来没有听过白人说伊博语，而且还说得这么好。我们上课的时候，她说温柔的英语；不上课的时候——尽管这种时候很少——就说伊博语。我做阅读题的时候，她就创造出一方自己的宁静空间，坐在里面拨动玫瑰念珠。但是她懂的事情很多；我是从她那两汪淡褐色的眼睛里看出来的。比如，她知道我在跟医生撒谎，实际能动的部位更多，可是她什么也没说。我侧面的剧痛已经变得比较温和了，头疼也减弱了很多，但我告诉医生说，我一点没有好转，他伸手碰我体侧的时候，我就尖叫起来。我不想离开医院。我不想回家。

我在医院里完成了考试，露西修女亲自带着试卷来，坐在妈妈旁边的一把椅子里等我答卷。每一门她都多给了些时间，不过每次我都是早早答完。几天之后她带来了成绩单。我是第一名。妈妈没有唱伊博语颂歌；她只说："感谢上帝。"

那天下午，班上的同学们来看我了，大睁的眼睛里满是敬畏。她们都听说我从一场车祸中幸存。她们本希望我可以带着块石膏回去，她们还可以在上面签名。沁维·吉德泽送给我一张很大的卡片，上面写着："快点好起来——给一个特别的人。"她坐在床边跟我说悄悄话，好像我们一直都是闺密。她还给我看了她的成绩单，她是第二名。她们要离开的时候，伊珍问："这下你不会一放学就跑了，是不是？"

当天晚上，妈妈说我两天后就要出院了。不过我不是要回家，而是要去恩苏卡待一个星期，扎扎也会跟我去。她不知道伊菲欧玛姑妈是怎么说服爸爸的，但是他也同意恩苏卡的空气会对我比较好，比较利于我康复。

✣

雨点打湿了阳台的地面，阳光却还很好，我眯着眼从伊菲欧玛姑妈的起居室朝外看。妈妈以前总是对扎扎和我说，这是上帝拿不定主意了，不知道该派太阳来还是派雨来。我们就坐在房间里，看着外面的雨点在太阳的照耀下闪光，等着上帝决定。

“康比丽，你吃芒果吗？”欧比优拉在我背后问。

那天下午我们刚到的时候，他就想帮我进屋，奇玛则坚持帮我拿包。他们好像害怕病魔还在我的体内潜伏，如果我太费力气，它就会重新跳出来作乱。伊菲欧玛姑妈告诉他们我生了很重的病，差点就死了。

“我一会儿再吃吧。”我转过来说。

欧比优拉正把一个黄色的芒果往起居室墙上扔着玩，他会一直玩到里面都变成果酱。接着他就在一头咬个小洞，开始吸里面的汁液，直到里面只剩下果核在晃，好像一个人穿了大号的衣服那样。阿玛卡和伊菲欧玛姑妈也在吃芒果，不过她们是用刀子把橘黄色的果肉从果核上削下来。

我来到阳台，站在湿漉漉的金属栏杆旁，看着雨越下越小，终于停了下来。上帝选了太阳。空气清新，久旱的土地在第一阵雨后散发出美食般的香气。扎扎正跪在花园里，我也想到那里走走，用手挖出一块泥土再把它吃掉。

“白蚁在飞！”楼上的一个孩子叫了起来。

空中满是扇动着的透明翅膀，孩子们拿着报纸和空的保维塔罐子跑了出去。他们用报纸把白蚁打下来，再弯腰把它们捡起来，放进罐子里。有些孩子就只是跑来跑去地打白蚁。还有些孩子蹲下来看那些没有翅膀的白蚁在地上爬，看它们排成一行，像一根黑线或是项链一样向前移动，自己也跟在后面。

“有些人吃白蚁，太有意思了。但是他们可不肯吃没有翅膀的。不过其实没太大差别，这种白蚁很快也会飞啦。”欧比优拉说。

伊菲欧玛姑妈笑起来了。“你瞧你，欧比优拉，几年前你是冲在最前面抓白蚁的呢！”

“再说了，你也不该这么瞧不起小孩子，”阿玛卡也笑他，“毕竟你自己也是个小孩呢。”

“我从来不是小孩。”欧比优拉说着，朝门口走去。

“你去哪儿？”阿玛卡问，“去抓白蚁吗？”

“不是，我只是去看看，”欧比优拉说，“去观察。”

阿玛卡笑了起来，姑妈也跟着笑了起来。

“我能去吗，妈妈？”奇玛说着，已经朝门走过去了。

“去吧，不过你知道我们不会把它们炸来吃的。”

“我把我抓的给乌戈楚库，他们家吃的。”奇玛说。

“当心不要让它们飞到你耳朵里，记住了吗？不然你会变聋的！”姑妈叫道。奇玛已经飞奔出去了。

姑妈穿上拖鞋，到楼上去串门了。只剩我和阿玛卡双双凭栏而立。她往前挪了挪，倚在栏杆上，我们的肩膀碰在了一起。昔日的不自在已经荡然无存。

“你已经是阿玛迪神父的心上人了。”她说。她的语调还是那么轻松，和她刚才跟欧比优拉说话时没什么不同。她完全没法了解我的心绞得多么痛苦。“他知道你病了，真的担心极了。他总是说起你。而且，我知道那不是作为神父的关心。”

“他怎么说的？”

阿玛卡转过来看我急切的脸。“你对他有点意思，是不是？”

“有意思”太轻了，远远没法形容我的感觉。可我还是答道：“是。”

“学校里每个女生也都是如此。”

我把栏杆攥紧了些。我知道如果我不问，阿玛卡就不会多说。她想让我说点什么。“什么意思？”我问。

“教区里每个女孩都喜欢他，甚至一些已婚妇女也不例外。要知道，人们总是会迷上神父的。和上帝做情敌是很带劲呢。”

阿玛卡在栏杆上抹了一把，把水珠都擦掉了。“不过你不一样。我从没听他像那样说起过任何人。他说你从来不笑。他说你非常害羞，可他还是知道你想得很多。我跟他说，人家听他那些话，会以为生病的人是他妻子。”

“他能来医院，我很高兴。”我说。那些字就这么从我舌尖滚了出来，容易极了。阿玛卡还在严肃地盯着我的眼睛。

“是尤金舅舅把你弄成那样的，对不对？”她问。

我松开栏杆，突然感觉自己需要释放。从没有人问起，甚至医生和本尼迪克特神父也没有问过。我不知道爸爸对他们说了什么，甚至不知道他是否跟他们说过此事。“是姑妈告诉你的吗？”我问。

“不是，但我猜是这样。”

“对，就是他。”我说完就径直朝厕所去了，没有看阿玛卡的反应。

那天晚上停电了，恰在日落之前。冰箱晃了晃，抖了抖，终于不出声了。要不是它突然停下来，我都没注意过它那不间断的呜响有那么大声。欧比优拉把煤油灯拿到阳台上，我们围着它们坐成一圈，拍打着那些盲目撞击灯泡的小飞虫。过了一会儿，阿玛迪神父来了，带着旧报纸包的烤玉米和优贝。

“神父，你最好了！我正想着玉米和优贝呢。”阿玛卡说。

“我带了这个，你今晚可不能再找碴儿跟我吵架了吧，”阿玛迪神父说，“我只想来看看康比丽怎么样了。”

阿玛卡笑了起来，把那包东西拿进去放在盘子里。

“看你状态不错，真好。”神父打量着我说，好像在检查是不是我整个身子都在这儿。我笑了。他比画着要我站起来让他拥抱一下。我们的身体靠在一起，那感觉又紧张又甜蜜。我躲开了。我希望奇玛、扎扎、欧比优拉、姑妈还有阿玛卡能全体消失一小会儿。我想和他单独待一会儿。我想告诉他，他在这里让我感觉多么温暖，我最喜欢的颜色已经变成了他皮肤的黏土色。

一位邻居来敲了门，端进来一盆白蚁、水芹菜和辣椒。姑妈说她觉得我不会吃的，因为那可能会让我胃不舒服。我看着欧比优拉把一片水芹菜摊开在手掌上，在上面撒了一些炸白蚁和辣椒，又把叶子卷了起来。他把它塞到嘴里的时候，有些白蚁还掉了出来。

“人们说，白蚁飞行之后，会落下来变成癞蛤蟆。”阿玛迪神父说。他伸手到碗里捏了几只扔到嘴里。“我小的时候也喜欢抓白蚁，不过那只是为了玩，因为真的想抓的话，只要等到晚上，它们就会失去翅膀掉到地上来了。”他听起来不无怀旧的伤感。

我闭上眼睛，让他的声音抚摸我。我想象他还是一个孩子，肩膀还没那么宽，正踏着院子里新雨滋润过的土地抓白蚁。

伊菲欧玛姑妈说在她看我完全恢复好以前，她是不会让我帮忙提水的。所以我比所有人醒得都晚，阳光已经洒满我的房间，镜子也在发光。我出来的时候，阿玛卡正站在客厅的窗户前。我走过去站在她身边。她正看着阳台，姑妈正和一个女人坐在板凳上聊天。那个女人有一双学者的敏锐的眼睛和两片毫无情趣的嘴唇，没有化妆。

“我们不能袖手旁观，绝不行，哪有一所大学只有一位管理者的事情？”姑妈朝前倾着身子说，她噘起嘴的时候，棕色的口红就出现了小裂缝。“由管理委员会票选副教授，从建校起我们就是这样操作的，这才是正道，不是吗？”

那个女人望向远方，点着头，人们不知道该说什么的时候就是这样。她终于开口的时候说得很慢，好像在劝解一位倔强的小孩。“听说他们有一张名单，伊菲欧玛，上面列着对大学不忠的讲师。他们说这些人可能会被开除。他们说你的名字也在上面。”

“我的忠实又不是用钱买来的，一说真话就不忠实了？”

“伊菲欧玛，你以为只有你知道真相吗？你以为我们都不知道吗，嗯？不过，告诉我，真相可以养活你的孩子们吗？真相可以给他们付学费、买衣服吗?”

“我们什么时候才抗议，嗯？等到士兵们被指定为讲师，学生们顶着枪口上课的时候吗？我们什么时候才抗议！”姑妈提高了嗓音。但她眼睛里的怒火不是冲着那个女人去的，而是向着一个更庞大的东西。

那个女人站了起来。她理了理她黄蓝相间的阿巴达裙[1]，那裙子很长，只露出一点她的棕拖鞋。“我们该走了。你几点的课?”

“两点。”

“你有油吗?”

“哪会有？没有。”

“我送你吧，我有一点。”

我看着姑妈和那个女人缓缓走到门口，好像刚才她们说过的和没说过的话让她们变重了。阿玛卡等姑妈把门关上了，才离开窗口，坐在椅子上。

“妈妈让你记得吃止痛药，康比丽。”她说。

“姑妈和她的朋友在说什么呀?”我问。我知道我以前就不会问。我会想这个问题，但是不会问出口。

“学校的独裁行政官。”阿玛卡简短地答道，好像这就足够

---

1 阿巴达裙，一种色彩鲜艳、狂欢节风格的裙子。

我明白她们全部的交谈了。她用手一遍遍摸过藤椅的腿。

“大学里面的首脑，”欧比优拉说，“大学是国家的缩影。”我这才意识到他一直在客厅的地上看书。我从来没听过有人用“缩影”这个词。

“他们想让妈妈闭嘴，”阿玛卡说，“不想丢工作的话，就闭嘴，因为一个闪电的工夫，他们就可以开除你，就像这样。”阿玛卡打了个响指，显示姑妈可以被多么快地开除掉。

“他们应该开除她，那样我们就可以去美国了。”欧比优拉说。

“胡说。”阿玛卡说。

“美国？”我看看阿玛卡，又看看欧比优拉。

“菲利帕阿姨让妈妈过去。至少在那边会按时付工资。”阿玛卡恶狠狠地说，好像在诅咒谁似的。

“妈妈的工作在美国也能够得到认可，那里也没有无聊的政治。”欧比优拉边说边点头，这样如果没有别人同意他的话，至少还有他自己。

“妈妈说过她要去哪儿了吗，嗯？”阿玛卡猛戳着椅子。

“你知道他们把她的资料压了多久吗？几年前她就该升高级讲师了。”

“姑妈告诉你的吗？”我傻傻地问，甚至不确定我自己是什么意思，因为我当时想不出该说什么，因为我已经无法想象没有姑妈一家人、没有恩苏卡的生活。

欧比优拉和阿玛卡都没有回答。他们彼此沉默地对视着，我这才意识到他们之前并不是在跟我讲话。我走了出去，站在阳台的栏杆边。下了一整夜雨。扎扎跪在花园里除草。他都不用浇水了，因为老天已经浇过了。院子里刚刚变软的红土上拱起了许多小蚂蚁山，像缩微城堡一样。我深吸一口气，不呼出来，想好好品味一下新雨洗净的绿叶的清香；我想那些烟鬼一定也是这样品味每支烟的最后一口。花园周围的黄蔓开满了黄色的筒状花，奇玛正把一根藤拽下来，一个挨一个地把手指插到花里去。我看着他正一一检视着，看哪朵小花和他的小指相配。

那天晚上，阿玛迪神父去体育馆的时候顺便进来了一下。他想让我们都跟他一起去。一些从阿吉迪山来的孩子们要参加当地政府举办的跳高比赛，神父要帮他们训练。欧比优拉从楼上借来了一个电子游戏，男孩们都聚拢在客厅里的电视机前。他们想快点把游戏还回去，所以都不想去体育馆。

阿玛迪神父又请阿玛卡一起去。阿玛卡笑了。“神父，你不用这么客气，你知道你更想跟你的心上人单独待一会儿的。”阿玛迪神父笑而不答。

我于是单独跟他去了。我们开车到体育馆的路上，我的嘴巴因为尴尬而发紧。他一点没提阿玛卡的话，让我大松一口气。他谈论芬芳的雨，又和着录音机里活泼的伊博语歌曲唱了起来。我们把车开进体育馆时，阿吉迪山来的男孩们已经到了。他们比我上次见到的那些男孩们高些，年龄也大些，不过他们的短裤和衬衫却是一样破旧。阿玛迪神父鼓励大家或是指出缺点的时候总会提高音量，这种时候他的嗓音就不那么动听了。他还趁他们不注意，把杆子调高一个刻度，接着喊道："再来一次，预备，开始！"他们便一个接一个地跳了过去。他又像这样偷偷抬高了好几次，男孩们才发现。"啊！啊！神父！"他便笑着说，他相信他们能跳得更高；而他们也证明了他是对的。

这时我意识到，姑妈对她的孩子们也正是这样做的，她和他们说话的方式、她对他们的期待，本身就是在为他们设定越来越高的目标。她一直以来都是这么做的，相信他们能够跨过那根杆子。他们也确实跨过了。而扎扎和我不一样。我们跨过去不是因为我们相信自己可以，而是因为太害怕自己做不到了。

"什么乌云遮住了你的脸？"阿玛迪神父问，同时在我身边坐了下来。我们的肩膀碰在了一起，他的汗味和香水味一起钻进了我的鼻孔。

"没什么。"

"那就跟我说点什么吧。"

“你信任那些男孩。”我脱口而出。

“是，”他看着我，“不过这对于我的意义要比他们还大呢。”

“为什么？”

“因为我需要信仰，需要一些我从不质疑的东西。”他拿起水瓶，仰头喝了起来。我看着流下去的水在他的喉咙上造出的波纹。我真希望自己是水，进入他体内，和他在一起，融为一体。我从未如此嫉妒过水。他迎上了我的目光，我看向别处，不知道他是否看到了我眼中的渴望。

“你的头发应该重新编一下了。”他说。

“我的头发？”

“是的。我要带你到集市上那个女人那里去，你姑妈的头发就是她编的。”

接着他伸出手，摸了摸我的头发。在医院里妈妈把我的头发编起来了，但是因为我头痛得厉害，她编得不太紧，现在它们都开始散了。阿玛迪神父温柔地抚摸着那些散开的头发。他直视着我的眼睛，那么近。他动作那么轻，我简直想把头朝他的手迎上去，好感受到他手的力量。我想要倒在他身上。我想把他的手放在我的头上，我的肚子上，让他感受到那股包围着我的暖流。

他松开了我的头发，我看着他站起来，跑回到操场上的男孩子们中间。

第二天一大早，阿玛卡的动作把我吵醒了。黎明紫色的光线还没有伸到我的房间。门缝里透过走廊中的微光，我借此看到她正在系裙子。有事情发生了，她并不是去上厕所。

“阿玛卡，怎么了？”

“你听。”她说。

我听到姑妈的声音从阳台上传来，我很奇怪她为什么也这么早起。接着我听到了歌声，那是一大群人发出来的，从窗口传进来。

“学生们在暴动。”阿玛卡说。

我站起来，跟着她进了客厅。什么是学生暴动？我们有危险吗？扎扎和欧比优拉也跟姑妈一起站在阳台上。凉风重重地吹到我的胳膊上，好像风的尾巴上还拖着不肯落下来的大雨。

“把夜灯关掉吧，”姑妈说，“他们经过的时候要是看见灯光，可能会扔石头上来。”

阿玛卡关掉了灯。歌声更清晰了，声音更大，引起的回声也更响了。至少有五百人。“独裁行政官快滚蛋，他都不穿裤子哟！国家首脑快滚蛋，他都不穿裤子哟！哪有水？哪有电？哪有油？”

“声音大得好像他们就在门口一样。”姑妈说。

“他们会进来吗？”我问。

姑妈用一只手臂搂住我，把我拉近了些。她身上是滑石粉味的味道。“不会的，丫头，没事。该担心的是住在副校长家附近的那些人。上次暴动的时候，学生们把一位高级讲师的车烧了。”歌声更响了，却没有更近。学生们激动起来了。浓烟升了起来，融进了星空。玻璃碎裂的爆响为歌声伴奏。

“我们是说，独裁行政官必须滚蛋！我们是说，他必须走！做不到？必须如此！”

大喊大叫的声音伴随着歌声。一个声音喊起来，众人随即附和。凉爽的晚风里裹着重重的焦味，喊着蹩脚英语的嗓音在一条街以外清晰地回响。

“了不起的雄狮和雌狮[1]！我们需要的是穿着干净内裤的人，对不对？我们的国家首脑根本不穿内裤，对不对？对！”

大约四十个学生小跑着过去了。“瞧！”欧比优拉压低声音说，好像怕他们听到似的。这些人看起来像是一股流动很快的黑水，只被他们手里的火把和手电筒照亮。

“他们可能是刚从学校那边过来的，要赶上其他人。”阿玛卡等学生们过去了之后说。

又听了一会儿，姑妈说我们该回去睡觉了。

---

1 尼日利亚恩苏卡大学的学生们自比为雄狮和雌狮，因而该校的口号如此。

伊菲欧玛姑妈下午回来的时候，带回了关于暴动的消息。几年前开始，学生暴动就已经变成家常便饭了，但这是几年来最严重的一次。学生们在独裁行政官的家中放了把火，就连后面的客房也烧得一干二净。大学的车也被烧掉六辆。“据说独裁行政官和他妻子藏在一辆旧标致的后备箱里逃走了。太可怕了。”姑妈说着，把一张传单给我们看。我读着传单，感到胸腔里一阵不适，就像吃了油豆饼之后烧心的感觉。传单由学校注册主任签署。由于财产受到损失和时局动荡，大学暂时关闭，等待通知。我不知道这意味着什么；是否意味着姑妈很快就要离开，我也没法再到恩苏卡来。

断断续续的午休中，我梦见姑妈站在我们埃努古家中的浴缸里，独裁行政官在向她脚上倒开水。接着姑妈跳出了浴缸，以梦特有的方式，就这么跳到美国去了。我喊她，她也不回头。

那天晚上，我们都坐在客厅里看电视的时候，我还在想着这个梦。我听见一辆车开了过来，停在楼前，我把颤抖的双手合在一起，那一定是阿玛迪神父。但是随后的敲门声却不像他，又响又粗鲁，充满侵略性。

姑妈从椅子上起来。“谁呀？是谁要把我的门敲破，嗯？”

她只开了一条小缝，但两只大手伸了进来，强行把门推开。进来的四个大汉头都顶到门框了。房间好像突然就被塞满了，装不下那些蓝军装和大檐帽、陈旧的烟味、汗味和袖子下面大块大块的肌肉。

“怎么回事？你们是谁？”姑妈问。

“我们是来搜查你家的。我们要找蓄意破坏大学秩序的文件。有消息表明你与策划暴动的极端学生团体有合作……”那个声音听起来非常机械，好像在背诵。说话的人满脸都是部落的刺青，几乎找不到一块干净的皮肤。在他说话时，另外三个人已经快步走进了房子。其中一个拉开了柜子的抽屉，让它们全敞在那里；另外两个进了卧室。

“谁派你们来的？”姑妈问。

“我们是哈科特港特别安全局的。”

“有证件吗？你们不能就这么随随便便地走进我家。”

“瞧这个疯女人哟！我们可是特别安全局的人！”他皱着眉，把姑妈推到一边，脸上的刺青扭曲得更厉害了。

“你们怎么能就这么闯进来！岂有此理！”欧比优拉站了起来，像个小男子汉，却藏不住他眼里的恐惧。

“欧比优拉，坐下。”姑妈轻轻地说，欧比优拉马上坐下了。他似乎松了口气。姑妈悄悄要求我们所有人老实坐着，一个字也不要说，接着跟着那些人进屋去了。他们拉开那些抽屉，却并不朝里面看，只是把里面的衣服或别的东西都扔在地上。他们把姑妈房间里所有的箱子和盒子都底朝天反过来，但是并没有检查倒出来的东西。他们把东西弄乱，却不搜查。临走，那个脸上有刺青的人挥舞着一根短粗的、指甲卷曲的手指对姑妈说："你要当心了，要非常当心。"

直到他们的车声听不到了，我们才开始说话。

"我们要去警察局了。"欧比优拉说。

姑妈笑了，可是她嘴唇这一动并没让她的脸明亮起来。"他们就是从那儿来的，他们都是一伙的。"

"姑妈，他们为什么说你参与策划暴动呢？"扎扎问。

"那都是瞎说的，他们想吓吓我。学生们什么时候需要别人指挥他们暴动？"

"我真没法相信他们就这么闯进来，把我们的家翻了个底朝天，"阿玛卡说，"真没法相信。"

"还好奇玛睡着，感谢上帝。"姑妈说。

"我们该离开了，"欧比优拉说，"妈妈，我们该走了。你后来又跟菲利帕阿姨通过话吗？"

姑妈摇摇头。她正把书和桌垫放回柜子抽屉。扎扎跑过去帮她。

"你在说什么，离开？我们凭什么离开自己的国家？为什么不留下来解决问题？"阿玛卡问道。

"解决什么？"欧比优拉带着故意挑衅的神气。

"那么我们必须逃走吗？逃走就是解决方案吗？"阿玛卡的

声音变得很尖利。

“不是逃走，是现实一些。等到我们上大学的时候，好教授都已经受够了这些无聊的东西，出国去了。”

“你们两个都闭嘴，过来收拾！”姑妈骂道。她没有骄傲地观战，享受他们俩的辩论，这还是第一次。

早晨我去洗澡的时候，一条蚯蚓正在浴缸里靠近排水管的地方蠕动，深棕色的身体和白色的浴缸形成鲜明对比。阿玛卡说过，管道太老了，每到雨季，蚯蚓都会跑到浴缸里来。伊菲欧玛姑妈已经给工程部写信抱怨过了，但是不出所料，很久都没有人管。欧比优拉说他很喜欢研究蚯蚓；他发现，只有往它们身上撒盐才可以杀死它们，要是你把他们割成两半，每一段都会重新长成一整条蚯蚓。

我从扫帚上折下一截枝条，挑起那绳子一样的东西扔进了马桶。我不能冲掉它，因为坑里没什么要冲的，太浪费水了。男孩子们只好看着一条漂浮的蚯蚓尿尿了。

我洗完澡后，姑妈为我倒了一杯牛奶。她还给我切了一片奥克帕，黄色的切片上探出几个红辣椒块。“你感觉怎么样，丫头？”她问道。

“我很好，姑妈。”我几乎已经想不起自己一度希望永远不再睁开眼睛，那束火焰曾经在我体内停留。我拿起杯子，盯着那米黄色、带颗粒的牛奶。

“自家制的豆奶，”姑妈说，“非常有营养。是跟我们一位农业学讲师买的。”

“味道像粉笔水一样。”阿玛卡说。

“你怎么知道，你喝过粉笔水吗？”姑妈问。她笑了起来，不过我还是看到她嘴巴周围那些蜘蛛腿一样的细纹，还有她眼睛里那种遥远的眼神。“我是实在买不起牛奶了，”她疲惫地补充道，“你看看奶粉每天涨多少钱，好像有人在赶一样。”

门铃响了。每次听到门铃响起，我的胃都一阵纠结，尽管我知道阿玛迪神父来通常都是轻轻地敲门。

是姑妈的一个学生。她穿了一条很紧的蓝色牛仔裤，肤色很浅，脸上还涂了很多增白霜，双手却是深棕色，像没加牛奶的保维塔。她提着一只灰色的肥鸡，她说这是正式向姑妈宣布她要结婚的消息。她的未婚夫得知又有一所大学关闭了，就对她说他不能等到她毕业了，因为没人知道什么时候学校才能重开。婚礼就在下个月举行。她并不用他的名字，而是称“他”“我的丈夫”，同时扭着她染成金色的发红的发辫，骄傲得像个赢了大奖的人。

“我不确定重新开学后还回来，我想先生个孩子。我不想让他觉得娶了我之后家里老是空荡荡的。”她说着，尖声笑了起来。临走时，她抄下了姑妈的地址，以便寄请柬过来。

姑妈站在那里对着门发呆。“她不是特别优秀，所以我没什么可伤心的。”她若有所思地说，阿玛卡笑着喊道：“妈妈！”

那只鸡叫了起来。它侧着躺在地上，因为它的两条腿被捆在一起了。

“欧比优拉，请你把这只鸡杀掉，放到冰箱里去，不然它就要掉分量了。我们没有东西喂它。”姑妈说。

“上礼拜停了好多次电，我看我们今天就把它整个吃掉吧。”欧比优拉说。

“我们今天吃一半怎么样？剩下的一半放到冰箱里，祈祷供电局不给我们停电吧。”阿玛卡说。

“好吧。”姑妈说。

“我来杀。”扎扎说，我们所有人都转过去看他。

“那姆，你从来没杀过鸡吧，对不对？”姑妈问。

“没有，但是我可以。”

“好吧。”姑妈说，我又转过去看她，她怎么这么容易就答应了？是不是还在想她的学生，根本没过脑子？难道她真的相信扎扎能杀鸡吗？

我跟着扎扎到了院子里，看着他把鸡的翅膀踩在脚下，把它的头向后一折。刀刃在阳光下闪闪发亮。鸡不叫了，大概已经决定从容赴死。扎扎割开那毛茸茸的喉管的时候我没看，但是我看到那只鸡伴着死亡的疯狂韵律乱舞。它在红泥里扑腾着灰色的翅膀，扭曲，摇摆，终于变成一堆脏羽毛倒下了。扎扎把它捡起来，浸在阿玛卡拿来的热水盆里。他动作精准，显出一种冷酷、超然的专注。他开始敏捷地拔掉鸡毛，一言不发，直到把那只鸡处理成黄白皮包裹的一坨东西。看着这只没毛的鸡，我才知道一只鸡的脖子能有那么长。

“姑妈要走的话，我想跟他们一起走。”他说。

我没回答。我有太多想说的话，也有太多不想说的。两只秃鹫在头顶盘旋了一阵，落在院子里很近的地方，要是我动作快都可以抓住它们了。它们光秃秃的头顶在早晨的阳光下反着光。

“看到秃鹫有多么近了吗?”欧比优拉说。他和阿玛卡站在后门边上。“它们越来越饥饿了，最近都没人杀鸡了，所以它们也没有内脏吃。”他捡起一块石头扔向那些秃鹫。它们飞起来，停在附近一棵芒果树的枝头。

“努库爷爷以前常说，秃鹫已经丧失了它们的威望，”阿玛卡说，“过去人们很喜欢它们，认为它们降落下来、吃祭品的内脏是众神愉悦的表示。”

“而在新时代里，它们应该知趣地等我们杀完了鸡再下来。”欧比优拉说。

扎扎把鸡切开，阿玛卡把其中一半放进塑料袋，这时阿玛迪神父来了。姑妈得知阿玛迪神父是来带我去弄头发的，笑着说：“你帮了我的忙了，神父，谢谢你。带我问乔妈妈好，告诉她我过一阵就来找她编复活节的辫子。”

乔妈妈在奥吉格市场的小棚子刚好够放下两只凳子，高的那个她自己坐，她面前那个小的我坐。阿玛迪神父身板太宽了，只好坐在外面，独轮手推车、猪、人和鸡在他面前轮番经过。尽管汗水已经把乔妈妈的衬衫袖子浸出了黄斑，她还是戴了一顶羊毛帽子。还有许多女人和小孩在邻近的棚屋里做着各种和头发相关的工作，他们门口的破椅子上，斜靠着一些绘有不对称图案的木板。最近的两块上面写着："契尼度阿姨特别发型造型师”和“彭博伊阿姨国际发型”。那些女人和孩子们对所有走过的女人们喊叫："让我们来编您的头发吧！”“让我们把您变得更漂亮！”“我会给您编得很棒！”大多数女人都会甩掉他们，继续赶路。

乔妈妈对我亲切极了，好像我有生以来的头发都是她编的一样。这般特殊待遇皆因我是伊菲欧玛姑妈的侄女。她问姑妈怎么样。“我大约有一个月没有见到那位好心的女人了，要不是你姑妈把她的旧衣服给我，我就要光身子了。我知道她的情况也没好到哪儿去，还有那么多孩子要拉扯。唉！一个坚强的女人。”乔妈妈说。她口中的伊博语方言听起来很怪，有些词被跳过去了，挺难听懂。她告诉阿玛迪神父，不到一个小时她就可以编好了。他走之前买了瓶可乐放在我的凳子边。

“他是你哥哥吗?”乔妈妈看着他的背影问。

“不是，他是神父。”我还想说他是那个让我魂牵梦绕的人。

“你说他是个神父吗?”

“是的。”

“一个真正的天主教神父?”

“对。”莫非还有假的天主教神父不成?

“好好的一个男子汉浪费了。”她一边梳理我厚厚的头发一边说。她放下梳子，用手指解开了一些纠缠的头发。那感觉很怪，因为妈妈总是把我的头发编起来。“你看到他看你的眼神了吗?我跟你说，那可是有深意的。”

“噢。”我不知道乔妈妈想听我说什么。不过她已经在和过道对面的彭博伊阿姨喊话了。她一边把我的头发结成许多紧紧的小辫子，一边不停地跟彭博伊阿姨和卡罗阿姨聊天。我听得到卡罗阿姨的声音，却看不见人，因为她远在几个棚子以外。乔妈妈门口盖着的篮子动了动，一只棕色的螺壳从里面爬了出来，我差点跳了起来——我不知道那里面满是蜗牛，是乔妈妈卖的。她站起来，把那只蜗牛捉了回去。“上帝战胜魔鬼。”她咕哝着。她正编最后一个小辫子，一个女人走到她的棚子前，要看看蜗牛。乔妈妈揭起盖子来。

“很大呐，”她说，“我妹妹的孩子们今天清晨在阿达拉湖边捡来的。”

那个女人把篮子拎起来晃了晃，看大蜗牛中间是不是藏了很多小的。她终于说这些蜗牛并不很大，便走开了。乔妈妈喊道：“胃口不行就不要来捣乱！你在市面上绝对找不到这么大的蜗牛了！”

她又捉拿了一只正在大胆往外爬的蜗牛，扔了回去，同时咕哝着：“上帝战胜魔鬼。”不知和刚才是不是同一只？爬出来，被扔回去，再爬出来，坚定不移。我想把整篮都买下来，再把那一只放生。

乔妈妈在阿玛迪神父回来前把我的头发弄好了。她递给我一面红色的镜子。镜子整齐地裂成了两半，我也在这两半里看了我的新发型。

“谢谢你，非常好。”我说。

她伸出手，把一条本来就很直的小辫子又拽了拽。“一个男人要是带一个女孩去弄头发，那他准是喜欢她，你听好我的话。绝没有错。”她说。我点点头，因为我又不知道说什么好了。

“绝没有错。”乔妈妈重复了一遍，好像我表示过不同意似的。一只蟑螂从她的板凳后面冲出来，她立刻光脚踏了上去。“上帝战胜魔鬼。”

她在掌心里吐了口唾沫，双手摩擦了几下，把篮子拉过来，开始重新排列里面的蜗牛。我开始担心她在弄我的头发前是否也在手里吐过唾沫。就在阿玛迪神父到来之前，一个穿蓝色裙子、在腋下夹了个包的女人买走了那篮蜗牛。乔妈妈叫她"美丽的夫人"，尽管她一点也不美。我想象着那些蜗牛被炸得脆脆的、扭曲地漂浮在那个女人的汤锅里的样子。

"谢谢你。"我和神父朝车走过去的时候我对他说。他给了乔妈妈好多钱，她还略微抗议了一下，说她为伊菲欧玛姑妈的侄女编辫子不该收这么多钱。

阿玛迪神父又是那副好心人的样子，让我不要客气，好像他只是尽了义务。"真美，这样才能突出你的脸，"他看着我说，"对了，我们的戏里还是没人演圣母，你该来试试。我上预修班的时候，总是女修道院里最美的女孩演圣母的。"

我深吸一口气，祈祷我不要结巴。"我不能演。我从来没有演过戏。"

"你可以试试。"他说。他转动了钥匙，车抖了抖启动了。在驶上市场嘈杂的道路前，他看着我说："你可以做任何你想做的事，康比丽。"

他开车的时候，我们一起唱伊博语歌曲。我一点点放开嗓音——终于也像他的一样圆润动听了。

教堂外面的绿牌子被白灯照亮，我和阿玛卡走进香气弥漫的教堂时，牌子上“尼日利亚大学圣彼得天主教堂”的字迹似乎正一闪一闪的。我跟她一起坐在第一排，腿挨着腿。我们俩单独来的，姑妈和大家一起去过早晨的弥撒了。

圣彼得教堂没有圣阿格尼丝教堂那样巨大的蜡烛和大理石讲坛。这里的女人们也没有把头巾紧紧缠在头上，遮住尽量多的头发。我看着她们做圣餐仪式，有些人只用了一块透明的黑纱遮住头发，有些人穿着裤子，甚至是牛仔裤。要是爸爸看到，一定震惊极了。他会说，在上帝的殿堂里，女人的头发一定要遮起来，女人也绝不可以穿男人的衣服，特别是在上帝的殿堂里。

阿玛迪神父主持供奉仪式的时候，我想象着圣坛上那个木十字架前后摇晃。他闭着眼睛，我知道他已经不在那个白棉布覆盖的圣餐台后面了，他已经在一个只有他和上帝知道的地方。他来为我授圣餐了。他的手指碰到了我的舌头时，我真想跪在他脚下。但合唱队雷鸣般的歌声支撑着我，并给我力量走回了座位。

我们念完了祈祷词，阿玛迪神父没有说“互祝平安”[1]，而是唱起了一首伊博语歌曲。

“宁静的问候——我亲爱的姊妹，我亲爱的兄弟，把你们的手给我。”

人们彼此握手拥抱。阿玛卡拥抱了我，又转身拥抱坐在我们后面的一家人。阿玛迪神父从圣坛上向我微笑，嘴唇在动。我不知道他说了什么，但我知道我会反反复复想起这一幕。弥撒结束后，他把阿玛卡和我送回家的路上，我也在想，我想知道他到底说了什么。

他对阿玛卡说，他还不知道她的坚信礼名字。第二天是星期六，他要集齐所有人的名字给主教看。阿玛卡说，要选个英文名，她一点没有兴趣。阿玛迪神父笑了，说如果她愿意的话，他会帮她选一个。我看向窗外。由于停电，校园看起来像是被罩在一只巨大的蓝黑篮子里。街道像是隧道，两旁的树篱让它显得更加黑了。煤油灯金黄色的光在家家户户的后窗里和阳台上闪烁，像成百上千只野猫的眼睛。

姑妈正坐在阳台上的小凳子上，她的一个朋友坐在对面。欧比优拉坐在两盏煤油灯之间的小垫子上。两盏灯都开得很弱，阳台上满是阴影。姑妈的朋友穿着一件色彩鲜艳的扎染袍

1 天主教会众彼此握手的行礼方式，有人也用鞠躬等代替。

子，短头发非常自然。阿玛卡和我向她问好。她笑着说："你好吗?"

"阿玛迪神父让我问候你，妈妈。他不能久留，因为人们还在教堂那边等着见他呢。"阿玛卡说。她准备拿起一盏灯。

"留在这里吧。扎扎和奇玛已经在里面点起一盏蜡烛了。把门关上，免得虫子跟着你进去。"姑妈说。

我取下围巾，坐在姑妈身边，看着小飞虫聚集在灯周围。很多甲虫的背上还伸出什么东西，好像它们忘记把翅膀收好了似的。它们没有另外一些黄色的飞虫活跃，那些东西有时候会离开灯，飞到我的眼前来。姑妈又在讲治安警察到家里来搜查的事情。昏暗的灯光令她五官模糊。她常常停顿，为她的故事制造戏剧化的紧张气氛，尽管她的朋友常常说"然后呢?"，姑妈还是说"等等"，继续停顿下去。

等姑妈终于讲完这个故事，她的朋友很长时间都没有说话。蟋蟀似乎接替她们聊了起来。它们可能远在几英里之外，可是那响亮的鸣叫听起来却像近在咫尺。

"你听说奥卡佛教授儿子的事了吗?"姑妈的朋友终于开口问道。她说伊博语多于说英语，可是每次说英语的时候都是英音，不像爸爸，只有跟白人说话的时候才是英音，有时候还会跳几个词，于是一句话可能一半是尼日利亚口音，另一半才是英音。

“哪个奥卡佛?”姑妈问。

“就是住在富尔顿大道的那位。他的儿子叫齐迪弗。”

“欧比优拉的朋友吗?”

“对，就是他。他偷了他爸爸的考卷，卖给他的学生们。”

“不会吧！那个小男孩?”

“正是。现在大学关了，那些学生到他家里来，问他要回那些钱。他当然是已经花光了。奥卡佛昨天把他的门牙打掉了。不过奥卡佛一点没变，还是不肯说大学有哪些问题，还是要竭尽全力赢得阿布贾那些大人物们的欢心。就是他列了那张叛乱讲师的名单。我听说你我也在名单上。”

“我也听说了。不过，这跟齐迪弗有什么关系?”

“你是该治癌变引起的疼痛，还是癌症本身?我们都给不起孩子零花钱了。我们都吃不起肉了。甚至吃不起面包了。所以孩子去偷的时候，我们凭什么惊讶呢?我们必须治好癌症，否则疼痛会一直反复。”

“不，奇雅库，偷总是不对的。”

“我没说那是对的，我只是说奥卡佛不该感到惊讶，还浪费精神打他可怜的孩子。这就是你对暴政袖手旁观的后果。你的孩子会变成你不认识的人。”

姑妈重重地叹口气，看向欧比优拉，也许在担心他会不会也变得让她不认识。“那天我和菲利帕通话了。”她说。

“哦，她怎么样，白人的土地待她怎么样？”

“她很好。”

“作为美国的二等公民吗？”

“奇雅库，你挖苦得太重了。”

“但这是事实。我在剑桥的那些年，人们就把我当一只有理性的猴子看。”

“现在没有那么糟糕了。”

“他们当然这么说了。我们的医生们每天到那儿去给白人洗盘子，因为白人认为我们学到的医学不对。我们的律师去给他们开出租车，因为白人不相信我们能在法律方面指导他们。”

伊菲欧玛姑妈迅速插了进去，打断她的朋友。“我把我的简历发给菲利帕了。”

她的朋友把她大长袍的尾部提起来，往伸长的两腿间掖了掖。她望向夜空，眯起眼睛，好像是要看清那些蟋蟀到底有多远。“那么你也要走了，伊菲欧玛。”她终于开口道。

“这不是为了我自己，奇雅库，”伊菲欧玛停了停，“大学里还有谁教阿玛卡和欧比优拉呢？”

“受过教育的人都走了，有可能扭转时局的人都走了。留下来的都是孱弱的人。暴政将继续下去，因为软弱的人无法抵抗。难道你没看到这是个恶性循环？谁来打破它？”

“这些口号只是不现实的废话，奇雅库阿姨。”欧比优拉说。

紧张的气氛从天而降，把我们都包裹了进去。楼上一个小孩的哭声打破了沉默。

“到我屋里去等我，欧比优拉。”姑妈说。

欧比优拉站起来走开了。他看起来很严肃，仿佛一点没有意识到他做了什么。姑妈向她的朋友道歉。但随后的气氛不一样了。来自一个十四岁孩子的攻击隔在她们中间，让她们的舌头变得沉重起来，说话成了一种负担。她的朋友很快离开了，伊菲欧玛姑妈冲进屋里，途中差点把一盏台灯打翻。我听到一个响亮的耳光，接着她高声说：“你和我的朋友顶嘴，我不怪你。可你说的那是什么话！我这房子里不养没礼貌的孩子，你听见了吗？不是只有你跳过级。我可不容忍你这些废话！听见了吗？”她接着放低了嗓音。我听到她把房门关了起来。

“我总是被打手掌，”阿玛卡走上阳台来找我，“欧比优拉则是被打屁股。我想妈妈是害怕打我屁股会影响我的生长，比如不长胸什么的。不过和打耳光比起来，我还是更喜欢棍子，因为她的手是铁打的呢，不骗你！”阿玛卡笑起来。“随后我们还要谈上好几个小时。我讨厌这样。就抽我一顿然后放我走好了咯！不行，她一定要跟你解释你为什么挨打，你怎么做才能不再次挨打。这就是她现在正在做的事情。”

我看向别处。阿玛卡拉起我的手。她的手很热，像是刚从疟疾康复的人的手。她什么都没说，但我感到我们在想同一件事——扎扎和我经历的是多么不同。

我清了清嗓子。“欧比优拉一定是很想离开尼日利亚。”

“他犯傻。”阿玛卡说。她用力捏了捏我的手才松开。

伊菲欧玛姑妈在清理冰箱，因为经常断电，那台冰箱已经开始发臭了。她把流到地板上的颜色像酒一样的脏泥都擦干净，把一袋袋肉都拿出来，放在一只碗里。小牛肉块都变成了带着斑点的棕色。扎扎杀的鸡已经变成了深黄色。

“浪费了这么多肉。”我说。

伊菲欧玛姑妈笑了。“浪费了，你真这么以为？我能用辣椒把它烧得好好的，把坏东西都去掉。”

“妈妈，她说话像个大人物的女儿一样。”阿玛卡说，我很感激她没有嘲笑我，而是像她妈妈一样笑了。

我们在阳台上捡米粒中的石头。我们坐在地板的垫子上，没有躲在影子里，所以能感觉到清晨温暖的太阳在雨后出现。脏米和干净的米在我们面前的搪瓷托盘里，被小心地堆成两堆，捡出来的石头就放在垫子上。阿玛卡把米堆又分成更小份，以便过会儿再把里面的谷壳吹出去。

“这种便宜米的问题在于，你放再少的水进去，煮出来都会变成一个布丁。你会开始怀疑吃的到底是加里还是米饭。”

阿玛卡等伊菲欧玛姑妈走了之后，小声咕哝着。我笑了。我坐在她旁边，从她安着电池的小小录音机上听着她的菲拉和欧聂卡的磁带，我从来没有感受过这种亲切感。我从来没有感受过像我们清理米粒时的那种惬意的静默，我们是那么小心翼翼，因为谷粒都长得很小，有时候看起来就像是透明的石子。连空气都像是静止的一样，在雨后缓缓地升起来。云层就在这时开始变得明朗，像一簇簇棉絮，不情愿彼此分开。

车开进屋子的声音打破了我们的宁静。我知道阿玛迪神父早晨要在教区办公，但还是希望来的人是他。我想象着他带着微笑走到阳台上来，一只手揽着他的黑袍子，以便爬上短短的一截楼梯。

阿玛卡扭头去看。“比阿特丽斯舅妈！”

我猛地回过身来。妈妈正从一辆黄色的、看起来摇摇晃晃的出租车上钻出来。她来这儿干什么？出什么事儿了？她为什么会穿着她的橡胶拖鞋一路从埃努古跑过来？她慢慢地走着，抓着她的裙子，那裙子是那么松，好像随时都可能从她的腰上滑下来。她的上衣看起来也没熨过。

“妈妈，这是怎么了？出什么事儿了？”我问，很快地抱了她一下，以便退开一些，看着她的脸。她的手是冷的。

阿玛卡拥抱了她，替她接过手袋。“比阿特丽斯舅妈，欢迎！”

伊菲欧玛姑妈急匆匆地跑到阳台上，在她的衣服上擦着手。她拥抱了妈妈，随后把她领进起居室，像扶着一个跛脚的人一样搀扶着她。

“扎扎呢？”妈妈问。

“他跟欧比优拉出去了，”姑妈说，“坐下，努耶姆。阿玛卡，去我的钱包里拿点钱，给舅母买点饮料回来。”

“不用费心，我喝水就行了。”妈妈说。

“我们一直没有电，所以水不凉。”

“没关系，我可以喝。”

妈妈小心地坐在藤椅的边上，她的眼睛四处看着，可是目光呆滞。我知道不论是那幅相框开裂的画还是那只东方花瓶里新鲜的百合，她都根本看不见。

“我不知道我是不是疯了。”她说着把手背贴在前额上，好像在检查发烧的情况。“我今天出院，医生让我好好休息，可是我拿了尤金的钱，让凯文带我到公园去。接着我就叫了辆出租车来了这里。”

“你住院了？你怎么了？”姑妈轻轻问道。

妈妈环视房间，盯着墙上那个断了分针的钟看了一会儿，又转向我。“你知道那张放《圣经》的小桌子吧，丫头？你父亲把它砸在我的肚子上了。”她听起来好像在说别人的事一样，好像那张桌子不是用坚硬的实木做成。“他还没来得及带我去圣阿格尼丝医院，我的血就已经在地板上流干了。我的医生说他完全没办法保住它。”妈妈缓缓地摇摇头，一行细细的泪水顺着脸颊爬下来，似乎从妈妈的眼睛里流出来就已经费尽力气。

“保住它？”姑妈轻轻说，“你的意思是？”

“我当时已经怀孕六个星期了。”

“不会吧！”姑妈的眼睛瞪大了。

“是真的，尤金不知道，我当时还没有告诉他。但这是真的。”妈妈瘫倒在了地上，两条腿伸在身子前面。这真有点不雅，不过我也坐在了她身边，我们的肩膀靠在一起。

她哭了很长时间。我被她握在手心里的那只手已经麻了，姑妈也已经用那些快坏掉的肉炖好了一锅辣汤，她还在哭。哭着哭着，她睡着了，头靠在一把椅子上。扎扎把她抱到了客厅里的一张床垫上。

那天晚上，我们正坐在阳台上的煤气灯周围，爸爸打了电话过来。姑妈接了电话，又出来告诉妈妈的。“我挂了。我告诉他我不会让你接电话的。”

妈妈从凳子上跳了起来。“为什么？为什么？”

“努耶姆，赶紧坐下！”姑妈厉声说。

可是妈妈没有坐下来。她到姑妈的房间里去给爸爸打了电话。电话随后又很快响了起来，我知道又是爸爸打回来了。过了十五分钟，她从屋里出来了。

“我们明天出发，孩子们和我一起走。”她说，视线笔直朝前，落在我们所有人的上方。

“上哪儿去?”姑妈问。

“埃努古，我们回家去。”

“你脑子出问题了吗，嗯？你们哪儿都不许去。”

“尤金会亲自来接我们回去。”

“听我说。”姑妈把语调放平，她已经明白强硬的腔调没法穿透妈妈脸上坚定的笑容。妈妈的眼睛还是有些呆滞，但是和早晨从出租车里出来时的样子相比已经判若两人。她像是被另一个恶魔俘获了。“至少住个几天，努耶姆，不要这么快就回去吧。”

妈妈摇摇头，除了嘴唇的僵硬动作以外，她脸上没有任何表情。“尤金病了。他犯了偏头痛，还发烧,”她说，“他承受的比任何一个男人都多。你知道阿迪的死给了他多大的打击吗？那太难以承受了。”

“怎么回事？你在说什么啊?”姑妈不耐烦地赶走一只在她耳朵附近飞的小虫。“伊菲迪欧拉还在的时候，努耶姆，有时候大学里接连好几个月不发工资，我们一无所有，可是他从没对我动过手。”

“你知道尤金一直在为一百多人交学费吗？你知道有多少人是因为你哥哥的帮助才活着吗?”

“你很清楚这不是问题所在。”

“如果我离开尤金的房子，我能到哪儿去呢？告诉我，我该到哪儿去？”她没等姑妈回答就接着说，“你知道有多少母亲都在把女儿推向他吗？你知道有多少女人在向他献殷勤，只要能让她们怀上他的孩子，她们连聘礼都不要的？”

“那又怎么样？我问你——那又怎么样呢？”姑妈喊起来了。

妈妈倒在了地上。欧比优拉在地上摊开了一条毯子，上面有的是地方，可是她却坐在了光秃秃的水泥地上，把头靠在栏杆上。“又是你的大学腔调，伊菲欧玛。”她温和地说，接着看向别处，宣告谈话结束。

我从没见过妈妈这样，从没见过她那种眼神，从没听过她一次说这么多话。

她和姑妈睡了很久之后，我还跟阿玛卡和欧比优拉坐在阳台上玩沃特牌——欧比优拉已经教会了我所有的牌戏。

“最后一张！”阿玛卡得意地宣布道，放下一张牌。

“我希望比阿特丽丝舅母睡得还好，”欧比优拉捡起一张牌说，“她应该睡床垫的，席子太硬了。”

“她会好的。”阿玛卡说。她看着我又说了一遍：“她会好的。”

欧比优拉伸过手来拍拍我的肩。我都不知做什么好了，只好问："该我出了吗？"虽然我知道是该我了。

"尤金舅舅其实人并不坏，"阿玛卡说，"人总会遇到问题。人总会犯错。"

"嗯。"欧比优拉应道，推了推眼镜。

"我是说，有些人确实没法应对压力。"阿玛卡一边说一边看着欧比优拉，好像希望他说点什么。可是他一言不发，把牌举得离脸很近，审视着。

阿玛卡捡起一张多余的牌。"毕竟他还付钱为努库爷爷办葬礼了呢。"她还在看着欧比优拉。但他还是没有回答，而是把牌一放说："赢了！"

我躺在床上的时候并没有想回埃努古的事。我想的是我输了多少局牌。

爸爸开着奔驰来了。妈妈替我们把行李包打好，放进车里。爸爸紧紧拥抱了妈妈，她把头靠在他的胸前。爸爸变瘦了，通常妈妈的手根本够不到他的背，可是今天她把手放在他的腰上方。我走近去拥抱他时才注意到他脸上的疹子。它们就像小疙瘩一样，头上都有白色的脓，布满了他整个脸，连眼皮上都是。他的脸像肿起来了一样，很油腻，脸色也不好。我本来想拥抱他，让他吻我的前额，可是我站在那里没有动，只盯着他的脸。

“我有点过敏，”他说，“没什么大不了的。”

他把我揽入怀里，他吻我前额的时候，我闭上了眼睛。

“我们很快就会再见。”我们拥抱告别之前，阿玛卡轻轻对我说。她把我叫作瓦纳姆瓦尼——我的姐妹。她站在门口挥着手，一直到我没法从后车窗看到她为止。

我们刚开出院子，爸爸就开始念《玫瑰经》了，声音听上去很不一样，很疲惫。我盯着他的后颈看，这里没有疙瘩，可是也和从前不一样了，变瘦小了，皮肤的褶皱少了很多。

我转过去看扎扎。我想碰上他的目光，好告诉他我有多么想在恩苏卡过复活节，我多么想参加阿玛卡的坚信礼和阿玛迪神父的帕斯卡弥撒，我已经准备好到时候放声歌唱。可是扎扎的眼睛盯着车窗，一路上除了念经一句话也没有说。

阿达姆打开我家院子的大门时，一阵果香扑鼻而来。好像高墙把成熟的腰果、芒果、鳄梨的香气全都锁起来了似的。一瞬间，那气味强烈得令我恶心。

“看，紫木槿就要开花了。”我们下车的时候扎扎说。他还伸手指着，尽管我知道在哪儿。我看到那些还在沉睡中的椭圆花苞在傍晚的微风中摇摆。

第二天就是圣枝主日，就是扎扎没有去做礼拜的那天，就是爸爸把那本厚厚的祈祷书从屋子另一头扔过来，砸碎了小雕像的那天。

诸神的碎片

圣枝主日之后

✣

圣枝主日之后，一切都开始显出破败的迹象。狂风暴雨把前院的几棵鸡蛋花树连根拔起，它们躺在草地上，粉色和白色的花朵贴着草丛，带着土块的根须在空中摇摆。车库顶的卫星也重重地摔了下来，在车道上缓缓滚动，像是外星飞船来访。我衣柜的门完全掉了。西西打坏了妈妈的一整套瓷器。

就连房子里的静寂也像是突然降临的，好像从前的那份安静已经破了，只留下一些尖利的碎片。妈妈让西西清洗客厅的地板，以确保没有危险的雕像碎片藏在什么地方；她这么说的时候并没有压低嗓音，低至耳语。她没有藏起在嘴角画出细线的那丝浅笑。她不再把送给扎扎的食物裹在布里，假装只是给他送洗好的衣服。她把食物放在一个白色的托盘里，盘子也是配套的。

有什么事情悬在我们所有人的头顶。有时候我真希望这一切都是梦——飞向柜子的祈祷书、打碎的小雕像、一触即发的空气。一切都太新鲜，太陌生，我不知道孰是孰非，也不知道如何行事。我去浴室、去厨房、去餐厅都是蹑手蹑脚的。吃饭的时候，我就一直盯着外公的照片看，他在那张照片里穿着圣穆隆巴骑士[1]的披风和斗篷，就像是一位矮胖的超级英雄。直到祈祷时间来临，我把眼睛合上。尽管爸爸要求扎扎出来，他还是一直没有出来。爸爸第一次让他出来是在圣枝主日的第二天。爸爸打不开他的房门，因为他用书桌从里面挡住了。

“扎扎，扎扎，”爸爸边推门边说，“你今天必须跟我们一起吃晚饭，听到了吗？”

可是扎扎没有从屋里出来，我们吃饭的时候爸爸也没有说起此事。他没吃几口，却喝了很多水，告诉妈妈让“那个女孩”再拿几瓶水来。他脸上的疹子似乎变得更大更扁了，不再那么轮廓分明，所以他的脸看起来更肿了。

我们吃饭时，叶望荻·考克带着她的小女儿来了。我向她问候并同她握手时，我审视着她的脸和她的身形，寻找阿迪·考克之死对她生活的影响。但她除了一身黑衣，看起来并没其他变化。她穿着黑色的裙子、黑色的衬衣，还用一条黑色的纱巾包起了全部头发和大部分的前额。她的女儿直挺挺地坐在沙发里，编起来的头发用一根红色缎带绑成一个马尾，她正拽着那根缎带玩。妈妈问她要不要喝芬达，她摇摇头，继续拽缎带。

---

1 圣穆隆巴骑士（Knights of St. Mulumba），成立于1953年的尼日利亚天主教兄弟会组织。

“她终于会说话了，先生，”叶望荻看着女儿说，“今天早晨她说了‘妈妈’，我就是来向你们报告这个消息的。”

“赞美上帝！”爸爸声音大得吓了我一跳。

“感谢上帝。”妈妈说。

叶望荻站起来，跪在了爸爸面前。“谢谢您，先生，”她说，“感谢您为我们做的一切。要是我们没有去国外的医院，我的女儿会怎么样呢？”

“起来，叶望荻，”爸爸说，“那是上帝。一切都是上帝的恩典。”

那天晚上，趁爸爸正在书房里做祈祷——我听到他正在大声诵读一首赞美诗——我到扎扎的屋子前，推了推门，听到堵在后面的书桌发出刮擦声。我告诉扎扎叶望荻来过了，他点点头，说妈妈已经告诉过他了。阿迪·考克的女儿从他父亲死后就一句话也不说。爸爸出钱先后请了尼日利亚和国外最好的医生和治疗师给她看病。

“我不知道她自从他死了就一直不说话，”我说，“已经差不多四个月了。感谢上帝。”

扎扎静静地看了我一会儿。他的表情让我想起阿玛卡以前看我时的样子，那种表情让我为自己不确定的事感到羞愧。

“她永远没法康复，”扎扎说，“她可能开始说话了，但是她永远没法康复。”

离开扎扎房间的时候，我把书桌往边上推了一点。我不明白为什么爸爸推不开扎扎的门，那张桌子并不很重。

我害怕复活节。我怕扎扎如果还是不去做礼拜，不知会发生什么。而且我知道他不会去的。我从他长久的沉默中、紧闭的嘴唇上和他久久凝视着虚空的眼神里看出这一点。

耶稣受难日那天，伊菲欧玛姑妈打电话来了。如果我们按照爸爸的原计划去了早晨的弥撒，我们就接不到她的电话了。可是早餐的时候，爸爸的手一直发抖，甚至把茶都泼洒了。我看着那液体沿着玻璃桌子缓缓流淌。接着他就说，他需要休息，我们改去晚上的弥撒了。本尼迪克特神父通常是在大家吻过十字架之后做晚弥撒。去年的耶稣受难日我们去的就是晚弥撒，因为爸爸早晨忙于处理《标准报》方面的什么事。扎扎和我肩并肩走向圣坛，扎扎先把嘴唇印上那个木质的十字架，神父擦过之后再递给我。我感觉它很凉，一阵颤抖传遍我全身，我的胳膊上还起了鸡皮疙瘩。重新坐下来之后我哭了，眼泪静静地淌下脸颊。我周围很多人也哭了，就像拜苦路时一样，他们哭着说：“噢，主为我做了多少啊！”“他为平庸的我赴死！”爸爸看到我流泪很高兴。我至今清晰地记得他怎样靠在我身上，抚摸我的脸。尽管我不确定我究竟为什么哭，是否和跪在条凳前的那些人出于同样的理由，我还是为能让爸爸动容而骄傲。

我正想着这些的时候，姑妈的电话来了。电话铃响了好久，因为爸爸在睡觉，我以为妈妈会接，可是她没接。于是我到书房去接了。

姑妈的声音听起来比平时低了好多。“他们已经把我停职了，”她还没等我回答她的寒暄就说道，“为了他们所说的非法活动。我只有一个月了。我已经在美国大使馆申请了签证。阿玛迪神父也收到通知了。他月底就要离开，到德国去传教了。”

这真是双重打击。我结巴起来。我感觉小腿像被绑了几袋干豆一样沉重。姑妈要跟扎扎说话，我去他房间叫他的时候差点摔倒在地。扎扎和姑妈说完，挂上电话对我说：“我们今天就去恩苏卡。我们在恩苏卡过复活节。”

我没有问他什么意思，他打算怎么说服爸爸允许我们去。我只看见他敲了敲爸爸的房门走了进去。

“我们，康比丽和我，要去恩苏卡。”我听见他说。

我没听见爸爸说什么，接着扎扎说：“我们今天就要去恩苏卡，明天不行。凯文不送我们去我们也还是会去。就算走着去我们也去定了。”

我呆呆地站在楼梯前，双手剧烈地颤抖。可是我没有想到捂住我的耳朵。我没有想起数到二十。我走回房间，坐在窗前，看着外面的腰果树。扎扎走进来，告诉我爸爸已经同意凯文送我们去了。他提了一个匆忙收拾好的包，甚至没来得及拉好拉链，他看着我收拾行装，什么也没说。他焦躁地把重心在两腿之间换来换去。

“爸爸还在床上吗？”我问。扎扎没有回答，转身下楼去了。

我敲了敲爸爸的门之后推开。他坐在床上，他的红色丝绸睡衣皱皱的。妈妈正为他倒一杯水。

“再见，爸爸。”我说。

他站起来拥抱我。他的气色看起来比早晨好些，疹子似乎退了些。

“我们很快就会再见。”他说着，吻了吻我的前额。

我拥抱了妈妈之后，离开了房间。楼梯瞬间变得不同了，好像那些台阶会皱缩起来，形成一个大洞，好把我留下来。我慢慢地走下去。扎扎在下面等我，伸手帮我拿包。

我们出来的时候，凯文站在车边。“谁送你们的父亲去教堂呢？”他疑惑地看着我们问，“他现在身体不行，没法自己开车。”

扎扎半天没吭声，我知道他是不打算回答凯文了。我说：“他说你应该送我们去恩苏卡。”

凯文耸耸肩，咕哝着：“你们明天去就不行吗？”随后启动了车子。一路上他都没说话，我看见他时常从后视镜里看我们，特别是扎扎。

我浑身是汗，好像包裹了一层透明的皮肤。我的脖子上、额头上和胸前都湿哒哒的。尽管苍蝇嗡嗡叫着飞进来，在一锅旧汤上盘旋，我们还是把姑妈家厨房的后门大敞着。阿玛卡边扇苍蝇边说，要么苍蝇进来，要么就更热。

欧比优拉只穿着一条卡其短裤，在煤油炉上方弯着腰，想要让火焰沿着芯走，眼睛已经被烟熏得发黑了。

“芯太细了，所以火焰没法留在上面。”他说，终于把火弄大了一点。“我们现在应该干什么都用煤气罐了，把煤气省下来也没用，反正我们不会再待很久了。”他伸了个懒腰，肋骨上面都是汗。他拿起一份旧报纸扇了扇，又打了打苍蝇。

“当心点！别弄到我的罐子里。”阿玛卡说。她正把亮闪闪的橘红色棕榈油倒进一只罐子。

“我们也不用炼棕榈油了，最后几个星期应该挥霍一下植物油了。”欧比优拉说，还在扑打着苍蝇。

“你这么说，好像妈妈已经拿到签证了似的。”阿玛卡说。她把那只罐子放在煤气炉上，火蹿到罐子侧面，仍然是橘黄色的，还在冒烟，还没有变成稳定的蓝色火焰。

“她会拿到签证的。我们应该往好处想。”

“你没听说美国大使馆那些人是怎么对待尼日利亚人的

吗？他们羞辱你，叫你骗子，就这样还不给你签证呢。”阿玛卡说。

“妈妈会拿到签证的。她有一所大学在支持她。”欧比优拉说。

“那算什么？很多有大学在支持的人还是拿不到签证。”

我咳嗽起来。白色的浓烟从棕榈油里冒出来，填满了整个厨房。烟雾、炎热和苍蝇让我感到一阵眩晕。

“康比丽，”阿玛卡说，“你到阳台上去，等烟散了再进来。”

“没事，这没什么。”我说。

“去吧，求你了。”

我到阳台上之后还在咳嗽。显然我不习惯炼棕榈油的味道，而习惯不用炼的植物油。可是阿玛卡的眼睛里没有一点责备，没有嘲讽，嘴角也没有撇下来。过一会儿她叫我进去帮她切乌古叶[1]，我感到很高兴。我还做了加里。她没有盯着我施加压力，我也就没有倒太多水，做好的加里又稠又滑。我把我做的加里盛到一只盘子里，放在一边，又把我的汤舀了几勺放上去。我看着汤一点点蔓延，钻到加里底下去。我从没做过这样的事。在家里，扎扎和我都是用两只盘子分别装加里和汤。

1 乌古叶（ugu），一种热带南瓜的叶子。

我们在阳台上吃了饭，尽管这里也和厨房差不多一样热。栏杆烫得像是烧开水的金属壶把儿。

“努库爷爷以前总说，雨季里出这么大的太阳意味着大雨就要来了。太阳在警告我们呢。”我们坐下来的时候阿玛卡说。

因为热，我们吃得很快，就连汤也是一股汗味。随后，我们爬到了顶层的露台上，想感受一丝凉风。阿玛卡和我站在栏杆边往下看。欧比优拉和奇玛蹲下来，看其他孩子们聚成一堆玩骰子。有人在地上倒了一桶水，男孩子们都躺下来，用背贴着湿漉漉的地面。

我看着下面的玛格丽特·卡特莱特大道，一辆红色的大众开了过去，驶过路障的时候发出很大的声音。它渐渐在远处褪成铁锈的橘色。我看着它在街的尽头消失，不知为什么觉得很伤感。也许是因为它加速的声音很像姑妈的车，让我想到我们很快就见不到姑妈和她的车了。她正在警察局，要一张说明她从未犯罪的证明书，她会带着它到美国大使馆去参加签证面试。扎扎跟她一起去的。

“我猜我们到了美国不用再造铁门了。”阿玛卡好像看出了我在想什么似的。她用一张叠起来的报纸扇着风。

“什么？”

“妈妈的学生们有一次撬开她的办公室偷试卷。她就让学校给她办公室的门窗装金属栅栏，但学校说没钱做这件事。你猜妈妈怎么干？”

阿玛卡转过来看着我，嘴角微微笑着。我摇摇头。

“她到工地去，问人家免费要了一些金属棍子，然后让欧比优拉和我帮忙装。我们钻好了孔，用水泥把金属棍安在了门窗上。”

“噢。”我说。我很想伸手碰碰阿玛卡。

“接着她在门前挂了块牌子说，‘考题在银行里’。”阿玛卡笑了，接着把报纸折了又折，说：“我去美国不会快乐的。一切都不一样了。”

“到时候你就可以从瓶子里喝到新鲜牛奶，不用再喝小罐子里的浓缩牛奶或是自家做的豆奶了。”我说。

阿玛卡大笑起来，露出了牙齿的缝隙。“你真逗。”

我从没听过她这么说。我把这一刻牢牢记着，一遍一遍地想：我把她逗笑了，我能把她逗笑！

这时雨落下来了，大得我们连院子对面的车库都看不见。天空、雨水和地面融成了一幕银色的永无止息的电影。我们飞跑进屋里，把桶放在阳台上接雨水。桶很快都满了。孩子们都穿着短裤跑到院子里，转圈，舞蹈，因为这是那种干净的雨，没有带着土，不会在衣服上留下棕色的斑点。雨停得就像来得一样突然，太阳重新出来了，阳光却很温和，好像睡醒了之后伸懒腰似的。我们把桶里漂着的叶子和树枝拣出去，又把桶提进了屋里。

回到阳台上时，我看到阿玛迪神父的车拐进了院子。欧比优拉也看见了，他笑着说："我怎么感觉康比丽在的时候，神父来得更频繁呢？"

阿玛迪神父从短楼梯上来的时候，欧比优拉和阿玛卡还在笑。"我知道阿玛卡一定说了什么关于我的事情。"他一边抱起奇玛一边说。他背对着太阳站着。太阳很红，好像害羞一样。他的皮肤被照得发亮。

奇玛黏着他，阿玛卡和欧比优拉一看到他，眼睛里就闪着光。阿玛卡询问他德国传教的情况，不过我没怎么听清她在说什么。我并没有在听。有那么多的东西在我体内搅动，各种情绪搞得我的肚子咕咕直叫。

"你看康比丽有没有这样烦我？"阿玛迪神父问阿玛卡。他看着我，我知道他这么说是为了引起我的注意，让我也加入谈话。

"白人传教士把他们的神介绍给了我们，"阿玛卡说，"这个神和他们肤色一样，崇拜的时候要讲他们的语言，用他们做好的盒子包装起来。现在我们要把他们的神带回去给他们，我们难道不该至少重新包装一下吗？"

阿玛迪神父笑着说："我们主要是去欧洲和美洲，他们那里缺神父。所以很可惜，我并不是去开化某种土著文明。"

“神父，认真点！”阿玛卡笑起来。

“那你要学学康比丽，不要老这么烦我。”

电话响了，阿玛卡冲他做了个鬼脸，进屋去了。

阿玛迪神父坐在我身边。“你看起来很焦虑。”他说。我还没想出要说什么，他伸出手拍在我的小腿上。他翻过掌心，上面有一只血糊糊的死蚊子。他打的时候还特别把手掌拱起来一点，免得弄疼我。“它咬你咬得正开心呢。”他看着我说。

“谢谢。”我说。

他用一只手指擦擦我腿上被咬的地方，他的手指温暖而充满活力。我没注意我的表兄妹们什么时候走的。现在阳台上安静极了，我听到雨滴滑过叶子的声音。

“告诉我你在想什么。”他说。

“没什么要紧。”

“是你想的问题对我就很要紧，康比丽。”

我站起来走到花园里，摘下几朵黄蔓花，把它们撒在手指上。我见过奇玛这么做。这就好像戴了一副有香味的手套。“我在想我父亲。我不知道我们回去之后会发生什么事情。”

“他打过电话吗？”

“打过。扎扎不肯到电话跟前去，我也没有接。”

“你想接吗？”他温柔地问。我没想到他会这么问。

“想。”我低声说，怕扎扎听见，尽管他根本不在附近。我很想跟爸爸说话，听他的声音，告诉他我吃了什么，我为什么事情祈祷，这样他就会夸我，就会笑得眼角都皱起来。不过，我又不想跟他说话；我想跟阿玛迪神父或者跟姑妈一起离开，再也不回来。“还有两周学校就开学了，到时候姑妈可能已经走了，”我说，“我不知道我们该怎么办。扎扎从不谈论明天或者下星期的事情。”

阿玛迪神父走过来，站在我面前很近的地方，要是我深吸一口气，我的肚子就碰到他了。他拿起我的手，小心地从我手上取下一朵花，放在自己手上。“你姑妈认为你和扎扎应该去寄宿学校。下周我会去埃努古和本尼迪克特神父说；我知道你父亲会听他的。我会请他说服你父亲，这样下学期你和扎扎就可以去寄宿学校了。这样就好了，是不是？”

我点点头，看向别处。我信任他，我知道事情会好起来了，因为他是这么说的。我接着想到了教理问答，想到了一个回答是“因为他已经这样说，而他所说的是真理”，可我想不起来它对应的问题是什么了。

“看着我，康比丽。”

我害怕注视他眼睛里那汪温暖的棕色，我害怕我会眩晕，然后突然抱住他，把手指在他颈后勾起来，再也不松开。我转过脸来。

“这种花是可以吃的吗？是不是有蜜汁的那种？”他问。他已经把黄蔓花从手指上取下来，正在检视那些黄色的花瓣。

我笑了。“不是，可以吃的是仙丹花。”

他把花扔掉，做了个鬼脸。“噢。”

我笑了起来。我笑是因为黄蔓花是那么黄，它白色的汁水一定苦极了。我笑是因为阿玛迪神父的眼睛是那么深的棕色，我甚至可以在里面看到自己的倒影。

那天晚上我用半桶雨水洗澡的时候，我没有洗我的左手。阿玛迪神父曾经温柔地拿着它，把一朵花从我的手指上摘下来。我也没有给水加热，我怕电热圈会让雨水失去天空的气息。我一边洗澡一边唱歌。浴缸里蚯蚓更多了，可是我没有管它们，任凭水把它们从下水道带走。

✣

雨后的风很凉，我穿上了一件毛衣，姑妈也穿上了长袖衫，而她平时都是穿着裙子在家里走来走去。我们正坐在阳台上聊天，阿玛迪神父的车开了进来，停在房子前。

“你不是说你今天会很忙吗，神父？”欧比优拉问。

“我这么说只是为了表示我没有白吃教会的饭。”神父说。他看上去很累。他递给阿玛卡一张纸，说他已经写了一些无趣的名字，她从中挑一个，他就要走了。主教在坚信礼上宣布之后，她再也不需要提起这个名字。神父转着眼睛，故意说得很慢，阿玛卡笑了，可还是没有拿那张纸。

“我跟你说过了神父，我不会要一个英文名字。”她说。

“那我问过你为什么了吗？”

“我为什么需要一个英文名？”

“因为这是规矩。我们暂且不提它是对是错吧。”阿玛迪神父说，我注意到了他的黑眼圈。

“传教士最初来的时候，觉得伊博语名字不够好，坚持人们用英文名受洗。我们不该向前发展吗？”

“现在情况不同了，阿玛卡，不要把事情说大了，”神父平静地说，“没人要你用这个名字。看着我。我一直都是用我的伊博语名字的，可是我受洗的时候叫迈克尔，坚信礼的时候叫维克多。”

姑妈正在填表格，这时抬起头来说：“阿玛卡，快，赶紧选个名字，神父要去工作了。”

“那有什么意义呢？”阿玛卡对神父说，好像完全没有听见姑妈的话，“教会的意思是说，只有英文名才能让坚信礼生效。‘奇雅玛卡’是说上帝很美。‘奇玛’是说上帝无所不知。‘齐布卡’是说上帝最伟大。这些名字不都像‘保罗’‘彼得’‘西蒙’一样赞美上帝吗？”

姑妈不耐烦了，因为我发现她提高了嗓音，语调很急。“好了！谁让你论证什么意义！就挑个名字，去坚信礼，没人让你用那个名字！”

可是阿玛卡不干。“我没法同意。”她对姑妈说。接着她回到房间，把音乐开得很大声。姑妈过去敲门，说她再不把声音放小就要挨耳光了。阿玛卡把音量调低。阿玛迪神父笑着走了，似乎觉得很有趣。

当天晚上，没人发脾气了，大家一起吃了晚饭，不过笑声很少。第二天是复活节，阿玛卡没有像其他年轻人那样穿上白色的衣服，也没有用报纸垫着擎起点亮的蜡烛。那些人衣服上都别着小纸片，写有他们的名字：保罗，玛丽，詹姆斯，维罗妮卡。有些女孩看起来就像新娘一样。我还记得自己的坚信礼，爸爸曾说我看起来就像个新娘，基督的新娘；我还很惊讶，因为我一直以为教会才是基督的新娘。

伊菲欧玛姑妈想要到奥科普朝圣。她说她不知道自己为什么突然想去，也许是因为想到自己要离开很长一段时间吧。阿玛卡和我愿意跟她一起去。但是扎扎说他不去，接着便是一阵死寂，好像他在看谁敢问他为什么。欧比优拉说他和奇玛也不去了。姑妈好像并不介意。她笑了笑说，既然我们没有男人同行，她就问问阿玛迪神父想不想一起去吧。

"要是神父同意，我就变成一只蝙蝠。"阿玛卡说。

可是他真的同意了。姑妈挂了电话，宣布了这个消息。阿玛卡说："这都是为了康比丽。要不是康比丽他肯定不会来的。"

姑妈开了两小时车才把我们带到这个尘土飞扬的小镇上。我和阿玛迪神父坐在后排，中间空了一大块。路上他和阿玛卡唱歌，颠簸的路面令整个车左摇右晃，我想象我们这是在跳舞。有时候我也加入进去一起唱，其他时候我就不吭声地听着，心想如果我挪近一点、把头靠在他的肩上是什么感觉。

我们终于驶入那条土路，一块手绘的小牌子上写着"欢迎来到奥科普显圣地"，可我目之所及都是混乱的场面。数百辆车挤在这个小村子里，其中许多还挂着牌子，上面潦草地写着

“朝圣的天主教徒”。姑妈说以前这里连十辆车也没有，直到有个当地女孩看到了圣母现形。人们离得那么近，别人的气味也变得像自己的一样熟悉。女人们纷纷跪下。男人们大喊着祈祷。玫瑰念珠不停作响。人们到处指着、喊着：“看！那边！树上！是圣母！”有些人指向太阳。“她在那儿！”

我们站在一棵巨大的金凤树下。它正在花期，巨大的树冠上到处是盛开的花朵，树下的地上也铺满了火一样的花瓣。那个女孩被引出来的时候，金凤树摇了起来，花朵纷纷落下。那个女孩清瘦、庄严，身穿白衣，一群严肃的男人们围在她身边，以防她被绊倒。她还没有走过我们身边，附近其他的树也跟着抖了起来，激烈得可怕，好像有人在摇晃它们似的。围起显圣区的丝带也抖了起来。可是又没有风。太阳变成了白色，颜色和形状都像是圣饼。这时我看见了她，我看见了圣母：苍白太阳中心的一个影子，我手背上的一片红光，与我擦肩的那个男人红脸上的一个微笑。她无处不在。

我想多待一会儿，可是姑妈说我们得走了，因为要是等大多数人都开始动，我们就不可能把车开出这块地方了。走回车子的路上，她从小贩手里买了玫瑰念珠、肩衣和几瓶圣水。

“圣母出现不出现都不要紧，”我们走到车边的时候阿玛卡说，“奥科普是康比丽和扎扎第一次来恩苏卡的原因，这就够特别了。”

“这是不是说你并不相信显圣呢?”阿玛迪神父带着调笑的语气问。

“我可没这么说,”阿玛卡回答,“你呢?你信吗?”

阿玛迪神父什么也没说。他好像正专心地把窗户摇下来,并把一只苍蝇赶出去。

“我感到了圣母的存在,我感应到她了。”我脱口而出。我们看到了那些景象之后怎么还会有人不相信呢?难道他们什么都没有看到,什么都没有感觉到吗?

神父转过来看着我,我从眼角回看他。他的脸上挂着温柔的微笑。姑妈看了我一眼,又转回去看路。

“康比丽说得对,”她说,“上帝的圣迹刚刚发生过了。”

我陪阿玛迪神父去跟学校里的那些家庭告别。许多讲师的孩子都紧紧黏着他,好像他们把他抱得紧一些,他就可以不离开恩苏卡似的。我们彼此没说很多话。我们唱着他录音机里的那些伊博语歌曲。我们到他车里去的时候,其中一首歌唱道:“在这世上我是谁?在此生中我是谁?”我的嗓子不那么干燥了,我说道:“我爱你。”

他转过头来,脸上的表情我从未见过,他的眼睛几乎是忧伤的。他越过挡把靠过来,脸几乎贴上了我的脸。我希望我们嘴唇相接,可是他把脸转开了。“你快十六岁了,康比丽。你很美。你将拥有的爱会比你需要的还要多。”他说。我不知道该笑还是该哭。他错了。他大错特错了。

他送我回家的路上，我从打开的车窗看我们驶过的院子。树中间的孔洞已经消失，绿色的枝条蜿蜒逸出，彼此相接。我希望能够看得到后院，以便想象晾晒的衣服、果树和秋千背后的一幕幕生活。我希望我能想点什么事情，任何事，不再有感觉。我希望我眨眨眼就能去掉眼里的泪水。

我回来之后，姑妈问我感觉如何，是否有事发生了。

“我很好，姑妈。”我说。

她审视着我，仿佛知道我在撒谎。“你确定吗，丫头？”

“是的，姑妈。”

“打起精神来，好不好？为我祈祷吧，明天我去拉哥斯参加签证面试。”

“噢。”我感到一阵新的悲哀袭来，令我浑身发麻。“我会的，姑妈。”可是我知道我不会祈祷她拿到签证的，我不能。我知道这是她想要的，她没有很多选择。她并没别的选择。然而我还是不会为此事祈祷。我没法祈祷我不希望的事情。

阿玛卡在卧室里，躺在床上听音乐，录音机就放在耳边。我坐在床上，希望她不要问我和神父共度的一天怎么样。她什么都没说，还是继续伴着音乐点头。

“你在跟着唱吗？”过了一会儿她说。

“什么?”

“你刚才在跟着菲拉一起唱。”

“是吗?”我看着阿玛卡，心想是不是她弄错了呢?

“我到了美国上哪儿去找菲拉的磁带呢？怎么弄得到?”

我想告诉阿玛卡她在美国一定能找到菲拉的磁带，也可以找到任何她想要的磁带，可是我没开口。那就等于假定姑妈已经拿到签证了——况且，我也不确定阿玛卡是不是想听到我这么说。

姑妈从拉哥斯回来之前，我的胃里一直非常不踏实。尽管屋子里有电，我们本可以在屋里看电视，我们还是在阳台上等她。昆虫并没围着我们飞，可能是因为没有点煤油灯，或许它们也已经嗅到了紧张气氛。它们绕着门上方的灯泡飞，撞上去的时候噼啪作响。阿玛卡把电扇拿了出来，它转动的声响和屋里冰箱的声音汇成了音乐。一辆车在门口停了下来，欧比优拉立即跳起来冲了出去。

“妈妈，怎么样？拿到了吗?”

“拿到了。”姑妈说着，来到了阳台上。

“你拿到了签证!”欧比优拉叫道，奇玛也重复了一遍，跑过去拥抱了他的妈妈。阿玛卡、扎扎和我也没干站着，我们向姑妈表示了祝贺。她进去换了衣服，很快又出来了，裙子很随意地在腰间一系。那条能到一般女人脚踝的裙子只刚刚遮住她的小腿。她坐下来，叫欧比优拉给她一杯水。

“你看起来不太高兴，姑妈。”扎扎说。

“噢，那姆，我很高兴。你知道他们拒绝了多少人吗？我身边的一个女人哭得那么厉害，我觉得简直要有血从她脸上淌下来了。她问他们：‘你们怎么能拒签呢？我已经向你们证明了我在银行里有钱，我怎么会不回来呢？我在这里有房产，我有房产。’她不停地说着这句话，‘我有房产’。她是想去美国参加她妹妹的婚礼。”

“那她怎么会被拒签呢？”欧比优拉问。

“我不知道。可能他们心情好的话就会给你签证，心情不好就拒绝你。你在别人眼里一文不值的时候，就会有这样的事发生。我们就像足球，随他们踢来踢去。”

“我们什么时候走呢？”阿玛卡疲惫地问，显然现在她根本不在乎什么几乎哭出血的女人或是尼日利亚人被踢来踢去的事情。

姑妈把一整杯水喝了下去才开口。“我们两周内就得搬出这栋房子。我知道他们都希望我不搬，那样他们就可以派保安来把我们赶到街上去了。”

“你是说我们两周内就要离开尼日利亚吗？”阿玛卡尖声问道。

“你以为我是魔法师吗?”姑妈呵斥道。她语调里的幽默消失了。她的语调里除了疲惫什么都没有。“我先得去筹钱给咱们买机票。那可不是小数目。我得向你们的尤金舅舅寻求帮助了。所以我想我们要跟康比丽和扎扎一起去埃努古了，可能就在下周吧。正好我也可以有机会跟他谈谈，让康比丽和扎扎去寄宿学校。”姑妈转向扎扎和我，“我会用我的方式说服你们的父亲。阿玛迪神父也会让本尼迪克特神父跟你们的父亲谈谈。我想这对你们目前来说是最好的安排。”

我点点头。扎扎站起来走了进去。一切已成定局的气氛悬在空气中，空洞而沉重。

阿玛迪神父在这里的最后一天到了。他一早就来了，散发着那股男性的气息；他不在的时候我也常常来嗅。他仍然带着大男孩的笑容，穿着他的法衣。

欧比优拉抬头看着他，吟诵道:“如今，从最黑暗的非洲走出的传教士将要重整西方世界。”

阿玛迪神父笑了起来。“欧比优拉，谁给你那些异端邪说的书来着？你真不该再看了！”

他的笑也和以前一样。他一点都没有变，可是我脆弱的新生活却即将破碎。我突然满腔怒火，愤怒堵塞了我的气管，关闭了我的鼻孔。这股愤怒陌生而新鲜。他跟姑妈和我的表兄妹们说话的时候，我用眼睛描画他嘴唇的线条，鼻子的轮廓，缓解我的愤怒。最后，他请我陪他走到车边。

“我要去和教区委员会的人一起吃午饭，他们会为我做饭。不过随后我要清理办公室，你来跟我待上一两个小时吧。”

“不。”

他停下来看着我。“为什么？”

“不去。我不想去。”

我背对着他的车。他走近我，站在我面前。“康比丽。”他说。

我想请他换一种方式喊我的名字，因为他没有权利用原来那种方式了。没什么和从前一样了。他要走了。我在用嘴呼吸了。“你第一次带我去体育馆那天，是姑妈让你带我去的吗？”我问。

“她很担心你，觉得你大概都不会和楼上的孩子们说话。不过她并没叫我带你去。”他伸手把我的袖子拉直，“是我想带你去的，而且从那天以后，我每天都想带你一起去。”

我弯腰捡起一根草，它细得像一根绿色的针。

“康比丽，”他说，“看着我。”

可是我没有看他。我低头看着手里的草，好像上面包含着密码，我只要盯着看就可以解开，好像它可以解释为什么我希望他说就连第一次也并没想带我去，这样我就有理由更生气了，就不会像现在这么想哭了。

他进了车，开启了引擎。“我晚上会再来看你。”

我看着他的车消失在那个通向伊克加尼大道的下坡。阿玛卡走过来的时候，我还在盯着看。她轻轻把手搭在我的肩上。

“欧比优拉说你一定是在和阿玛迪神父做爱，或者什么类似的事情。我们从没看见过神父眼睛这么亮。”阿玛卡笑着说。

我不知道她是不是说真的。要谈论我是否和阿玛迪神父做爱该有多么奇怪！我一刻也不愿多想。

“也许等我们上大学了，我们可以一起去游行，提倡对神父实行不强制的独身制度，怎么样?”阿玛卡问，“或者可以允许他们定期破戒，比如一个月一次?”

“阿玛卡，别说了。”我转身朝阳台走去。

“你想不想让他放弃神职?”阿玛卡听起来认真些了。

“他不会的。”

阿玛卡若有所思地偏着头，笑了。“那可说不准。”她说着，走进了屋里。

我把阿玛迪神父德国的地址在我的本子上写了很多遍。我正用不同的笔体继续抄写，他回来了。他把本子拿去，合了起来。我想说“我会想你的”，但说出口的是“我会给你写信”。

“我会先给你写。”他答道。

要不是神父伸手将它们擦拭干净，我都不知道我已经满脸是泪。接着他把我揽入怀中，拥抱了我。

姑妈为阿玛迪神父准备了晚餐，我们围坐在餐桌边，吃了米饭和豆子。我知道席间有很多笑声，很多关于体育馆和回忆的谈话，可是我没有融入其中。我正忙着把我的一部分封锁起来，因为阿玛迪神父走了，这些东西就没用了。

那天晚上我睡得很不好。我辗转反侧，连阿玛卡都被吵醒了。我很想给她讲我的梦：一个男人追着我跑下一条石头很多的路，路上满是变了色的黄蔓叶子。这个男人起初是阿玛迪神父，他的法衣在身后摇摆，接着又变成爸爸，穿着他那身圣灰星期三才穿的曳地灰袍。可是我没有告诉她。我任由她抱着我，像安慰一个婴儿一样安慰我，直到我又睡着了。第二天我很高兴地醒来，很高兴看到清晨亮闪闪的光带透过窗子照进来，颜色像熟透的橘子一样。

东西都打包好了。书架已经移走，门廊看起来大得出奇。伊菲欧玛姑妈的房间里只有几件东西还留在地上，一袋米、一罐牛奶、一罐保维塔，这些东西在我们去埃努古之前还需要用。其他的箱子和书已经清走或是送人。姑妈把一些衣服送给邻居的时候，楼上的一个女人说："喂，干吗不把你穿着去教堂的那件蓝裙子给我呢？反正你到美国以后这种东西多得是！”

姑妈眯起眼睛，有些不高兴。我不知道这是因为那个女人要那条裙子呢，还是因为她提起了美国。总之她没有把那条裙子给她。

空气中满是不安的气息，似乎我们打包打得太快、太好了，我们需要找点别的事来打发时间了。

“我们有油，去兜个风吧。”姑妈建议道。

“恩苏卡告别之旅。”阿玛卡苦笑着说。

我们上了车。姑妈在建筑系旁的路上打弯的时候，车猛地一转，我几乎以为它会掉进水沟，那样姑妈就拿不到那笔人家已经答应的好价格了。她还说卖车拿到的钱只够给奇玛买张半价票。

自从我前晚做了那样一个梦开始，我就总觉得有大事要发生了。比如阿玛迪神父回来了；一定是这样。也许他搞错了出发的日期；也许他推迟了行程。所以姑妈开车的时候，我就看着路上的车找他，找那辆小丰田。

姑妈在奥迪姆山脚下停了下来说：“我们爬到顶上去。”

我很惊讶。我觉得姑妈并没计划带我们爬山；她的话听起来更像是随性提议。欧比优拉建议我们上山野餐，姑妈立即同意了。我们到镇上的东方商店去买了些莫阿莫阿和几瓶利宾纳饮料，回到了小山。爬起来并不难，因为山上有很多崎岖的小路。空气中有一股新鲜的气息，路边长长的草里时不时发出啪的一声。

“那是蚱蜢用翅膀发出来的声音。”欧比优拉说。他在一个大蚂蚁窝边停下来，红色的泥土上布满隆起的脊，好像特意设计的一样。“阿玛卡，你该画画这种东西。”他说。但是阿玛卡没有回答。她开始往山顶跑了起来，奇玛也跟在她后面。扎扎也追了上去。姑妈看着我。“你在等什么呢?”她问，说着把裙子差不多提到膝盖以上，也跟在扎扎后面跑了起来。我也起跑了，风掠过耳朵。跑步让我想起阿玛迪神父，让我想起他看着我的腿的眼光。我超过了姑妈，又超过了扎扎和奇玛，最终和阿玛卡差不多同时到达山顶。

“嘿!”阿玛卡看着我说，“你真该去当短跑运动员。”她瘫坐在草地上，喘着粗气。我坐在她身边，把一只小蜘蛛从我腿上拂去。姑妈还没到山顶就不跑了。“丫头，”她对我说，“我会给你找个教练，当运动员可是赚大钱的。”

我笑了。现在笑起来似乎很容易了，还有很多事也变简单了。扎扎也在笑，阿玛卡也在笑，我们都坐在草地上，等着欧比优拉上来。他慢慢地走上来，手里拿着什么，到近前我们才知道原来是一只蚱蜢。“它很强壮，”他说，“我能感觉到它翅膀的力量。”他摊开手心，看着它飞跑了。

我们把食物带到山背面一座破旧的房子里去吃。这里从前可能是一座储藏室，但是房顶和窗户在几年前的内战中被炸掉了，从此就保持这个样貌。它看起来像个鬼屋，我一点都不想在那里吃饭，尽管欧比优拉说人们经常在这烧焦的地板上铺上垫子野餐。他四处检视着墙上的字迹，还高声朗读其中的一些内容。“奥比纳永远爱恩娜。”“埃美卡和乌诺玛在这里那个过。”“既喜欢齐斯穆迪，也喜欢欧比。”

姑妈说既然我们没有垫子，可以就在外面的草地上吃，我听了如释重负。我们吃着莫阿莫阿，喝着利宾纳，我看着一辆小车沿着山路爬了上来。尽管它很远，我还是想看清些，看谁在里面。那个人的头部看起来很像是阿玛迪神父。我吃得很快，用手背把嘴抹干净，又理理头发。我不希望他出现时看到我不整洁的样子。

奇玛想和大家从另一面的山坡上赛跑下去，那面没有这么多小路。姑妈说那边太陡峭了。所以他坐下来，开始用屁股蹭着下山。姑妈叫起来：“你自己洗你的短裤，听见没有？”

我知道要是在以前，她还会继续骂他，很可能还会让他停下来。可是此刻我们都坐着看他一路滑下去。微风害我们都流泪了。

太阳变得很红，几乎要落山了。姑妈说我们该走了。我们小心翼翼地下山来，这时我已经不再希望阿玛迪神父出现了。

那天晚上我们正在客厅里玩牌的时候，电话响了。

“阿玛卡，去接一下。”姑妈说，尽管她离门是最近的。

“我打赌是找你的，妈妈，”阿玛卡盯着手上的牌说，“又是那些人，他们想要你把我们的盘子、盆子甚至正穿着的内衣统统都给他们。”

姑妈笑着站了起来，忙跑到电话边去。电视没有开，我们都静静地专注于手上的牌，所以我清楚地听到了姑妈的尖叫，短促得好像突然被扼断一般。有那么一下，我祈祷是美国领事馆的人又收回了签证，接着我又赶紧责备自己，请上帝无视我刚才的祈祷。我们都冲进屋里去。

“噢，我的上帝！努耶姆！噢！”姑妈站在桌边，她没有拿电话的一只手放在额上，像那些受到惊吓的人常有的样子。妈妈怎么了？姑妈把电话递出来，我知道她想要把它给扎扎，但是我站得更近些，便一把抓了过来。我的手抖得很厉害，听筒滑到了太阳穴边。

妈妈低低的声音从电话线那头飘过来，很快让我的手平静了下来。“康比丽，你父亲……工厂的人打电话来，说发现他死在了办公桌上。”

我把电话往耳朵上贴了贴。“啊？”

“是你父亲。工厂的人打电话来，说发现他死在了办公桌上。”妈妈听起来像录音机一样。我想象着她用一模一样的口吻对扎扎说这件事。我的耳朵里好像一下子满是液体。尽管我听得很清楚，我听见她说他被发现死在办公桌上了，我还是问："他是收到了邮件炸弹吗？是邮件炸弹吗？"

扎扎夺过了电话。姑妈带我到床边去。我坐下来，看着靠在墙上的那袋大米，我知道我会永远记得那袋米的模样，棕色的交织的纤维，那上面"阿达达长米"的字样，以及它懒懒地瘫在离桌子不远的墙上的样子。我从没想过爸爸死去的可能性。他和阿迪·考克不一样，和他们杀掉的其他人都不一样。他看起来是不朽的。

✣

我和扎扎坐在我家的起居室里，盯着从前放小柜子的地方，放小塑像的地方。妈妈在楼上，把爸爸的东西打包，我上楼去帮忙，看到她正跪在那条长绒毛毯子上，把他的红色睡衣捧到脸上。我进来她也没有抬头，只是说："走开，丫头，去跟扎扎待着。"丝绸把她的声音压得很低。

外面，雨斜着打下来，以一种狂暴的节奏落在紧闭的窗户上。它把腰果和芒果从树上打下来，任它们在湿润的泥土里腐烂，散发出酸甜的香味。

院子的大门紧锁着。妈妈让阿达姆不要对所有想要吊唁的人开门。就连从阿巴赶来的我们族里的成员都被拒绝了。阿达姆说，把同情者撵走的事情真是闻所未闻。但是妈妈告诉他，我们希望独自哀悼，那些人可以去为爸爸灵魂的安息做弥撒。我从没听过妈妈用这种口吻和阿达姆说话——事实上我以前从没听过妈妈跟阿达姆说话。

"夫人说你们可以喝一些保维塔。"西西走进客厅来说。她端着一个托盘，里面放着两只杯子，爸爸以前就是用这样的杯子喝茶的。我可以嗅到她身上百里香和咖喱的味道。就算洗完澡，她闻起来也是这个味道。西西是整个家里唯一一个哭了的人，她哭得很大声，但是因为我们一声不吭，她只好很快安静下来了。

她出去以后，我转向扎扎，想要用眼睛和他说话。可是扎扎的眼睛里一片空白，好像一扇合上了百叶窗的窗户。

“你不喝点保维塔吗？”我终于问道。

他摇摇头。“用这种杯子可不行。”他在位子上动了动，又说：“我本该好好照顾妈妈。你看欧比优拉把姑妈家弄得多么平衡，而我还比他年纪大呢。我真应该好好照顾妈妈。”

“上帝知道一切，”我说，“他以神秘的方式安排一切。”我想到爸爸一定会很高兴我这么说，他会为此夸奖我。

扎扎笑了起来，听起来像一连串轻蔑的喷鼻子的声音连在一起。“当然了，看看他对他的忠仆约伯所做的吧，还有对他自己的儿子所做的。但是你有没有想过为什么？为什么他必须杀掉自己的儿子才能拯救我们？他为什么不直接来救我们？”

我脱掉拖鞋。冰凉的大理石地面把我脚上的热量带走。我想告诉扎扎，我的眼睛还在因为未干的泪水而刺痛，我还在聆听，还想听到爸爸的脚步声在台阶上响起。我的身体里满是痛苦散落的碎片，我永远没法把它们归位了，因为它们原来的位置都已经消失。可是我只说：“圣阿格尼丝教堂一定会挤满参加爸爸葬礼弥撒的人。”

扎扎没有回答。

电话响了。它响了很久，打电话的人一定重新拨了好几遍，妈妈才终于接起来。过了一小会儿，她到客厅里来了。随意系在胸前的裙子有点下垂，露出了她左胸上方一小块黑色的胎记。

“他们做了解剖，”她说，“他们发现了你父亲体内的毒药。”她说话的语气好像我们都已经知道父亲体内有毒药，好像是我们放在那里等人去发现似的，就像我在书里看到的白人把复活节彩蛋藏起来，让孩子们去找出来。

“毒药？”我说。

妈妈紧了紧裙子，接着走到了窗边。她拉开窗帘，确认百叶窗关着，雨水溅不进来。她的行动平静而缓慢。等她终于开口的时候，声音也是一样的平静、缓慢。“我到恩苏卡来之前就开始在他的茶里下毒了。西西帮我找到的毒药，她叔叔是一个很厉害的巫医。”

有很久我什么都没有想。我的脑子空了，我也空了。接着我想到了我们也喝爸爸的茶，爱的一抿，那滚烫的液体把他的爱烫在我的舌头上。“为什么要放在他的茶里？”我站起来问妈妈。我的声音很大。我几乎是在喊。“为什么在茶里？”

可是妈妈没有回答。我过去摇她，她也没有回答，扎扎把我拉开。扎扎搂着我，又转过去要把她也一起搂进来，她却转身走开了，还是没有回答。

警察几小时后来了。他们要问一些问题。圣阿格尼丝医院的人联系了他们，他们拿着一份验尸报告。扎扎没有等他们提问；他告诉他们他用了老鼠药，他把它放在爸爸的茶里。他们允许他换一件衬衣再把他带走。

另一种寂静

✢

现在

✣

通往监狱的路很熟悉。我认得那些房子和商店，我认得那些卖橘子和橡胶的女人的脸，从她们那里转弯就是一条布满地洞的路，通向监狱的院子。

“你要买橘子吗，康比丽?”塞利斯汀放慢车速问道，小贩们也开始挥着手招呼我们。他的声音很温柔，妈妈说她正是为此才雇他的，而且他脖子上也没有匕首形状的刀疤。她已经让凯文走了。

“我们带的那些已经够了。”我说。我转向妈妈。“你想再买点什么吗?”

妈妈摇摇头。她的围巾就要掉下来了，她伸手把它像之前一样松松地围好。她的裙子也差不多一样松，她总把它系了又系，看上去就像奥格贝特市场那些粗鲁的女人一样，她们会让裙子松下来，所有人都看得到她们千疮百孔的衬裙。

妈妈似乎一点不在乎的样子。她好像根本没有意识到。自从扎扎被关起来，自从她对人们奔走相告其实是她杀了爸爸，是她在他茶里下的毒，她就变了。她还给报纸写过信，可是没人听她的，现在也还是没人听。他们认为，无法接受丈夫已死、儿子入狱的事实和极度的悲伤把她变成了这副皮包骨头的模样，并在她皮肤上撒满了西瓜子大小的黑斑。他们可能也是为此原谅了她不穿丧服，也没人批评她不剪头发，而且两次悼念弥撒都没有出席。

“把围巾系紧一点吧，妈妈。”我说，伸手抚摸她的肩膀。

妈妈耸耸肩，还是看着窗外。“够紧了。”

塞利斯汀从后视镜看着我们。他的眼睛也很温柔。他曾经建议带妈妈去见他家乡的一位药师，那是一个专门擅长解决“这类问题”的人。我不确定“这类问题”指什么，是不是指妈妈疯了，不过我还是谢谢他，并告诉他妈妈不会愿意去的。他心地很善良。我看到他有时看妈妈的眼光、他扶她从车里出来的样子，我知道他希望帮助她好起来。

妈妈和我难得一起来探监。每个星期塞利斯汀先带我来，过一两天再带她来。她希望这样，我想。但是今天不一样。今天很特殊——我们终于听到确切的消息说扎扎会出来了。

国家首脑几个月前死了——传说是死在一个妓女身上，口吐白沫，浑身痉挛——那时我们以为我们的律师会想出什么办法，扎扎马上就会被放出来了。而且民主团体也在大举游行，请求政府重新调查爸爸的死，坚持认为是旧政权谋杀了他。不过，要等到过渡期平民政府宣布释放所有因信仰问题入狱的囚徒，还需要好几个星期；然后还要再过几个星期，我们的律师才能把扎扎也弄到释放名单上。现在他的名字在那张两百多人的名单上排在第四个。下个星期他就可以出来了。

我们最近的两个律师昨天把这个消息告诉了我们。他们的名字前面都带着那个令人仰慕的SAN称号，意思是尼日利亚高级律师。他们带着这个好消息和一瓶系着粉色缎带的香槟到我家来。他们走后，妈妈和我并没再谈起此事。但我们怀揣着相同的新的平静，相同的希望，而它们第一次如此坚实。

还有很多事情是妈妈和我不会谈及的。我们不谈为了贿赂法官、警察和狱卒填写的那些大额支票。我们不谈我们还有多少钱，尽管爸爸的一半财产都流向了圣阿格尼丝教堂和教会。我们发现爸爸曾经匿名捐助儿童医院、孤儿院和内战伤残士兵，但我们也没有谈论过此事。还有很多事情我们从不用声音和语言表达。

“请你把菲拉那张磁带放进去吧，塞利斯汀。”我靠在座位上说。那个清脆的嗓音很快充满了车厢。我转过去看妈妈是否介意，但她正笔直地盯着前方，我怀疑她可能没有听见任何声音。大多数时候，她只是点头和摇头，我都不知道她是不是真的听见了我的问话。我常常让西西去跟她说话，因为她愿意和西西一连几个小时地坐在客厅里。不过西西也说妈妈不回答她的问题，她只是坐在那里发呆。去年西西结婚了，妈妈给了她很多很多箱的瓷器，西西坐在厨房的地板上放声大哭，妈妈则只是看着她。西西现在偶尔还会来，指点指点我们的新厨子欧肯，再问问妈妈是否需要什么东西。妈妈还是什么都不说，只是晃晃身子摇摇头。

上个月，我告诉她我要去恩苏卡，她也什么都没说，没有问为什么，毕竟我在恩苏卡已经没有认识的人了。她只是点点头。塞利斯汀开车送我去，我们大约中午到达，太阳刚好变得灼人，我时常想象这种太阳可以把骨髓里的水分吸走。大学里大部分的草地都长得过高了，长长的青草像绿色的箭一样直立着。那只得意的狮子也不再闪亮。

我问此刻住在姑妈公寓里的一家人是否可以进去。尽管他们用奇怪的目光打量了我一下，还是请我进去了，还问我要不要喝水。屋里可能会很热，他们说，因为没有电了。房顶上的风扇叶片上布满了毛茸茸的灰尘，可见已经很久没有电了，不然风扇一转就会把尘土吹走了。我坐在侧面有洞的沙发上，喝光了水。我把在九里镇买的水果送给了他们，并向他们道歉，因为后备箱里温度过高，已经把香蕉变黑了。

我们开车回埃努古的路上，我笑得很大声，甚至盖过了菲拉高昂的歌声。我笑是因为恩苏卡的土路在旱季会给车都蒙上一层尘土，在雨季就蒙上一层泥巴；因为柏油路上也时不时出现凹坑，像是给我们的惊喜，空气里满是群山和历史的味道，阳光打碎沙粒，把它们变成金色的粉尘；因为恩苏卡能够解放你肚子深处的什么东西，让它直涌上来，冲出喉咙，化作一首自由之歌。比如我的大笑就是这样一首歌。

“我们到了。”塞利斯汀说。

我们到了监狱的院子里。光秃秃的墙上是一片一片难看的霉斑。扎扎的牢房很拥挤，如果有人要躺下，其他人就必须站起来腾出地方。厕所就是一只黑色塑料袋，每天下午他们都为了谁把它拎出去争个没完，因为只有这个人有机会看到一小会儿阳光。扎扎有一次告诉我，男人们并不总是用这个袋子，特别是那些正在发火的人。他不介意跟老鼠和蟑螂同眠共枕，但是他受不了对着别人的粪便入睡。上个月以前，他一直住在一个比较好的囚室，有书看，还有一张属于他自己的床垫，因为我们的律师找对了贿赂的对象。但是有一天典狱官们剥光他的衣服，又用皮鞭打了他一顿，他随后在一名看守的脸上无缘无故吐了口水，于是他们把他挪到了现在这个地方。尽管我相信要不是被激怒，扎扎不可能做出这样的事，但我却无法知道事情的真相，因为扎扎不肯谈起此事。他甚至不肯给我看背上的伤痕。我们贿赂过的医生告诉我，那些伤肿得很厉害，像香肠一样。不过我已经看到他别的地方的伤了，比如他的肩膀上。

他的肩膀在恩苏卡的时候曾经那么强壮，又宽大又有力，在他待在这里的三十一个月中，这双肩膀已经垮下去了。差不多三年。如果有人在扎扎刚来这里的时候生产，那个孩子到现在已经会说话了，已经在上幼儿园了。有时候我看着他就会哭，他则耸耸肩，说他囚室里的老大欧拉狄普波——他们每个囚室都有自己的等级系统——等待审判已经等了八年。扎扎在整个这段时间里的状态也是“等待审判”。

阿玛卡曾经写信给国家首脑的办公室，甚至还写给尼日利亚驻美国大使，抱怨尼日利亚司法体系的贫弱状态。她说没有人确认收到她的信，可至少她已经做了点事情，这对她来说很重要。她给扎扎的信中并未提及此事。我读了那些信——都是些随意聊天、讲讲近况的信。他们从不提起爸爸，也几乎从不提起监狱。在她最近的一封信里，她告诉他美国的一本非宗教的杂志报道了奥科普，作者听起来很悲观，根本不相信圣母会出现，特别是不可能在尼日利亚出现——那里又腐败，又炎热。阿玛卡说她已经给那本杂志去信，表达了她的看法。当然我也早料到她会这么办。

她说她理解为什么扎扎不写回信。他能说什么呢？姑妈也没有给扎扎写信，她给他寄录着他们一家人声音的磁带。有时候他会趁我去探监的时候让我用录音机放给他听。有时候他又不要我放。不过姑妈会给妈妈和我写信。她讲起她的两份工作，一份是在社区大学，另一份是在药房。她讲起巨大的番茄和便宜的面包。不过她讲的最多的还是她怀念的东西和她渴望的东西，好像她无视眼前，而是生活在过去和未来。有时候她的信很长很长，直到墨水都变模糊了，我也并不总是明白她在说什么。有一次她写道，有些人认为我们没法主宰自己，因为在仅有的几次尝试中我们失败了；好像那些今天成功掌控了自己生活的人都是头一次就成功了似的。这就好像看到一个正在爬行的小孩在试着学走路的时候摔倒了，就告诉他说待在那儿不要动了。就好像他身边走来走去的成年人从没有爬行过一样。

尽管我总是对她写的东西很感兴趣，我甚至把大多数内容都记在心里了，但我还是不知道她为什么对我说这些。

阿玛卡的信通常也是很长，而且她在每一封信里都会提到每个人都在变胖，奇玛在一个月之内已经长得“比他的衣服都胖了”。当然，这里从没停过电，水龙头里就有热水，可是我们不像以前那么爱笑了，她写道，因为我们没有时间笑了，因为我们甚至很少看见彼此。欧比优拉的信是最令人振奋的，也是最不寻常的。他拿到了一所学校的奖学金，他说，他挑战老师的行为在那里不被惩罚，反而受到褒奖。

“让我来吧。”塞利斯汀说。他已经打开行李箱，我正要把一袋水果和一只装着食品和盘子的布袋拿出来。

“谢谢你。”我说着挪到了一边。

塞利斯汀拎着两只袋子，率先走进了监狱大楼。妈妈走在最后面。前台的警察嘴里含着一根牙签。他的眼睛得了黄疸症，黄得像是染过一样。桌上只放了一只黑色的电话、一本又厚又破的登记簿，角落里有一堆表、手绢和项链。

“你好啊，小姐！”他看到我就笑着说，不过眼睛却只盯着塞利斯汀手里的袋子。“噢，你今天和夫人一起来了？下午好，夫人。”

我笑了，妈妈只是心不在焉地点点头。塞利斯汀把那袋水果放在警卫面前的桌子上，里面还有一本杂志，杂志里夹着的信封装满了刚从银行取出来的崭新的钞票。

那个人放下了牙签，拿起袋子，藏进了桌子后面。接着他领妈妈和我走进了一间不通风的房间，里面有一张矮桌和两条长凳。“一个小时。”他离开之前说。

我们坐在桌子的一侧，彼此隔开一点距离。我知道扎扎很快就会出现，便开始做好准备。即使过了这么长时间，在这里见他仍然是一件很难接受的事。有妈妈坐在身边更是难上加难。而最大的难处在于，我们终于带来了好消息；我们旧日憋在心里不肯表达的感情正在消解，新的感情正在形成。我深吸一口气，含在口里。

扎扎很快就要回家来了，阿玛迪神父在他最近的一封信里写道，你一定要相信。那封信现在就在我的包里。我确实是这么相信的，我相信他，尽管我们当时还没有从律师那里听到消息，一点没法确定。我总是相信阿玛迪神父说的话，我相信他那坚定的斜体字。因为他是这么说的，而他说的一定是真的。

我总是把他最近的信揣在身上，直到新的一封到来。我把这一点告诉阿玛卡，她回信时便就我钟情神父一事调笑了一番，还画了个笑脸。可是我不是因为喜欢他才带着他的信的；我们之间本来也没有多少情分可言。他的落款永远是简简单单的“一如既往”。我问他是否快乐，他从未给过明确的回答。他的回答是上帝派他去哪他就去哪。他几乎从不提及他的新生活，至多只写一些短小的趣事，比如一位德国老夫人拒绝和他握手，因为她没法接受一个黑人做她的神父；还有一个有钱的寡妇坚持要他每天晚上都和她共进晚餐。

他的信总在我身上。我把它们到处带着是因为它们很长又很具体，它们提醒我自己的价值，刺激我的感觉。几个月前他写道，他不希望我追寻起因，因为有些事情的发生我们根本找不到原因，它们本就是没有起因的，而且也许根本用不着什么起因。他没有提起爸爸——他的信几乎从未提过爸爸——但是我知道他的意思，我明白他说的正是我自己害怕想的问题。

我带着这些信，因为它们为我带来恩惠。阿玛卡说，人们爱神父是因为他们想要与上帝竞争，他们想要和上帝成为情敌。但我和上帝不是情敌，我们只是在分享。我不再想我是否有权爱阿玛迪神父；我只是爱他。我不再想我写给传道祈福会神父们的那些支票是否在贿赂上帝，就写给他们了。我不再想如果我选埃努古的圣安德鲁教堂作为我的新教堂，是不是因为那里的神父像阿玛迪神父一样也是传道祈福会的神父；我就这么选定了。

“我们带刀子来了吗?”妈妈问。她的声音很大。她正准备从保温罐里把杂菜饭和鸡肉取出来，还在桌子上放了一只漂亮的瓷盘，好像她正在布置一席盛宴，像西西以前常做的那样。

“妈妈，扎扎用不着刀子。”我说。她明知道扎扎总是直接从保温罐里面吃，可还是每次都带一只餐盘来，每周都换一种花色。

“我们应该带来的，他就可以用来切肉了。”

“他不切肉，他就直接吃啊。”我对妈妈笑着，抚摸她的手臂，安慰她。她把闪光的银勺子和银叉子放在落满尘土的桌子上，又向后靠靠，打量了一番。门开了，扎扎进来了。我两个星期前才给他送来一件新T恤，现在已经有一些棕色的污迹在上面，像腰果汁的痕迹；那可是永远洗不掉的。小时候，我们总是弯下腰吃腰果的，这样果汁就不会弄到衣服上了。他的短裤下沿比膝盖高出很多，我看到他大腿上的疥癣，赶忙把眼睛移开。我们没有起身拥抱他，因为他不喜欢我们这样。

“妈妈，下午好。康比丽，你好吗?”他说。他把保温罐打开，吃了起来。我感觉到妈妈在我旁边发抖。我不想让她晕倒，于是赶紧开口。我的声音也许可以止住她的眼泪。“律师说下个星期就可以把你弄出来了。”

扎扎耸耸肩。他脖子上的皮肤差不多都被疥癣盖满了，看起来非常干，但他要是抓一抓，黄色的脓水就会流出来。妈妈贿赂狱卒，带进来各种各样的药膏给他，但没有一种有效。

“这间囚室挺有趣的。”扎扎说。他很快地用勺子把饭送进嘴里，两腮鼓鼓的，好像塞进了整颗没成熟的番石榴。

“我是说把你弄出监狱，扎扎，不是换一间囚室。”我说。

他停下咀嚼，一声不吭地盯着我看。他在这里每过一个月，那双眼睛似乎都变得更坚硬些，现在它们已经像棕榈树树皮一样，倔强不屈。我甚至开始怀疑我们之间是否曾经用眼神交流过，或者那只是我的想象。

“你下个星期就可以出来了，”我说，“下个星期，你就要回家了。”

我想握他的手，但是我知道他会甩开我。他的眼睛里满是负罪感，使他没法真正看见我、看见他在我眼睛里的倒影。那是我的英雄的倒影，是那个总是想尽办法保护我的大哥哥。他永远不觉得他尽力了，他永远不明白我并不希求他做得更多。

“快吃吧。”妈妈说。扎扎拿起勺子，重新开始狼吞虎咽。静寂笼罩着我们，但这种静寂不同往日，我可以呼吸了。我的噩梦里出现过另外一种静寂，那是爸爸还活着的时候的那种静寂。在梦里，它与耻辱、悲痛，以及许许多多我难以名状的东西混合在一起，化作蓝色的火舌，悬在我的头顶，好像圣灵降临一样。我就这样尖叫着惊醒，满身大汗。我没有告诉扎扎我每个星期天都为爸爸做弥撒，我希望在梦中见到他，有时候我甚至在半梦半醒之际自己造梦：我看到爸爸，我看到他伸出手要拥抱我，我也伸出手，但是我们一直碰不到，接着就有什么事情打断我，我便意识到我连自己的梦都控制不了。扎扎和我之间还有很多事情是完全不说的。也许过一段时间我们会谈得更多，或许我们永远都不会再提，永远不会用语言去包装那些裸露了太久的事情。

“你的围巾没有系好。”扎扎对妈妈说。

我吃惊地瞪大眼睛。扎扎从没注意过别人的穿着。妈妈忙把围巾松开，重新系好——这一次，她打了两个结，在颈后系紧。

“时间到了！”警卫进来了。扎扎简短地低声说了句“再见”，谁都没有看，接着就跟着警卫走了。

“等扎扎出来以后，我们应该去恩苏卡。”我和妈妈走出房间的时候我对她说。现在我可以对她谈未来了。

妈妈耸耸肩，什么也没说。她走路很慢，她的跛脚变得明显多了，每走一步，她的身子都会向侧面晃。我们快走到车边时，她突然转过来说：“谢谢你，丫头。”三年来，她只有极少几次像这样主动说话。我不愿想她谢我的原因，或其中的含义。我只知道从那一刻起，我再也闻不到监狱院子里的潮气和尿味了。

“我们先带扎扎去恩苏卡，接着去美国拜访姑妈。”我说，“回来以后，我们在阿巴种一些新的橘树，扎扎也种一些紫木槿，我还要种些仙丹花，我们可以喝花蜜。”我笑起来。我伸手抱住妈妈，她也靠着我笑了。

头顶的云彩像染了色的棉絮低低地垂下来，我简直可以伸手从里面挤出水来。新一轮的雨又要来了。

图书在版编目（CIP）数据

紫木槿 /（尼日利）奇玛曼达 · 恩戈兹 · 阿迪契著；文静译. — 南京：译林出版社，2024.11

（阿迪契作品）

书名原文：Purple Hibiscus

ISBN 978-7-5447-9927-0

Ⅰ.①紫… Ⅱ.①奇… ②文… Ⅲ.①长篇小说－尼日利亚－现代 Ⅳ.①I437.45

中国国家版本馆 CIP 数据核字（2023）第 190988 号

著作权合同登记号 图字：10-2022-96 号

紫木槿 ［尼日利亚］奇玛曼达 · 恩戈兹 · 阿迪契 ／ 著 文静 ／ 译

责任编辑 宗育忍
装帧设计 任凌云
校　　对 王 敏 施雨嘉
责任印制 闻媛媛

原文出版 Fourth Estate, 2005
出版发行 译林出版社
地　　址 南京市湖南路 1 号 A 楼
邮　　箱 yilin@yilin.com
网　　址 www.yilin.com
市场热线 025-86633278
排　　版 南京展望文化发展有限公司
印　　刷 南京新世纪联盟印务有限公司
开　　本 787 毫米 × 1092 毫米 1/32
印　　张 10.5
插　　页 4
版　　次 2024 年 11 月第 1 版
印　　次 2024 年 11 月第 1 次印刷
书　　号 ISBN 978-7-5447-9927-0
定　　价 55.00 元